MW01591881

# Les gardiens des souvenirs

Robin Hobb

# Les gardiens
# des souvenirs

*Les Cités des Anciens*

\*\*\*\*\*

roman

Traduit de l'anglais par A. Mousnier-Lompré

ÉDITIONS FRANCE LOISIRS

Titre original : THE WILDS CHRONICLES CITY OF DRAGONS, volume 3 *(première partie)*

Édition du Club France Loisirs,
avec l'autorisation des Éditions Pygmalion

Éditions France Loisirs,
123, boulevard de Grenelle, Paris
www.franceloisirs.com

© 2010, Robin Hobb
© 2012, Pygmalion, département de Flammarion, pour l'édition en langue française
ISBN 978-2-298-06324-0

# Personnages

## GARDIENS ET DRAGONS

ALUM : Teint clair, yeux gris argent ; très petites oreilles ; nez presque plat. Son dragon est ARBUC, mâle vert argenté.

ARGENT : A une blessure à la queue et pas de gardien.

BOXTEUR : Cousin de KASE ; yeux cuivrés, petit et râblé ; son dragon est le mâle orange SKRIM.

CUIVRE : Dragon brun chétif, sans gardien attitré.

GRAFFE : Aîné des gardiens, et le plus marqué par le désert des Pluies. Son dragon est KALO, le plus grand mâle, bleu-noir.

GRESOK : Grand dragon rouge, le premier à quitter le terrain d'encoconnage.

HARRIKINE : Long et mince comme un lézard, il est, à vingt ans, plus âgé que la plupart des gardiens. LECTER est son frère adoptif ; son dragon est RANCULOS, mâle rouge aux yeux argentés.

HOUARKENN : Grand gardien dégingandé. Dévoué à son dragon BALIPER, mâle rouge vif.

JERD : Gardienne blonde, fortement marquée par le désert des Pluies. Sa dragonne est VERAS, reine vert foncé à grenure dorée.

KANAÏ : Gardien affecté de stigmates prononcés. Sa dragonne est la petite reine rouge GRINGALETTE.

KASE : Cousin de BOXTEUR ; les yeux cuivrés, il est trapu et musclé. Son dragon est le mâle orange DORTEAN.

LECTER : Orphelin à l'âge de sept ans, élevé par les parents d'HARRIKINE. Son dragon est SESTICAN, grand mâle bleu ponctué d'orange, doté de petites piques sur le cou.

NORTEL : Gardien compétent et ambitieux. Son dragon est le mâle lavande TINDER.

SYLVE : Douze ans, cadette des gardiens. Son dragon est MERCOR, doré.

TATOU : Le seul gardien né esclave. Il porte sur le visage un petit cheval et une toile d'araignée tatoués. Son dragon est la plus petite reine, DENTE.

THYMARA : Seize ans ; a des griffes noires à la place des ongles et se déplace aisément dans les arbres. Sa dragonne est une reine bleue, SINTARA, aussi connue sous le nom de GUEULE-DE-CIEL.

TINTAGLIA : Reine dragon adulte, elle a aidé les serpents à remonter le fleuve pour s'encoconner. On ne l'a plus vue depuis plusieurs années dans le désert des Pluies.


## LES TERRILVILLIENS

ALISE KINCARRON FINBOK : Issue d'une famille désargentée mais respectable de Marchands de Terrilville.

8

Spécialiste des dragons. Mariée à HEST FINBOK. Yeux gris, nombreuses taches de rousseur.

HEST FINBOK : Marchand de Terrilville de belle prestance, bien établi et fortuné.

SÉDRIC MELDAR : Secrétaire de HEST FINBOK, et ami d'enfance d'ALISE.

## L'ÉQUIPAGE DU *MATAF*

BELLINE : Matelot. Mariée à SOUARGE.

CARSON LUPSKIP : Chasseur de l'expédition, vieil ami de LEFTRIN.

DAVVIE : Chasseur, apprenti de CARSON LUPSKIP ; environ quinze ans.

GRAND EIDER : Matelot.

GRIG : Chat du bord ; roux.

HENNESIE : Second.

JESS : Chasseur engagé pour l'expédition.

LEFTRIN : Capitaine. Robuste, yeux gris, cheveux châtains.

SKELLI : Matelot. Nièce de LEFTRIN.

SOUARGE : Homme de barre. Navigue sur le *Mataf* depuis plus de quinze ans.

*Mataf* : Gabare longue et basse. Plus ancienne vivenef existante. Port d'attache : Trehaug.

# AUTRES PERSONNAGES

ALTHÉA VESTRIT : Second du *PARANGON* de Terrilville. Tante de MALTA KHUPRUS.

BÉGASTI CORED : Marchand chalcédien ; chauve, riche ; partenaire commercial de HEST FINBOK.

BRASHEN TRELL : Capitaine du *PARANGON* de Terrilville.

CLEF : Mousse du *PARANGON*, ancien esclave.

DETOZI : Gardienne des oiseaux messagers de Trehaug.

DUC DE CHALCÈDE : Dictateur de Chalcède, âgé et mal portant.

EREK : Gardien des oiseaux messagers de Terrilville.

MALTA KHUPRUS : « Reine » des Anciens, réside à Trehaug. Mariée à REYN KHUPRUS.

*Parangon* : Vivenef. A aidé les serpents à remonter le fleuve jusqu'à leur terrain d'encoconnage.

SELDEN VESTRIT : Jeune Ancien ; frère de MALTA et neveu d'ALTHÉA.

SINAD ARICH : Marchand chalcédien qui passe un marché avec LEFTRIN.

10

# Prologue

## TINTAGLIA ET GLASFEU

Elle volait avec aisance sur les courants aériens, les pattes repliées contre le corps, les ailes déployées. Sur les dunes du désert qui défilaient sous elle, son ombre ondoyante faisait d'elle une créature serpentine avec des ailes de chauve-souris et une longue queue dotée d'ailerons. Un ronronnement de plaisir faisait vibrer dans les graves la gorge de la dragonne. Ils avaient chassé à l'aube, et ils avaient bien chassé ; ils avaient tué séparément, comme toujours, et passé la matinée à festoyer puis à dormir. À présent, maculés de sang et d'abats, les deux dragons poursuivaient un autre but.

En avant d'elle, un peu en contrebas, la masse noire de Glasfeu scintillait. Sa longue silhouette se tordait lorsqu'il s'inclinait pour prendre le vent ; plus grand que Tintaglia, il avait le poitrail plus large et plus massif qu'elle ; ses écailles semblables à des plumes jetaient des éclats bleus, mais le noir profond était sa couleur dominante. Son interminable enfermement

11

dans la glace avait laissé son organisme affaibli, et il lui faudrait des années pour s'en remettre ; ses ailes montraient encore des déchirures dans les membranes entre les nervures ; les blessures mineures avaient disparu depuis longtemps, mais ces entailles guériraient lentement, et leurs cicatrices en ressaut resteraient toujours visibles. *Au contraire de ma perfection d'azur.* Du coin de l'œil, Tintaglia admira ses ailes scintillantes.

Comme s'il sentait son manque d'attention envers lui, Glasfeu vira brusquement et entama sa descente en spirale. La dragonne connaissait leur destination : non loin de là, une crête rocheuse crevait le sable ; des arbres rabougris et des buissons gris-vert poussaient dans ses anfractuosités et ses crevasses escarpées. Juste avant d'y arriver, on survolait une oasis cachée dans une large dépression sableuse environnée de rares arbres ; l'eau surgissait des profondeurs de la terre pour y former un grand bassin paisible. Même en hiver, la dépression conservait la chaleur du jour. Les deux dragons passeraient le début de l'après-midi à se baigner dans l'eau chauffée par le soleil afin de se nettoyer du sang dont ils étaient couverts, après quoi ils se rouleraient voluptueusement dans le sable pour polir leurs écailles. Ils connaissaient bien le lieu ; leurs territoires de chasse s'étendaient sur d'immenses distances, mais, tous les dix jours à peu près, Glasfeu ramenait la dragonne à l'oasis ; il affirmait se la rappeler de sa lointaine jeunesse.

Jadis, il existait là une colonie d'Anciens qui s'occupaient des dragons de passage, mais il ne restait rien de leurs édifices en pierre blanche ni de leurs

12

vignes soigneusement entretenues ; le désert avait dévoré la ville, mais l'oasis demeurait. Tintaglia eût préféré descendre beaucoup plus au sud, jusqu'aux étendues de sable rouge qui ne connaissaient pas l'hiver, mais Glasfeu avait refusé ; la dragonne pensait qu'il ne se sentait pas la force d'entreprendre un tel voyage, et elle avait songé plus d'une fois à le quitter pour s'y rendre seule. Mais le terrible isolement de son long emprisonnement dans sa gangue avait laissé sa marque sur elle, et la compagnie d'un autre dragon, fût-il grincheux et acerbe, valait mieux que la solitude.

Glasfeu volait bas à présent, presque au ras du désert brûlant. Des battements intermittents et puissants projetaient ses ailes en avant et soulevaient le sable ; Tintaglia le suivit, imitant ses mouvements, encore en train d'affiner ses talents en vol. Il y avait bien des aspects de son compagnon qu'elle n'aimait pas, mais c'était indubitablement un seigneur des airs.

Ils volaient en rase-mottes. Elle connaissait le plan de Glasfeu : leur trajet les amènerait au bord du creux puis, au terme d'une glissade folle le long de la pente, ils plongeraient, les ailes grandes ouvertes, dans les eaux calmes et chaudes du bassin.

Ils entamaient la descente quand le sable explosa au sommet de la dépression ; rejetant leurs abris en tissu, des archers se dressèrent en rang, et une pluie de flèches jaillit vers les dragons. Comme la première vague de projectiles leur meurtrissait les ailes et les flancs, une seconde salve monta vers eux. Ils étaient trop près du sol pour reprendre facilement de l'altitude, aussi Glasfeu effleura-t-il l'eau avant de virer

13

brusquement en entrant dans le bassin peu profond ; Tintaglia le suivait de trop près pour freiner ou changer de cap : elle le heurta, et, alors que leurs membres s'emmêlaient dans les eaux tièdes, des hommes armés de lances surgirent de leurs nids bien dissimulés et se précipitèrent vers eux comme une armée de fourmis agressives. Derrière eux, d'autres rangées d'hommes se levèrent et se ruèrent en avant, munis de filets de corde solide et de lourdes chaînes.

Sans se soucier des blessures qu'il pouvait infliger à la dragonne, Glasfeu se débattit pour se libérer d'elle, puis, la piétinant au passage, fonça sur les hommes. Certains d'entre eux s'enfuirent, et il en écrasa d'autres sous ses puissantes pattes arrière avant de se retourner et, d'un battement de sa longue queue, d'en jeter à terre encore une vingtaine. Étourdie, couchée dans l'eau, Tintaglia vit les muscles de sa gorge travailler, puis il ouvrit grand la gueule ; derrière les rangées de crocs blancs et acérés, elle aperçut les sacs à venin rouges et orange. Pivotant sur place, il fit face à ses assaillants, et en même temps que son rugissement jaillit une brume écarlate ; comme le nuage enveloppait les hommes, leurs hurlements montèrent vers la coupole bleue du ciel.

L'acide les rongeait ; les armures de cuir ou d'acier ralentissaient son action mais ne l'empêchaient pas. Les gouttelettes tombaient des airs jusqu'au sol et traversaient incidemment les corps humains ; le venin transperçait peau, muscles, os et viscères, et sifflait en touchant le sable. Certains mouraient vite, mais non la plupart.

14

Tintaglia était restée trop longtemps immobile à regarder son compagnon : un filet s'abattit sur elle. À chaque intersection, les cordes étaient lestées de morceaux de plomb, et on y avait entrecroisé des chaînes, certaines lourdes, d'autres fines, d'autres encore munies de crochets. La nasse s'empêtra dans ses ailes et, quand la dragonne se débattit pour s'en libérer, ses pattes avant se retrouvèrent, elles aussi, prises au piège ; elle poussa un rugissement de fureur et sentit ses sacs à venin se remplir alors que des hommes armés de lances s'avançaient dans l'eau peu profonde. Du coin de l'œil, elle vit des archers dévaler la pente en trébuchant, flèches encochées, puis elle se rejeta brusquement en arrière : une lance venait de trouver un point faible entre les écailles derrière sa patte antérieure, à la jonction avec le poitrail ; la pointe ne s'enfonça guère, mais Tintaglia n'avait jamais reçu ce genre de blessure, et elle se retourna avec un hurlement de douleur et de rage ; un nuage de venin accompagna son cri. Les hommes reculèrent, épouvantés. Comme le venin retombait sur le filet, cordes et chaînes s'affaiblirent, puis cédèrent sous ses soubresauts ; des nœuds restèrent accrochés, mais elle avait recouvré sa liberté de mouvement. La colère la submergea : des humains osaient attaquer des dragons ?

Sortant de l'eau, elle fonça dans le gros des assaillants, les frappa à coups de griffes et de queue, et chacun de ses rugissements furieux s'accompagnait d'une vague de toxines acides. L'air s'emplit des cris aigus des humains mourants. Elle n'avait pas besoin

15

de se préoccuper de Glasfeu : elle entendait les bruits du carnage qu'il faisait.

Des flèches rebondissaient sur ses écailles et frappaient douloureusement ses ailes ; elle les agita et jeta à terre une dizaine d'hommes en même temps que les derniers morceaux de filets qui demeuraient sur elle. Mais, en déployant ses ailes, elle exposait son point faible, et elle sentit la morsure d'une flèche sous l'une d'elles. Elle les referma en se rendant compte, mais trop tard, que les humains avaient précisément cherché à la pousser à les ouvrir pour avoir accès aux parties vulnérables ; mais, en repliant ses ailes, elle enfonça davantage la flèche dans sa chair, et elle émit un nouveau rugissement en pivotant sur elle-même, la queue battant derrière elle. Elle aperçut Glasfeu, la tête dressée, un humain entre les mâchoires. Le hurlement de l'homme domina les autres bruits quand le dragon le coupa en deux ; les cris d'horreur des autres étaient doux aux oreilles de Tintaglia, et elle comprit soudain la tactique de son compagnon.

Elle perçut ses pensées. *Terroriser est aussi efficace que tuer. Il faut leur enseigner à ne plus jamais songer à s'en prendre à des dragons ; quelques-uns auront la possibilité de s'échapper pour raconter ce qu'ils ont vécu.* D'un ton sinistre, il ajouta : *Mais quelques-uns seulement.*

*Quelques-uns*, répéta-t-elle, et, fondant sur les hommes venus la tuer, elle se joua d'eux avec ses pattes griffues comme un chat d'une ficelle ; elle claquait des mâchoires, tranchait jambes et bras, mutilant plutôt que tuant. Enfin, elle leva haut la tête puis

16

l'avança brusquement en crachant un nuage de venin acide. Le mur humain devant elle se liquéfia et il n'en resta que des os et du sang.

Comme le soir approchait, les deux dragons survolèrent une dernière fois le bassin. Quelques guerriers fuyaient comme des fourmis désorientées vers le bord couvert de buissons. *Qu'ils répandent la nouvelle !* fit Glasfeu. *Retournons à l'oasis avant que la viande commence à tourner.* Abandonnant sa poursuite, il vira sur l'aile, et Tintaglia l'imita.

Elle était soulagée de sa proposition : la lance qu'elle avait reçue dans le flanc était tombée d'elle-même, mais non la flèche de l'autre côté qu'elle avait enfoncée davantage bien involontairement. Dans le calme qui avait suivi le massacre, alors que les survivants s'enfuyaient, elle avait tenté de l'arracher, mais elle s'était brisée, et le bout de hampe qui demeurait était trop court pour qu'elle le saisît entre ses crocs. Elle avait voulu le sortir avec les griffes, mais n'avait réussi qu'à le pousser plus loin dans la chair, et, à chaque battement d'ailes, elle sentait l'intrusion désagréable du bois et du métal dans son muscle.

— *Combien d'humains nous ont-ils attaqués ?* demanda-t-elle.

— *Des centaines. Mais quelle importance ? Ils ne nous ont pas tués, et ceux que nous avons laissés échapper raconteront à leurs semblables que leur tentative était pure folie.*

— *Pourquoi s'en sont-ils pris à nous ?*

17

L'agression ne cadrait pas avec l'expérience qu'elle avait des hommes. Ceux qu'elle connaissait lui manifestaient toujours la plus grande révérence, plus enclins à la servir qu'à l'attaquer ; certains montraient des envies de rébellion, mais elle avait trouvé des moyens de les mater. Elle avait déjà combattu des humains, mais non à la suite d'une embuscade ; si elle avait tué des Chalcédiens, c'était parce qu'elle avait choisi de s'allier avec les Marchands de Terrilville et de les débarrasser de leurs ennemis en échange de leur aide avec les serpents destinés à devenir, après métamorphose, des dragons. L'attaque qu'elle et Glasfeu avaient subie avait-elle un rapport ? Peu probable ; les humains n'ont qu'une vie très brève ; seraient-ils capables d'ourdir une vengeance à si long terme ?

Glasfeu tenait un raisonnement plus simple. *Ils nous attaquent parce que ce sont des humains et nous des dragons. Ils nous haïssent pour la plupart ; certains feignent de nous admirer, et ils nous apportent des offrandes, mais, derrière leurs flatteries et leurs courbettes, il y a de la haine, ne l'oublie jamais. Dans cette région du monde, les hommes nous détestent depuis longtemps. Jadis, avant que je me transforme en dragon, les hommes ont tenté d'anéantir notre race : ils ont administré des poisons lents à leurs propres troupeaux pour nous exterminer, ils ont capturé et torturé nos serviteurs anciens dans l'espoir de leur arracher des secrets dont ils pourraient se servir contre nous, ils ont détruit nos forteresses et les piliers de pierre que nos serviteurs utilisaient pour se déplacer, tout ça pour nous affaiblir. Ceux d'entre nous, très rares,*

18

*qu'ils ont réussi à tuer, ils les ont découpés comme du bétail et se sont servis de leur chair et de leur sang comme de remèdes et de reconstituants pour leurs organismes chétifs.*

— *Je ne me rappelle rien de tout cela.* Tintaglia fouilla en vain ses souvenirs ataviques.

— *Il y a beaucoup de choses que tu ne te rappelles pas, dirait-on. À mon avis, tu es restée trop longtemps dans ton cocon ; ça t'a abîmé l'esprit et laissé de grands trous dans la mémoire.*

Elle sentit une bouffée de colère l'envahir ; Glasfeu lui tenait souvent ce genre de propos, en général après qu'elle avait sous-entendu que son déprimant emprisonnement dans la glace l'avait rendu à moitié fou. Mais elle réprima sa violence : elle devait en savoir davantage. Et puis la flèche dans son flanc la gênait.

*Que s'est-il passé ensuite ?*

Glasfeu tourna la tête au bout de son long cou et lui décocha un regard sinistre. *Ce qui s'est passé ? Nous les avons massacrés, naturellement. Les hommes sont bien assez pénibles à supporter sans qu'ils s'imaginent en plus pouvoir s'opposer à nos désirs.*

Ils approchaient de la source qui se trouvait au cœur de l'oasis. Le sable était jonché de cadavres humains, et, en descendant dans le bassin, ils avaient l'impression de s'enfoncer dans une nuée imprégnée d'une odeur de sang. Sous le soleil de fin d'après-midi, les corps se transformaient en charognes.

*Une fois repus, nous irons trouver un site plus propre pour dormir*, déclara le dragon noir. *Il faudra abandonner cette oasis quelque temps en attendant*

19

*que les chacals et les corbeaux la nettoient. Nous ne pouvons pas manger autant de viande en une seule fois, et les humains se gâtent vite.*

Il se posa en glissant sur l'eau où flottaient encore quelques corps, et Tintaglia l'imita. Les vagues de leur arrivée léchaient encore la grève quand il saisit un des cadavres. *Évite ceux qui sont enfermés dans du métal*, conseilla-t-il à sa compagne. *Préfère les archers ; ils ne portent que du cuir, en général.*

Il trancha le corps en deux et rattrapa un des morceaux avant qu'il ne touchât l'eau, puis le lança en l'air et l'engloutit dans sa gueule en rejetant la tête en arrière pour l'avaler tout rond. L'autre moitié tomba dans le bassin et coula. Glasfeu choisit un autre cadavre, le saisit la tête la première et broya son corps entre ses puissantes mâchoires avant de le gober à son tour.

Tintaglia sortit de l'eau teintée de sang et resta sur la berge à le regarder.

*Ils vont se gâter rapidement ; tu ferais bien de manger sans tarder.*

*Je n'ai jamais goûté d'humain.* Elle éprouvait un vague sentiment de dégoût. Elle avait tué de nombreux hommes mais n'en avait jamais mangé aucun ; c'était curieux, maintenant qu'elle y songeait.

Elle évoqua les humains qu'elle connaissait : Reyn, Malta, et son jeune chanteur Selden ; elle leur avait donné l'impulsion nécessaire pour devenir des Anciens puis n'avait plus guère pensé à eux. *Selden...* Elle ressentit une montée de plaisir à son souvenir ; voilà un chanteur qui savait complimenter un dragon !

20

Elle s'était approprié les trois humains et en avait fait ses Anciens ; ils avaient peut-être changé depuis. Si elle se trouvait près de l'un d'eux quand il mourrait, elle mangerait son corps pour conserver ses souvenirs.

Mais d'autres humains ? Glasfeu avait raison : ce n'était que de la viande. Elle suivit la grève et choisit un corps assez frais pour saigner encore ; elle le trancha en deux, la langue ondulant au contact et au goût du tissu et du cuir, puis le mâcha quelques fois avant de le confier aux puissants muscles constricteurs du fond de sa gorge.

Le cadavre descendit. Humain ou non, c'était de la viande, et la bataille lui avait creusé l'appétit.

Glasfeu se déplaçait de quelques pas dans l'eau puis tendait le cou pour s'emparer de nouveaux cadavres ; Tintaglia, elle, était plus sélective. Le dragon avait raison : les humains se gâtaient vite, et certains sentaient déjà la pourriture. Elle cherchait donc ceux qui étaient morts le plus récemment, et repoussait ceux qui commençaient à se rigidifier.

Elle fouillait dans un amoncellement de corps quand l'un d'eux émit un faible cri et s'efforça de s'éloigner en rampant ; l'homme n'était pas de grande taille, et le venin lui avait en partie rongé les jambes. Il se traînait à terre en gémissant, et, quand Glasfeu s'approcha, attiré par ses geignements, il se mit à parler.

« Pitié ! s'exclama-t-il d'une voix aiguë d'enfant. Laissez-moi vivre, par pitié ! Nous ne voulions pas vous attaquer, mon père et moi ! On nous a obligés ! Les hommes du duc ont pris le fils héritier de mon

21

père, ma mère et mes deux sœurs, et ils ont dit que si nous ne participions pas à la chasse ils les brûleraient, que le nom de mon père disparaîtrait avec lui et que notre lignée ne serait plus que poussière. Nous avons dû obéir, mais nous ne voulions pas vous faire de mal, magnifiques seigneurs, dragons à l'intelligence infinie !

— C'est un peu tard pour chercher à nous charmer, fit Glasfeu, amusé.

— Qui a pris ta famille en otage ? » demanda Tintaglia, curieuse. On voyait les os de ses jambes sous les muscles rongés par l'acide ; il ne survivrait pas.

« Les hommes du duc – le duc de Chalcède. Ils disaient que nous devions rapporter des échantillons de dragon pour lui. Il a besoin de remèdes à base de dragon, sans quoi il risque de mourir. Si nous lui procurions du sang noir, des écailles, un foie ou un œil de dragon, il assurerait notre fortune. Mais sinon... » Le jeune homme baissa les yeux sur sa jambe ; il la contempla un long moment puis son expression changea. Il regarda Tintaglia. « Nous sommes déjà morts, tous.

— Oui », répondit-elle, mais, sans laisser le temps au jeune homme de se pénétrer de cette idée, Glasfeu tendit le cou et referma ses mâchoires sur lui ; il avait frappé avec la rapidité d'un serpent.

*C'est de la viande fraîche ; inutile de le laisser pourrir comme les autres.*

Le dragon noir rejeta la tête en arrière, avala le reste du corps puis se dirigea vers un nouveau tas de cadavres.

22

## VINGT-NEUVIÈME JOUR DE LA LUNE IMMOBILE

*Septième année de l'Alliance indépendante
des Marchands*

**De Reyall, Gardien remplaçant des Oiseaux,
Terrilville, à Kim, Gardien des Oiseaux, Cassaric**

*Salutations, Kim.*

*Je suis chargé de vous transmettre une plainte de plusieurs de nos clients : ils prétendent avoir reçu des messages confidentiels auxquels on avait manifestement touché, alors même que le cachet de cire des cylindres était intact ; dans deux cas, le cachet d'un manuscrit hautement secret avait été rompu, et, dans un troisième, on a retrouvé le sceau en morceaux dans le cylindre, et le message lui-même avait été roulé de travers, comme si quelqu'un avait ouvert le cylindre, lu le manuscrit puis tout remis en place en cachetant le cylindre avec de la cire de Gardien. Ces plaintes émanent de trois négociants différents et concernent des messages envoyés par le Marchand Candral de Cassaric.*

*Ils n'ont exigé aucune enquête officielle pour l'instant ; je les ai implorés de me laisser vous contacter pour vous prier de parler au Marchand Candral et de lui demander de vous montrer le type de cire et de cachets qu'il utilise pour ses messages. J'espère, tout comme mes maîtres, qu'il s'agit simplement d'un problème de cire de mauvaise qualité, trop vieille ou cassante, plutôt que de Gardien qui ouvre des messages confidentiels. Néanmoins, nous vous conseillons de vous intéresser de près aux journaliers ou aux apprentis que vous avez employés au cours de l'année passée.*

*C'est à grand regret que nous vous demandons cela, et nous espérons que vous ne le prendrez pas mal. Mon maître me prie de vous dire que nous avons la plus entière confiance dans l'intégrité des Gardiens des Oiseaux de Cassaric et que nous attendons avec impatience de voir réfuter ces allégations.*

*Nous vous prions de nous faire la grâce d'une réponse rapide.*

# 1

## Le duc et le prisonnier

« Il n'y a aucune nouvelle, ô impérial. » Le messager à genoux devant le duc s'efforçait de s'exprimer sans trembler.

Le duc, soutenu par des coussins sur son trône, l'observait en attendant le moment où il craquerait ; le mieux que pût espérer celui qui apportait de mauvaises nouvelles était le fouet, mais retarder l'instant d'annoncer de mauvaises nouvelles méritait la mort.

L'homme gardait les yeux obstinément baissés. Il avait déjà reçu le fouet, il savait qu'il survivrait, et il acceptait son sort.

De l'index, le duc fit un petit signe ; les grands gestes demandaient un effort trop important, mais son chancelier avait appris à guetter ses mouvements les plus légers et à y réagir sur-le-champ. Il donna à son tour un signal plus visible à la garde, qui emmena le messager. Le bruit des bottes couvrait en partie le bruissement des sandales de l'homme. Nul n'osa dire un mot. Le chancelier se retourna vers son seigneur et s'inclina, le front sur les genoux ; lentement, il s'agenouilla puis trouva l'audace de regarder les sandales du duc.

« Je suis navré que Votre Seigneurie ait été soumise à un message aussi insatisfaisant. »

Le silence régnait dans la salle d'audience, vaste volume aux murs en pierre dégrossie qui rappelait à ceux qui y pénétraient qu'elle faisait partie jadis d'une forteresse. Le plafond en ogive avait été peint en bleu nuit, et des étoiles y brillaient, éternellement figées. De hautes fentes en guise de fenêtres donnaient sur la cité qui s'étendait en contrebas.

La citadelle du duc, construite sur une hauteur, occupait le point le plus élevé de la cité. Autrefois, elle se dressait au sommet, et, à l'intérieur de ses murs, un cercle de piliers noirs sous le ciel circonscrivait un lieu de grande magie. Selon la légende, ils avaient perdu leur pouvoir maléfique lorsqu'on les avait renversés, et ils gisaient désormais autour du trône, leurs runes antiques usées, à fleur du dallage gris qu'on avait posé autour d'eux. Ils pointaient vers les cinq coins du monde connu, et l'on disait que chacun d'eux cachait une fosse carrée où l'on laissait mourir les sorciers ennemis de l'ancienne Chalcède. Au milieu, le trône rappelait aux visiteurs que le duc était assis là où tous craignaient jadis de s'avancer.

Le duc remua les lèvres ; aussitôt, un page se dressa d'un bond et se précipita, un récipient plein d'eau fraîche entre les mains. Il s'agenouilla et le présenta au chancelier ; à son tour, celui-ci s'avança à genoux pour porter le récipient à la bouche de son seigneur.

26

Le duc inclina la tête et but. Quand il releva le visage, un nouvel assistant était apparu et tendait au chancelier un linge doux afin qu'il séchât le menton de son maître.

Ce dernier permit enfin au chancelier de se reculer, et, sa soif étanchée, il prit la parole.

« Aucune autre nouvelle de nos émissaires dans le désert des Pluies ? »

Le chancelier voûta davantage les épaules, et sa robe épaisse en soie marron s'étala autour de lui ; ses cheveux qui se raréfiaient laissaient voir sa calvitie naissante. « Non, très illustre. À ma grande honte, j'ai la tristesse de vous annoncer qu'ils ne nous ont envoyé aucune nouvelle récente.

— Aucune cargaison de chair de dragon n'est prévue ? » Il connaissait la réponse, mais voulait forcer Ellik à l'énoncer tout haut.

Le visage du chancelier était au ras du dallage. « Lumineux seigneur, je suis humilié et mortifié de le dire, nous n'avons reçu aucun message dans ce sens. »

Le duc réfléchit. Ouvrir les yeux complètement lui demandait un trop grand effort, tout comme parler assez haut pour se faire entendre de tous. Ses lourdes bagues en or serties d'énormes pierres précieuses glissaient sur ses doigts osseux et alourdissaient ses mains ; les robes somptueuses de sa majesté ne pouvaient dissimuler sa maigreur. Il s'étiolait, il mourait sous les yeux de sa suite. Il devait donner une réponse ; il ne devait pas apparaître comme faible.

27

D'une voix basse, il dit : « Relancez nos gens ; envoyez d'autres émissaires à tous nos contacts, faites-leur parvenir des présents particuliers ; encouragez-les à se montrer sans pitié. » Avec un effort, il leva la tête et parla plus fort. « Dois-je vous rappeler à tous que, si je meurs, on vous enterrera avec moi ? »

Ses paroles auraient dû rendre un son d'airain sur les murs de pierre, mais il entendit ce qu'entendit sa suite : la voix stridente et outragée d'un vieil homme à l'agonie. Il était intolérable qu'un personnage tel que lui risquât de mourir sans héritier ! Il n'eût pas dû avoir à parler : son fils devrait se tenir devant lui et, d'une voix sonore, contraindre les nobles à obéir promptement. Mais il ne pouvait que leur lancer des menaces d'une voix sifflante comme un vieux serpent édenté.

Comment en était-on arrivé là ? Il avait toujours eu des fils, plus qu'il n'en fallait, mais certains mani-festaient une ambition qui lui déplaisait ; il en avait envoyé quelques-uns à la guerre, d'autres à la salle de torture pour insolence, et il en avait fait em-poisonner discrètement d'autres enfin. S'il avait su qu'une maladie emporterait non seulement son héritier désigné mais aussi ses trois derniers fils, il en eût gardé quelques-uns en réserve ; hélas, il n'en avait rien fait, et il se retrouvait désormais avec une fille inutile, une femme qui, à trente ans, n'avait pas d'enfants, pensait et marchait comme un homme, qui, trois fois veuve, n'avait jamais eu la chance de porter un enfant, qui lisait des livres et écrivait de la poésie, bref, une femme qui ne lui servait à rien et qui pouvait

28

se révéler aussi dangereuse qu'une sorcière. Et lui-même n'avait plus assez de vigueur pour engrosser une femme.

Intolérable ! Il ne pouvait pas mourir sans héritier et laisser son nom devenir poussière dans la bouche du monde. Il lui fallait le remède, le somptueux sang de dragon qui lui rendrait jeunesse et virilité ; alors il ferait une dizaine d'héritiers qu'il tiendrait sous clé afin d'éviter tout accident.

Du sang de dragon, un remède tout simple, et pourtant nul n'était apparemment capable de le lui fournir.

« Si mon seigneur devait mourir, ma peine serait si grande que seul l'apaiserait l'ensevelissement avec lui, Votre Grâce. » Les propos doucereux du chancelier sonnèrent soudain comme une moquerie cruelle.

« Ah, tais-toi ! Tes flatteries m'agacent. À quoi me sert ta loyauté creuse ? Où sont les prélèvements de dragon qui doivent me sauver ? C'est d'eux que j'ai besoin, non de tes louanges oiseuses. N'y a-t-il donc personne ici qui veuille me servir de son plein gré ? » Malgré l'énergie que cela requérait et dont il n'avait guère de réserve, sa voix porta cette fois. Comme il parcourait la salle du regard, nul n'osa lever les yeux ; les nobles courbaient le cou, tremblants, et il leur laissa le temps de songer à leurs fils qu'il tenait en otages et qu'ils n'avaient pas vus depuis des mois ; il leur laissa un long moment pour se demander si leurs héritiers étaient encore vivants, puis il demanda sur le ton de la conversation : « A-t-on des nouvelles des autres forces que nous avons envoyées suivre les rumeurs selon lesquelles on aurait aperçu des dragons dans le désert ? »

Le chancelier ne changea pas de position, figé, supplicié par des ordres contradictoires.

*Es-tu en train de bouillir de colère, Ellik ?* se demanda le duc. *Te rappelles-tu que tu chevauchais à mes côtés quand nous marchions au combat ? Regarde ce que sont devenus le seigneur de guerre et son bras infatigable : un vieil homme chancelant, un serviteur tremblant. Si seulement tu m'apportais ce dont j'ai besoin, tout redeviendrait comme avant. Pourquoi me fais-tu défaut ? Nourris-tu des ambitions personnelles ? Dois-je te tuer ?*

Il observait son chancelier, mais Ellik gardait les yeux baissés. Quand il jugea qu'il était sur le point de craquer, il aboya : « Réponds ! »

Ellik leva le visage, et le duc lut la fureur qui se cachait dans son regard gris et soumis. Ils avaient monté à cheval et combattu côte à côte trop longtemps pour réussir à dissimuler complètement l'un à l'autre ce qu'ils pensaient. Ellik connaissait toutes les ruses de son duc, auxquelles il s'était plié jadis, mais à présent il était las de ces jeux ; il prit une grande inspiration. « Nous n'avons aucune nouvelle pour le moment, monseigneur ; mais les dragons ne se rendent au bord de l'eau qu'à intervalles irréguliers, et nous avons ordonné à notre force de rester sur place jusqu'à la réussite du plan.

— Bon, au moins, nous n'avons reçu aucune nouvelle d'un échec.

— Non, glorieux souverain. L'espoir demeure.

— L'espoir ! Toi, tu espères peut-être ; moi, j'exige ! Chancelier, espères-tu que ton nom te survivra ? »

Un froid terrible envahit Ellik. Son duc connaissait son point le plus vulnérable. « Oui, monseigneur, dit-il dans un souffle.

— Et tu as non seulement un fils-héritier, mais un second fils aussi ? »

La voix de l'homme trembla, à la grande satisfaction du duc. « J'ai ce bonheur, oui, Votre Grâce.

— Hmmm. » Le duc de Chalcède voulut s'éclaircir la gorge, mais fut pris d'une quinte de toux qui déclencha un mouvement précipité de serviteurs, et on lui tendit un récipient d'eau froide ainsi qu'une tasse de thé brûlant ; un linge propre attendait dans les mains d'un domestique qui s'approchait à genoux, tandis qu'un autre apportait un verre de vin.

D'un geste à peine visible de la main, le duc les renvoya, puis il prit une inspiration rauque.

« Deux fils, chancelier ; c'est ce qui te permet d'avoir de l'espoir. Mais, moi, je n'en ai pas un seul, et ma santé chancelle parce qu'il me manque une petite chose ; je ne demande qu'un remède tout simple, fabriqué à base de sang de dragon, mais nul ne me l'apporte. Je m'interroge : est-il juste que tu aies tant d'espoir que ton nom résonnera longtemps à l'oreille du monde alors que le mien se taira parce que je n'aurais pas eu ce remède ? Sûrement pas ! »

Le chancelier se recroquevillait peu à peu. Sous le regard de son seigneur, il se tassa, la tête sur les genoux, puis s'effondra sur lui-même, montrant par

31

sa pose son désir d'être indigne de l'attention de son duc.

Ce dernier bougea vaguement les lèvres pour former un souvenir de sourire.

« Pour aujourd'hui, je t'autorise à garder tes deux fils. Demain ? Demain, nous espérerons tous les deux recevoir de bonnes nouvelles. »

« Par ici. »

Quelqu'un souleva le rabat d'épais tissu qui servait de porte. Une tranche de lumière creva l'obscurité puis disparut aussitôt, remplacée par l'éclat jaune d'une lampe. Le chien à deux têtes dans le box voisin du sien gémit et se retourna dans son sommeil. Selden se demanda depuis combien de temps la pauvre bête n'avait pas vu la lumière du jour, la vraie. Infirme, elle était déjà là au moment de l'acquisition de Selden. Pour lui, il y avait des mois, voire une année, qu'il n'avait plus senti la caresse du soleil ; l'ouverture du rabat révélait que la moitié des merveilles et des êtres légendaires exhibés dans les minables boxes de location du bazar étaient soit des monstres, soit des faux, et que même ceux qui pouvaient se prévaloir d'une certaine authenticité étaient en mauvaise santé.

Comme lui.

La lanterne s'approcha, et son éclat lui fit monter les larmes aux yeux ; il détourna le visage et ferma les paupières. Il ne se leva pas : il connaissait la longueur exacte des chaînes fixées à ses chevilles, et il avait mis leur résistance à l'épreuve quand on l'avait amené dans le box ; elles avaient conservé toute leur

32

solidité tandis qu'il avait perdu de sa vigueur. Il resta étendu et attendit le départ des visiteurs, mais ils s'arrêtèrent devant lui.

« C'est lui ? Je pensais qu'il serait plus grand ! Il a la taille d'un homme ordinaire.

— Il est grand, en réalité. Ça ne se voit pas beaucoup quand il est roulé en boule comme ça.

— Je le distingue mal dans son coin ; peut-on entrer ?

— Je ne vous conseille pas de vous approcher de lui. »

Le silence retomba, puis les deux hommes se mirent à converser à voix basse. Selden ne bougea pas. S'ils parlaient de lui, cela lui était indifférent ; il avait perdu toute capacité à se sentir gêné ou seulement humilié. Il regrettait toujours amèrement ses vêtements, mais parce qu'il avait froid, surtout ; parfois, entre les représentations, on lui jetait une couverture, mais le plus souvent il n'avait rien. Rares étaient ceux qui parlaient sa langue parmi ceux qui s'occupaient de lui, si bien qu'en appeler à leur pitié ne servait à rien ; mais, peu à peu, son cerveau enfiévré s'aperçut d'un fait inhabituel : les deux hommes s'exprimaient dans un langage qu'il connaissait, le chalcédien, la langue de son père qu'il avait apprise dans le vain espoir de l'impressionner. Il ne manifesta en rien qu'il avait conscience de leur présence, mais il dressa l'oreille.

« Hé ! Hé, le dragonneau ! Debout, qu'on te voie ! »

Il pouvait faire la sourde oreille, auquel cas ils lui jetteraient sans doute quelque chose pour l'obliger à bouger, ou bien ils tourneraient le treuil qui tirait ses chaînes ; il avait le choix entre gagner le fond du box de son propre gré ou s'y faire traîner par les chevilles. Ses ravisseurs le craignaient et refusaient de l'écouter quand il affirmait être humain ; ils tendaient toujours ses chaînes quand ils venaient changer la paille qui couvrait le sol de sa cage. Avec un soupir, il se déplia et se leva lentement.

Un des hommes réprima un hoquet de surprise. « Il est immense ! Regardez comme ses jambes sont longues ! A-t-il une queue ?

— Non, mais il est couvert d'écailles de la tête aux pieds, et il scintille comme un diamant à la lumière du jour.

— Eh bien, qu'il sorte ; je voudrais le voir en pleine lumière.

— Non, il n'aime pas ça.

— Menteur », dit Selden d'une voix claire. La lampe l'éblouissait, mais il s'adressa à l'une des deux silhouettes qu'il discernait. « Il ne veut pas que vous me voyiez malade, il ne veut pas que vous me voyiez couvert d'ulcères ni que vous vous rendiez compte que les chaînes m'attaquent les chevilles. Mais surtout il ne veut pas que vous voyiez que je suis aussi humain que vous.

— Mais il parle ! » L'homme paraissait plus impressionné qu'effrayé.

« Oui, mais je vous conseille de ne pas l'écouter : il est à moitié dragon, et chacun sait qu'un dragon peut convaincre n'importe qui de n'importe quoi.

— Je ne suis pas à moitié dragon ! Je suis un homme comme vous, qu'un vieux dragon a changé par faveur. » Selden s'efforça de s'exprimer avec force, mais il n'avait plus d'énergie.

« Vous voyez comme il ment ? Nous ne lui répondons pas ; se laisser prendre à une conversation avec lui, c'est succomber à ses artifices ; c'est sans doute ainsi que sa mère a été séduite par un dragon... » L'homme s'éclaircit la gorge. « Bien, vous l'avez vu. Mon maître répugne à le vendre, mais il est prêt à vous écouter, étant donné le long voyage que vous avez fait.

— Ma mère ? Mais c'est ridicule ! Un enfant ne croirait pas à un pareil conte à dormir debout ! Et vous ne pouvez pas me vendre : je ne vous appartiens pas ! » Selden mit sa main en visière pour mieux voir l'homme, mais en vain ; ses propos n'avaient provoqué aucune réaction. Soudain, il se sentit stupide : le problème, ce n'était pas la barrière du langage, mais le refus des hommes de le voir autrement que comme un monstre qui valait une fortune.

Ils poursuivirent leur conversation comme s'il n'avait rien dit.

« Vous savez que je ne suis qu'un intermédiaire ; ce n'est pas pour moi que je l'achète. Votre maître demande un prix très élevé, or la personne que je représente est riche, mais les riches sont plus près de leurs sous que les pauvres, selon le dicton. Si je dépense son argent et que l'homme-dragon le déçoit, ce n'est pas seulement en espèces qu'il exigera de moi un remboursement. »

Les yeux larmoyants, Selden ne distinguait que leurs silhouettes, deux hommes qu'il ne connaissait pas et qui jaugeaient la valeur monétaire de sa vie. Il s'avança vers eux en traînant sa chaîne derrière lui dans la paille moisie. « Je suis malade ! Vous ne le voyez donc pas ? N'avez-vous aucune compassion ? Vous me gardez enchaîné dans ce box, vous me donnez à manger de la viande à moitié pourrie et du pain sec, je ne vois jamais le jour… Vous me tuez ! Vous m'assassinez !

— La personne que je représente a besoin de preuves avant de dépenser une telle somme. Je vais vous parler franchement : pour le prix que vous demandez, vous devez me laisser lui envoyer quelque chose en signe de bonne foi ; si cette créature est bien telle que vous la décrivez, votre maître obtiendra le prix qu'il réclame, et nos commanditaires seront satisfaits de nous deux. »

Un long silence s'ensuivit. « Je vais soumettre la question à mon maître. Venez, allons boire un verre ; négocier, ça donne soif. »

Les deux hommes commencèrent à s'éloigner, la lanterne se balançant au rythme de leur marche. Selden fit deux pas et s'arrêta, parvenu au bout de sa chaîne. « J'ai une famille ! cria-t-il. Une mère ! Un frère et une sœur ! Je veux rentrer chez moi ! Je vous en supplie, laissez-moi rentrer chez moi avant que je meure ! »

Pour toute réponse, il eut droit à un bref éclair de lumière du jour, puis les hommes laissèrent retomber le rabat derrière eux.

Selden toussa en se tenant les côtes pour contenir la douleur. Des glaires lui remontèrent dans la bouche, et il les cracha dans la paille sale ; contenaient-elles

36

du sang ? Il n'y voyait pas assez pour le déterminer. En tout cas, sa toux empirait, cela, il le savait.

Il retourna d'un pas chancelant jusqu'au tas de paille qui lui servait de lit, s'agenouilla puis s'allongea sur le flanc. Ses articulations lui faisaient mal. Il frotta ses paupières collées puis ferma les yeux. Pourquoi avait-il accepté de se lever ? Pourquoi ne pouvait-il pas baisser les bras et rester couché en attendant la mort ?

« Tintaglia », murmura-t-il, et il tendit son esprit vers celui de la dragonne. À une époque, elle sentait sa présence quand il la cherchait, et elle le laissait toucher ses pensées ; mais elle avait trouvé son compagnon et, depuis, il ne percevait plus rien d'elle. Il l'avait idolâtrée ou presque, il avait joui de sa splendeur et il la lui avait rendue dans ses chansons.

*Ses chansons…* Depuis combien de temps n'avait-il plus chanté pour elle, plus chanté tout court ? Il l'avait aimée et il avait cru qu'elle l'aimait en retour. Pourtant, tout le monde l'avait mis en garde contre le charme des dragons, contre le sortilège d'enchantement dont ils se servent pour prendre les hommes dans leurs filets, mais il n'y avait pas cru ; il n'avait vécu que pour la servir ; le pire, alors qu'il gisait sur son tas de paille sale comme un chien abandonné, c'était que, si elle revenait et lui adressait le moindre regard, il se prosternerait de nouveau devant elle, et il le savait.

« C'est ce que je suis aujourd'hui, tel qu'elle m'a fait », dit-il tout bas dans l'obscurité.

Dans le box voisin, le chien à deux têtes gémit.

# SEPTIÈME JOUR DE LA LUNE DE L'ESPOIR

*Septième année de l'Alliance indépendante
des Marchands*

*De Kim, Gardien des Oiseaux, Cassaric,
à Reyall, Gardien remplaçant des Oiseaux, Terrilville*

*Veuillez dire à vos maîtres que je trouve extrêmement déplaisant qu'ils confient à un sous-fifre de me transmettre ces accusations ignobles contre moi. Je crois qu'avoir reçu l'autorisation de remplacer Erek comme Gardien des Oiseaux en son absence vous a donné un sentiment exagéré de votre importance, tout à fait inconvenant pour un apprenti face à un Maître. En outre, je conseille aux Maîtres de la Guilde des Gardiens des Oiseaux de Terrilville de s'intéresser aux relations de votre famille et d'envisager la jalousie qu'elle me porte dans l'optique de la promotion au poste de Gardien des Oiseaux de Cassaric, car je pense qu'ils trouveront là l'origine de cette vile calomnie.*

*Je refuse de contacter le Marchand Candral dans le cadre de cette affaire. Il ne s'est jamais plaint de nous, et j'ai la certitude que, si ces affirmations contenaient une once de vérité, il serait venu protester en personne. À mon avis, le problème ne vient pas de sa cire ni de son cachet, mais de la manutention négligente des cylindres contenant les messages confidentiels dans la volière de Terrilville par celui qui a la charge de s'occuper des oiseaux en provenance de Trehaug et de Cassaric, c'est-à-dire vous, apprenti.*

*Si la Guilde des Gardiens des Oiseaux de Terrilville a des doléances à faire sur le traitement des messages à Cassaric, je recommande qu'elle envoie une plainte officielle au Conseil des Marchands de Cassaric et demande une enquête. Vous constaterez, je pense, que le Conseil a toute confiance dans les Gardiens des Oiseaux de Cassaric et qu'il refusera de donner suite à une accusation aussi grossière.*

*Kim, Gardien des Oiseaux, Cassaric*

# 2

## Combat de dragons

Le soleil avait crevé les nuages, et la brume qui enveloppait la prairie pentue près du fleuve rapide commençait à se dissiper. Sintara leva la tête pour regarder le globe brûlant ; son éclat touchait sa peau écailleuse, mais elle n'en sentait guère de chaleur. Alors que le brouillard s'élevait en longues volutes et disparaissait sous l'effleurement du soleil, le vent cruel amenait de gros nuages gris de l'ouest ; la journée allait encore être pluvieuse. Dans les contrées lointaines, le sable délicieusement rêche devait devenir brûlant sous un astre radieux. Il lui vint à l'esprit un souvenir atavique, dans lequel elle se roulait dans le sable et frottait ses écailles pour les faire briller ; elle et ses semblables eussent dû migrer des mois plus tôt, s'envoler dans une tempête lumineuse d'ailes scintillantes et de queues battantes pour gagner le Sud ; la chasse était toujours bonne dans les hautes terres rocheuses qui ceignaient le désert. S'ils étaient là-bas à présent, l'heure serait à chasser, à se gorger

41

de viande, à dormir tout l'après-midi brûlant puis à s'élever dans le ciel bleu pour planer sur les courants d'air chaud. Avec les vents nécessaires, un dragon pouvait se maintenir dans les airs sans effort ; une reine pouvait ajuster l'orientation de ses ailes, planer et observer les lourds mâles qui se battaient dans les airs en dessous d'elle. Sintara s'imaginait les regardant qui se heurtaient, crachaient, montaient plus haut et emmêlaient leurs serres.

Un seul dragon sortait vainqueur d'un tel combat ; ses rivaux vaincus retournaient au sable pour se chauffer, la mine sombre, ou s'enfuyaient dans les collines giboyeuses pour passer leur colère en massacrant leurs proies. Le dragon victorieux battait des ailes pour atteindre une altitude égale à celle des femelles en attente et désigner celle qu'il voulait conquérir ; alors une autre bataille, différente, s'engageait.

Les paupières cuivrées de Sintara étaient mi-closes, sa tête dressée au bout de son long cou puissant et tournée vers le soleil. Par réflexe, elle avait déployé ses ailes d'azur qui ne lui servaient à rien. Elle sentait s'éveiller des envies en elle ; la chaleur du rut échauffait les écailles de son ventre et de sa gorge, et elle percevait l'odeur de son propre désir qui remontait des glandes situées sous ses ailes. Elle ouvrit les yeux et baissa la tête avec une sorte de sentiment de honte : une véritable reine digne de s'accoupler devait posséder des ailes puissantes capables de l'emporter au-dessus des nuages qui menaçaient à présent de la tremper. Son vol répandrait l'odeur de son musc et enflammerait tous les dragons de la région ; mais une véritable reine ne resterait pas échouée sur cette berge détrempée avec pour seule compagnie des mâles inefficaces, incapables de voler, et des gardiens humains encore plus inutiles.

Elle chassa de son esprit ses rêves de batailles glorieuses et de vols nuptiaux alors qu'un grondement de contrariété faisait vibrer ses flancs. Elle avait faim. Où était sa Thymara, sa gardienne ? Elle devait chasser à sa place pour lui rapporter du gibier fraîchement tué. Où était cette bonne à rien ?

Une violente rafale de vent la balaya soudain, et elle sentit une puissante odeur de dragon mâle ; juste à temps, elle replia ses ailes à demi ouvertes.

Les pattes griffues touchèrent le sol, et il glissa vers Sintara, s'arrêtant à la dernière seconde avant de la heurter. La dragonne se cabra et tendit autant qu'elle le put son long cou scintillant, mais Kalo la dominait quand même, et elle vit ses yeux tournoyants s'illuminer quand il prit conscience de son avantage ; le mâle avait grandi et gagné en muscles et en vigueur depuis leur arrivée à Kelsingra. « Je viens de faire mon vol le plus long », dit-il, et il agita ses larges ailes bleunoir pour les débarrasser des gouttes de pluie, en aspergeant Sintara au passage, puis il les replia soigneusement sur son dos. « Mes ailes deviennent chaque jour plus longues et plus fortes, et bientôt je serai un seigneur du ciel. Et toi, reine ? Quand t'envoleras-tu ?

— Quand j'en aurai envie », répliqua-t-elle, et elle se détourna. Il puait le rut ; il s'intéressait moins à la folle liberté du vol qu'à ce qui pouvait se passer

43

dans les airs ; elle ne voulait même pas y songer. « Et je n'appelle pas ça voler : tu as dévalé la colline et tu as sauté en l'air ; planer, ce n'est pas voler. » Sa critique n'était pas juste, à proprement parler : Kalo était resté dans les airs pendant cinq battements d'ailes avant de se poser. La colère le disputant à l'humiliation en elle, elle revécut son premier essai : elle s'était jetée en l'air et avait plané sous les applaudissements des gardiens, mais ses ailes n'avaient pas la force de la soutenir, et elle était retombée dans le fleuve. Culbutée, malmenée par le courant, elle était ressortie de l'eau couverte de boue et d'ecchymoses. *Ne songe pas à cette ignominie ; mais veille à ce que plus personne n'assiste à tes échecs.*

Une rafale de vent amena la pluie. La dragonne n'était descendue au fleuve que pour se désaltérer ; elle décida de retourner sous la maigre protection des arbres.

Mais, comme elle allait s'éloigner, Kalo tendit soudain le cou, et il referma ses mâchoires sur sa nuque, juste derrière la tête, mettant Sintara dans l'impossibilité de le mordre ou de lui cracher son venin. Elle leva une patte antérieure pour le frapper, mais il avait le cou plus long et plus fort qu'elle, et il la maintint à l'écart. Sintara donna des coups de griffes furieux mais inefficaces ; enfin, elle exprima sa rage d'un coup de trompe, et Kalo la relâcha en sautant en arrière, si bien que l'attaque de la dragonne fut aussi vaine que les précédentes.

Le grand mâle déploya ses ailes, prêt à la repousser si jamais elle fonçait sur lui ; ses yeux, argentés avec

44

des volutes vertes, tourbillonnaient, plein d'un amusement exaspérant.

« Tu devrais essayer de voler, Sintara ! Il faut que tu redeviennes une vraie reine, souveraine de la mer, de la terre et du ciel. Laisse derrière toi ces vers de terre et élève-toi avec moi. Nous chasserons, nous tuerons et nous nous en irons loin de cette pluie froide et de ces prairies trop vertes, jusqu'aux déserts du Sud. Contacte tes souvenirs ancestraux et rappelle-toi ce que nous sommes ! »

Sintara avait mal au cou, là où les crocs de Kalo avaient entaillé la peau, mais elle souffrait bien davantage de son amour-propre offensé. Sans se préoccuper du danger, elle fonça sur lui, la gueule grande ouverte et les sacs à venin gonflés, mais, avec un rugissement ravi, le dragon bondit en l'air, et elle passa en dessous de lui. Comme elle se retournait, elle vit Ranculos le rouge et Sestican l'azur qui se dirigeaient vers eux d'un pas lourd. Les dragons n'étaient pas faits pour déambuler sur la terre ferme, et ils couraient maladroitement comme des bœufs trop gras. La crinière parcourue d'orange de Sestican se dressait sur son dos, et, comme Ranculos fonçait vers les combattants, il beugla : « Laisse-la, Kalo !

— Je n'ai pas besoin de ton aide », répliqua la dragonne en se détournant de son adversaire et en plantant là les trois mâles. En elle, à la satisfaction de constater qu'ils étaient prêts à se battre pour elle s'opposait l'humiliation de se sentir indigne de leur rivalité ; elle ne pouvait pas s'envoler dans le ciel, véloce et gracieuse, elle ne pouvait pas défier, par

45

son agilité et son intrépidité, le vainqueur d'un combat pour elle. Mille souvenirs d'autres batailles et de vols nuptiaux flottaient à l'orée de son esprit, mais elle les repoussa et refusa de se retourner vers les trois mâles dont elle entendait les rugissements et les claquements d'ailes furieux. « Je n'ai pas besoin de voler, jeta-t-elle dédaigneusement par-dessus son épaule. Il n'y a pas un seul dragon ici qui vaille un vol nuptial. »

Un cri de douleur et de rage fut la seule réponse de Ranculos. Tout autour de Sintara, dans l'après-midi pluvieux, les humains éclatèrent en exclamations affolées et en questions stridentes en jaillissant de leurs cahutes pour se précipiter vers le théâtre du combat. Les imbéciles ! Ils allaient se faire piétiner, ou pire ! Les humains n'avaient pas à intervenir dans ces affaires, et elle détestait les voir traiter ses congénères comme du bétail qu'il faut gérer au lieu de dragons qu'il faut servir. Sa propre gardienne, un manteau en lambeaux sur son dos déformé, courait vers elle en criant : « Sintara, tu n'as rien ? Tu es blessée ? »

La dragonne leva haut la tête et ouvrit ses ailes à demi. « Me crois-tu incapable de me défendre ? répliqua-t-elle. Me crois-tu faible et...

— Attention ! » lança un humain, et Thymara obéit, s'accroupit et se couvrit l'arrière de la tête avec les mains.

Avec un grondement amusé, Sintara vit Mercor, le dragon doré, passer près d'elle à toute allure, les ailes déployées, ses pattes griffues faisant sauter des mottes de terre tandis qu'il courait en touchant à peine le sol. Les mains de Thymara ne l'eussent pas protégée si l'aile barbelée du mâle l'avait seulement effleurée ; le vent de sa course la projeta au loin, et elle roula dans l'herbe mouillée de la prairie.

Surgissant au milieu des cris des humains et des rugissements des dragons, le coup de trompe de Mercor noya le vacarme, et il fonça dans la mêlée des mâles en plein combat.

Sestican roula au sol sous l'impact ; une de ses ailes se tordit dangereusement, et Sintara l'entendit pousser un « han ! » de douleur et d'incompréhension. Kalo, qui écrasait Ranculos sous sa masse, tenta de rouler sur lui-même et d'atteindre Mercor d'un coup des griffes de ses puissantes pattes arrière, mais le dragon doré s'était cabré et dominait la mêlée ; il bondit soudain et bloqua les ailes déployées de Kalo sous son poids. D'un coup de griffes, le dragon prisonnier lui ouvrit une entaille sur le flanc, mais, avant qu'il pût le blesser plus encore, Mercor se déplaça pour l'immobiliser davantage. Au bout de son long cou, la tête de Kalo cingla l'air comme la mèche d'un fouet, mais le dragon doré avait manifestement l'avantage. Pris au piège sous deux dragons plus grands que lui, Sestican poussait des rugissements de rage impuissante. Une odeur pénétrante de musc montait de la bataille.

Une horde de gardiens effrayés et furieux entourait les combattants ; ils criaient le nom de leurs dragons et s'efforçaient d'empêcher les autres créatures de se mêler à la bataille. Les femelles, Dente et Veras, tendaient le cou et s'approchaient dangereusement de l'échauffourée sans se soucier de leurs gardiens. Baliper tournait autour de la mêlée en battant l'air de sa queue rouge, et les humains s'égaillaient sur son passage avec des glapissements indignés.

La bataille cessa presque aussi brusquement qu'elle avait commencé. Mercor se rejeta en arrière puis avança soudain la tête, les mâchoires largement ouvertes ; les cris des gardiens et les rugissements effrayés des autres dragons laissèrent présager la mort de Kalo par aspersion d'acide, mais, à la dernière seconde, Mercor referma la gueule, baissa la tête et cracha, non un nuage ni un flot, mais une grosse goutte d'acide sur la gorge vulnérable de son congénère. Le dragon bleu-noir poussa un hurlement de douleur et de rage. En trois battements d'ailes, Mercor s'écarta de lui et alla se poser un peu plus loin ; le sang coulait abondamment de la longue entaille qui lui barrait le flanc et rougissait ses écailles dorées ; il respirait fort, les naseaux évasés. Les couleurs dansaient sur ses écailles, et les bourrelets protecteurs autour de ses yeux étaient dressés. Il battait de la queue, et l'odeur de son défi emplissait l'air.

Dès l'instant où Mercor s'était envolé, Kalo s'était remis debout. Avec un grondement de fureur et d'humiliation, il se dirigea aussitôt vers le fleuve pour y laver l'acide avant qu'il eût le temps de ronger sa chair davantage. Carson, le gardien de Crache, courut à ses côtés en lui criant de lui laisser examiner sa blessure, mais le dragon noir ne l'écouta pas. Meurtri, secoué, mais sans blessure grave, Ranculos se redressa en chancelant. Il agita les ailes puis les replia lentement, comme si elles lui faisaient mal ; enfin, avec le peu de dignité qui lui restait, il s'éloigna en claudiquant de la terre piétinée du théâtre de la bataille.

Mercor lança à Kalo qui battait en retraite vers le fleuve : « N'oublie pas que j'aurais pu te tuer ! Ne l'oublie jamais, Kalo !

— Engeance de lézard ! » rugit le dragon noir, mais sans ralentir sa marche vers les eaux glacées.

Sintara se détourna ; c'était fini. Elle s'étonnait que le combat eût duré aussi longtemps ; les dragons luttaient – et s'accouplaient – en vol, d'ordinaire, et, si les mâles avaient été capables de s'envoler, la compétition se fût étendue sur plusieurs heures, voire toute la journée, pour s'achever avec tous les dragons couverts de sang et de brûlures. Un instant, ses souvenirs ataviques de telles épreuves s'emparèrent de son esprit, et elle sentit son cœur s'emballer. Les mâles se seraient battus pour obtenir ses faveurs, et, lorsqu'il n'en serait plus resté qu'un, il aurait encore dû relever le défi de la vaincre en vol avant d'avoir le droit de s'accoupler avec elle. Ils seraient montés toujours plus haut dans le ciel tandis que le dragon se serait efforcé de suivre ses vrilles, ses plongeons et ses ascensions fulgurantes ; et, s'il y était parvenu, s'il avait réussi à la rattraper, il se serait cramponné à elle, et, alors que leurs battements d'ailes se synchronisaient...

« SINTARA ! »

Le cri de Mercor interrompit ses réflexions. Elle ne fut pas la seule à se retourner vers le dragon doré :

49

tous les autres dragons et tous les gardiens le regardaient – et la regardaient aussi.

Il leva la tête puis déploya brusquement ses ailes avec un claquement sonore. Une bouffée de son odeur flotta dans le vent. « Tu ne dois pas provoquer ce que tu ne peux pas achever », lança-t-il à la dragonne.

Elle planta ses yeux dans les siens et sentit la colère aviver ses couleurs. « Ce ne sont pas tes affaires, Mercor ; tu ferais peut-être bien de ne pas te mêler de ce qui ne te concerne pas. »

Il étendit les ailes encore davantage et se haussa sur ses puissantes pattes postérieures. « Un jour, je volerai. » Il s'exprimait d'un ton calme qui portait néanmoins dans le vent et la pluie. « Et toi aussi ; et, quand le temps viendra des combats nuptiaux, je les remporterai, et je m'accouplerai avec toi. »

Elle le regarda fixement, plus stupéfaite qu'elle ne l'eût cru possible : une telle déclaration de la part d'un mâle était impensable. Elle s'efforça de ne pas se sentir flattée de s'entendre prédire qu'elle volerait un jour. Comme le silence s'éternisait, elle s'aperçut que tout le monde attendait une réponse de sa part, et la colère la prit. « C'est toi qui le dis ! » Elle n'avait rien trouvé de plus percutant, et elle n'eut pas besoin d'entendre le bruit de gorge dédaigneux de Dente pour se rendre compte qu'elle n'avait impressionné personne.

Elle leur tourna le dos et s'en alla d'un pas digne vers la forêt pour se mettre à l'abri relatif des arbres. Aucune importance ; elle se moquait des paroles de Mercor et des railleries de Dente ; à quoi bon chercher

50

à les éblouir ? Ils n'en valaient pas la peine. « De toute manière, ce n'était même pas une vraie bataille, fit-elle tout bas.

— C'était une "vraie bataille" que tu essayais de déclencher ? » Sa petite gardienne insolente, Thymara, était à côté d'elle et trottait pour rester à sa hauteur ; ses cheveux noirs pendaient en tresses dépenaillées qui s'ornaient encore de quelques amulettes en bois. Ses culbutes le long de la colline avaient couvert son manteau d'herbes sèches, elle avait les pieds enveloppés de chiffons avec en guise de semelles du cuir de daim tanné. Elle avait récemment minci et grandi, la structure de son visage était plus clairement dessinée, et les ailes que Sintara lui avait données dansaient au rythme de sa course sous son manteau. Malgré la rudesse de sa première question, c'est d'un ton inquiet qu'elle ajouta : « Arrête-toi un instant ; accroupis-toi que j'examine la blessure à ton cou.

— Il n'y pas eu de sang. » Sintara était sidérée : pourquoi répondait-elle à la demande impudente d'une simple humaine ?

« Je veux quand même y jeter un coup d'œil ; on dirait que tu as plusieurs écailles déchaussées.

— Je n'avais rien fait pour provoquer cette dispute ridicule. » Sintara s'arrêta brusquement puis baissa la tête pour permettre à Thymara d'inspecter son cou, contrariée de se plier aux manières dirigistes de l'humaine. Elle songea un instant à la jeter à terre d'un coup de tête « accidentel », mais elle se calma en sentant les mains fortes de la jeune fille remettre

51

en place les écailles déplacées de son cou. Sa gardienne et ses mains adroites avaient leur utilité.

« Tu n'as aucune écaille complètement détachée, mais tu risques d'en perdre quelques-unes plus tôt que prévu. »

Sintara perçut l'agacement de la jeune fille. Malgré l'impolitesse fréquente de Thymara, Sintara savait qu'elle tirait fierté de la bonne santé et de l'aspect de la reine ; quand on insultait Sintara, Thymara en était piquée elle aussi, et elle sentait la mauvaise humeur de sa dragonne.

Ainsi concentrée sur la jeune fille, Sintara comprit qu'elles partageaient plus qu'un sentiment d'agacement ; il y avait aussi de la colère. « Ah, les mâles ! s'exclama soudain Thymara. Apparemment, il n'en faut pas plus pour déclencher la bêtise des dragons que celle des hommes ! »

Cette réflexion attisa la curiosité de la dragonne, mais elle n'en laissa rien paraître ; elle passa en revue ce qu'elle savait des derniers revers qu'avait subis la jeune fille et devina la source de son aigreur. « C'est à toi qu'appartient la décision, pas à eux. Tu te conduis comme une idiote ! Accouple-toi avec les deux, ou avec aucun ; montre-leur que tu es une reine, non une vache qu'on mène au taureau.

— Je ne choisis pas », dit Thymara, répondant à la question que la dragonne n'avait pas posée.

Ses écailles remises en place, Sintara leva la tête et reprit sa marche en direction de la forêt. Thymara hâta le pas pour la suivre tout en réfléchissant tout haut. « Je veux seulement ne toucher à rien, tout laisser en l'état, mais ni l'un ni l'autre n'a l'air de partager cette envie. » Elle secoua la tête, et ses nattes dansèrent dans son dos. « Tatou est mon plus vieil ami ; je le connaissais à Trehaug avant qu'on devienne gardiens de dragons. Il fait partie de mon passé, de ce qui est chez moi. Mais, quand il insiste pour coucher avec moi, je ne sais pas si c'est parce qu'il m'aime ou parce que je le repousse. J'ai peur, si on devient amants et que ça ne marche pas, de le perdre complètement.

— Eh bien, couche avec Kanaï, et qu'on n'en parle plus », fit la dragonne. Thymara l'ennuyait ; comment les humains pouvaient-ils croire que les détails de leur vie pussent intéresser un dragon ? Autant se passionner pour une mouche ou un poisson !

La gardienne prit la réponse de Sintara comme prétexte pour continuer à s'épancher. « Kanaï ? Impossible. Si je le choisis comme compagnon, je sais que mon amitié avec Tatou ne s'en relèvera pas. Kanaï est beau, drôle… et un peu bizarre, mais d'une bizarrerie que j'aime bien ; et je pense qu'il tient à moi, que s'il insiste pour coucher avec moi, ce n'est pas que pour le plaisir. » Elle secoua de nouveau la tête. « Mais je ne veux pas, ni avec l'un, ni avec l'autre. Enfin, si, à condition de n'avoir que la partie physique, sans les complications qui vont avec. Mais je ne veux pas courir le risque de tomber enceinte, et je ne veux surtout pas avoir à prendre une décision qui engage toute ma vie. Si je choisis l'un, dois-je obligatoirement perdre l'autre ? Je ne sais pas ce que…

— Tu m'ennuies, la coupa Sintara. Et tu as plus important à faire. As-tu chassé pour moi aujourd'hui ? As-tu de la viande à me donner ? »

Ce soudain changement de sujet hérissa Thymara, et elle répondit à contrecœur : « Pas encore ; quand la pluie cessera, j'irai chasser. Pour le moment, le gibier se terre. » Elle se tut un instant puis aborda un autre sujet, dangereux celui-là. « Mercor disait que tu volerais un jour ; as-tu essayé ? T'es-tu exercée à battre des ailes aujourd'hui, Sintara ? Il n'y a qu'en faisant travailler tes muscles que tu arriveras à…

— Je ne veux pas me rendre ridicule ; je n'ai aucune envie de m'agiter sur la plage comme une mouette avec une aile cassée. » *Et encore moins d'échouer pour me casser la figure dans l'eau glacée du fleuve, au risque de me noyer, ou de surestimer mes capacités pour dégringoler dans un arbre comme Baliper ; il avait les ailes si gonflées qu'il ne pouvait plus les refermer convenablement, et il s'était arraché une griffe de la patte avant gauche.*

« Personne ne te trouve ridicule ! Il faut que tu t'exerces, Sintara ; il faut que tu apprennes à voler, comme tous tes semblables. Vous avez tous grandi depuis notre départ de Cassaric, et il devient impossible pour moi de chasser suffisamment pour te nourrir comme il faut, même avec le gros gibier qu'il y a dans la région. Tu vas devoir te procurer toi-même ta nourriture, et pour ça tu dois être capable de voler. Tu ne préférerais pas faire partie des premiers dragons à quitter le sol plutôt que des derniers ? »

54

Le coup porta. L'idée que les petites femelles, comme Veras ou Dente, pussent savoir voler avant elle était insupportable, or ces créatures malingres et malformées risquaient d'y parvenir plus facilement qu'elle. La colère lui chauffa le sang, et elle sentit le cuivre liquide de ses yeux tourbillonner sous l'effet de l'émotion ; elle n'aurait qu'à les tuer, voilà tout ; les tuer avant que l'une ou l'autre pût l'humilier.

« Ou alors, tu peux apprendre à voler avant elles », fit Thymara d'un ton posé.

Sintara tourna vivement la tête vers elle. Elle était parfois capable d'entendre ce que pensait la dragonne, et elle poussait parfois l'impudence jusqu'à y répondre.

« J'en ai assez de la pluie ; je veux retourner à l'abri des arbres. »

Thymara acquiesça de la tête, et, comme Sintara s'éloignait, elle la suivit docilement. La dragonne ne regarda qu'une seule fois derrière elle.

Près du fleuve, d'autres gardiens se disputaient à grands cris stridents, accusant les dragons des autres d'avoir déclenché la bataille. Carson, le chasseur, avait croisé les bras et faisait face à Kalo, l'air buté ; le dragon noir dégoulinait d'eau après avoir nettoyé l'acide que Mercor avait laissé tomber sur sa gorge. Crache, le petit dragon argenté de Carson, les regardait de loin, la mine maussade. Sintara jugeait l'homme stupide : le grand mâle bleu-noir n'aimait pas particulièrement les humains, et, si Carson le provoquait, il risquait de le couper en deux d'un coup de crocs.

Tatou aidait Sylve à examiner la longue entaille qui balafrait le flanc de Mercor pendant que sa propre dragonne, Dente, jalouse, griffait la terre en marmonnant de vagues menaces ; Ranculos tendait une aile à demi ouverte pour permettre à son gardien de l'ausculter : elle était à tout le moins gravement meurtrie ; Sestican, couvert de boue, appelait son gardien d'un ton désolé, mais Lecter n'était nulle part. Le combat était fini ; pendant quelques instants, ils avaient été des dragons qui se battaient pour les faveurs d'une reine, mais ils reprenaient à présent leur comportement de grands bovins. Sintara les méprisait, et elle se dégoûtait ; ils ne valaient pas la peine de les provoquer. Ils lui faisaient seulement toucher du doigt ce qu'ils n'étaient pas – ce qu'elle n'était pas.

Elle passa en revue les étapes de son infortune, malheur après malheur. Si seulement les dragons avaient émergé de leurs gangues parfaitement formés et en bonne santé… Si seulement ils avaient été en meilleur état quand ils s'étaient encoconnés pour se transformer de serpents en dragons… Si seulement ils étaient revenus chez eux plusieurs décennies plus tôt… Si seulement les Anciens n'avaient pas disparu, si seulement la montagne n'était pas entrée en éruption et n'avait pas anéanti le monde qu'ils connaissaient… Ce que Sintara était aujourd'hui ne représentait pas ce qu'elle aurait dû devenir. Les dragons sortaient de leur gangue capables de voler et de tuer la première proie qui leur donnait de l'énergie, mais aucun d'entre eux n'en avait eu la possibilité. Elle était comme un éclat de verre brillant,

56

tombé d'un magnifique vitrail dépeignant des Anciens, des cités surmontées de flèches et des dragons en vol, et gisant dans la poussière, détachée de tout ce qui faisait son identité ; sans ce monde, elle n'avait aucun sens.

Plus d'une fois, elle avait tenté de voler, mais Thymara n'avait pas à être au courant de ses nombreux et humiliants échecs. Quelle rage que Gringalette soit capable de voler et de chasser pour elle-même ! Chaque jour, la femelle rouge devenait plus grande et plus forte, et son gardien, Kanaï, ne se lassait jamais de porter aux nues « sa belle, sa magnifique dragonne ». Il avait inventé une chanson stupide en vers de mirliton, et il la lui chantait à tue-tête tous les matins en lui faisant sa toilette. Sintara avait envie de lui trancher la tête d'un coup de dents. Gringalette pouvait bien faire des manières quand son gardien s'égosillait pour elle, elle n'en restait pas moins plus bête qu'une vache.

« Le meilleur moyen de te venger, ce serait peut-être de réussir à voler », fit Thymara, sensible à ses émotions plus qu'à ses pensées.

« Et si tu essayais toi-même ? » rétorqua Sintara d'un ton acerbe.

La jeune fille garda un silence furieux.

Une idée surprenante vint à la dragonne. « Quoi ? Tu as essayé, c'est ça ? Tu as essayé de voler ? »

Thymara refusa de regarder la reine et continua de gravir la prairie en direction des arbres. De petites maisons de pierre émaillaient la pente, dont il ne restait pour certaines que des pans de murs et des toits

57

effondrés, tandis que d'autres avaient été remises en état par les gardiens ; un village s'étendait là jadis, occupé par des artisans humains qui y pratiquaient leurs différents métiers, serviteurs et marchands des Anciens qui vivaient dans la cité brillante de l'autre côté du fleuve tumultueux. Sintara se demanda si Thymara le savait ; non, sans doute.

« Tu m'as mis des ailes dans le dos, répondit enfin la jeune fille ; si je dois m'en accommoder, si je dois supporter ces trucs qui m'empêchent de porter une chemise normale, qui soulèvent mon manteau si bien que la plus petite brise me glace, autant que j'en fasse quelque chose d'utile. Oui, j'essaie de voler, avec l'aide de Kanaï ; il affirme que j'y arriverai un jour, mais, jusqu'à présent, je n'ai réussi qu'à m'érafler les genoux et les paumes en tombant. Je ne parviens à rien ; ça te fait plaisir ?

— Ça ne m'étonne pas. » Mais cela lui faisait plaisir, en effet. Une humaine, voler, alors que les dragons en étaient incapables ? Inconcevable ! Qu'elle s'écorche les genoux et se couvre mille fois de bleus ! Si Thymara réussissait à voler avant elle, la dragonne la dévorerait. À cette idée, sa faim se réveilla, et elle reprit la maîtrise de ses pensées ; mieux valait que la jeune fille ne se rendît compte de rien, du moins tant qu'elle n'aurait pas chassé.

« Je vais continuer d'essayer, dit Thymara à mi-voix ; et tu aurais intérêt à en faire autant.

— Fais ce qui te chante, et je ferai de même, répliqua la dragonne. Et, ce qui devrait te chanter en ce

58

moment, c'est d'aller chasser ; j'ai faim. » Elle donna à la gardienne une poussée mentale.

Thymara plissa les yeux, consciente que la dragonne avait employé son charme sur elle, mais elle n'y pouvait rien : savoir d'où venait la suggestion ne l'immunisait pas contre elle, et le désir de chasser continuerait de la harceler.

Sous l'effet des pluies d'hiver, la végétation avait explosé, et les hautes herbes mouillées lui giflaient les jambes ; la gardienne et la dragonne arrivaient en haut de la prairie, et l'orée de la forêt s'étendait devant elles. Sous les arbres, elles trouveraient à s'abriter un peu de la pluie, bien que beaucoup d'entre eux eussent perdu leurs feuilles. La forêt était à la fois étrange et familière aux yeux de Sintara. Son expérience personnelle de la vie s'était limitée à la jungle épaisse, impénétrable, qui bordait le fleuve du désert des Pluies, mais ses souvenirs ataviques résonnaient de l'écho de bois semblables ; les noms des arbres – chêne, hickam, bouleau, aulne, feuille-d'or – se présentèrent à son esprit ; les dragons connaissaient jadis ces arbres, ce type de forêt, et même le lieu que la troupe occupait aujourd'hui, mais ils s'attardaient rarement sous les pluies froides de l'hiver. Non, en cette triste saison, ils s'en allaient jouir de la chaleur des déserts, ou ils s'abritaient dans les édifices que les Anciens créaient pour eux, dômes de cristal au sol chauffant et aux bassins d'eau fumante. Sintara se tourna pour regarder, de l'autre côté du fleuve, Kelsingra la fabuleuse. Ils avaient parcouru un long chemin, mais le but leur échappait encore ; les eaux rapides étaient profondes et traîtres, et nul dragon ne pouvait s'y lancer ; il fallait savoir voler pour pouvoir rentrer à la maison.

L'antique cité ancienne se dressait, quasiment intacte et identique aux mémoires ancestrales de la dragonne ; malgré le ciel couvert, malgré le rideau gris de la pluie, les hauts bâtiments de pierre noire et argent luisaient et l'attiraient. Autrefois, de ravissants Anciens aux écailles scintillantes y résidaient ; amis et serviteurs des dragons, ils portaient des robes aux couleurs vives et se paraient d'or, d'argent et de cuivre brillant ; les larges avenues de Kelsingra et des édifices gracieux étaient conçus pour accueillir les dragons comme les Anciens. Il y avait une place ornée de statues, où le pavage irradiait de la chaleur pendant l'hiver, mais cette partie de la cité avait apparemment disparu dans le gouffre qui tranchait ses rues et ses tours. Il y avait des thermes, cuves pleines d'eau brûlante où les dragons et les Anciens se réfugiaient pour échapper au mauvais temps. Les ancêtres de Sintara se baignaient, non seulement dans l'eau, mais dans des cuves de cuivre pleines d'huile chaude qui faisait luire leurs écailles et durcissait leurs griffes.

Et il y avait… autre chose, qu'elle ne se rappelait pas clairement. De l'eau, mais pas vraiment de l'eau ; quelque chose de délicieux, quelque chose qui étincelait, brillait et l'appelait par-delà ses souvenirs brumeux.

« Que regardes-tu ? » demanda Thymara.

Sintara n'avait pas eu conscience de s'arrêter pour contempler la rive opposée du fleuve. « Rien ; la cité. » Elle se remit en marche.

60

« Si tu étais capable de voler, tu pourrais y aller.

— Si tu étais capable de réfléchir, tu saurais quand te taire », rétorqua la dragonne. Cette humaine imbécile ne se rendait-elle pas compte qu'elle y pensait souvent ? Tous les jours, toutes les heures ! La magie ancienne qui chauffait les dallages fonctionnait peut-être encore, mais, même dans le cas contraire, les bâtiments toujours debout les abriteraient de la pluie incessante ; à Kelsingra, elle se sentirait peut-être dans la peau d'un vrai dragon et non plus d'un serpent à pattes.

Elles atteignirent l'orée de la forêt ; une rafale de vent les frappa et leur fit pleuvoir sur la tête une grêle de gouttes à travers les branches. Sintara eut un grondement de mécontentement. « Va chasser », dit-elle à la jeune fille, en appuyant son ordre d'une nouvelle poussée mentale.

Vexée, la gardienne se détourna et s'éloigna dans la prairie. La dragonne ne se donna pas la peine de la suivre du regard : elle obéirait, comme tous les gardiens ; c'était tout ce qu'ils savaient faire.

« Carson ! »

Le chasseur leva la main en signe d'avertissement, la paume ouverte, vers Sédric, et continua de regarder fixement le dragon bleu-noir ; il ne dit rien, les yeux plantés dans ceux de la créature. Carson n'était pas petit, mais, à côté de Kalo, il avait l'air d'une poupée, une poupée que le dragon furieux pouvait écraser d'un coup de patte ou réduire à l'état de squelette d'une bouffée de venin acide. Et Sédric n'y pourrait rien ;

son cœur cognait dans sa poitrine, et il avait du mal à respirer. Il croisa les bras sur son torse, frissonnant de froid et de peur. Pourquoi fallait-il que Carson courût de tels risques ?

*Je te protégerai.* La dragonne de Sédric, Relpda, le poussa du mufle et de la pensée.

Il se retourna vivement pour l'arrêter de la main tout en s'efforçant d'imposer le calme à son propre esprit. La petite femelle cuivrée n'aurait pas une chance si elle défiait Kalo pour défendre Sédric ; en outre, une provocation donnerait sans doute lieu, de la part du grand dragon, à une réaction irrationnelle et violente. Sédric n'était pas son gardien, mais il percevait ses émotions, et les vagues de rage impuissante que Kalo irradiait eussent affecté n'importe qui.

« Reculons un peu », dit-il à la dragonne, et il la poussa en arrière, mais elle ne bougea pas. Il la regarda et constata que ses yeux paraissaient tournoyer, bleu nuit avec, çà et là, un filet d'argent. Elle estimait que Kalo présentait un danger pour son gardien. *Oh, non...*

Carson s'était mis à parler, fermement mais sans colère, ses bras musclés croisés sur la poitrine, dans une attitude qui n'avait rien de menaçant, et ses yeux noirs sous ses épais sourcils avaient une expression presque bienveillante ; le vent humide agitait ses cheveux et laissait des gouttelettes dans sa barbe rousse et bien taillée, mais le chasseur ne prêtait nulle attention au vent ni à la pluie, pas plus qu'à la force supérieure du dragon. Il paraissait ne pas craindre Kalo ni sa fureur contenue, et il s'exprimait lentement, d'une voix grave et posée. « Il faut te calmer, Kalo ;

62

j'ai envoyé chercher Davvie, et ton gardien sera bientôt là pour soigner tes blessures. Si tu le souhaites, je veux bien les examiner, mais tu dois cesser de menacer tout le monde. »

Le dragon bleu-noir se déplaça légèrement, et des scintillements d'argent parcoururent ses écailles ; les couleurs dans ses yeux se fondaient en un tourbillon vert comme du minerai de cuivre : on eût dit qu'ils tournoyaient. Sédric les regardait avec une fascination teintée d'horreur. Carson était trop près de Kalo, qui n'avait pas l'air de se calmer ; s'il décidait d'attaquer le chasseur d'un coup de crocs ou d'une projection d'acide, toute l'agilité de ce dernier ne parviendrait pas à le sauver. Sédric s'apprêta à l'implorer de s'écarter, puis se ravisa et serra les dents. Non : Carson savait ce qu'il faisait, et il n'avait surtout pas besoin d'une intervention de son amant pour le distraire.

Sédric entendit des bruits de pas derrière lui et, se tournant, vit Davvie qui arrivait au grand galop, les joues rouges, les cheveux dansant sur ses épaules. Lecter le suivait dans l'herbe trempée, avec l'air d'un hérisson mouillé ; les piques qui lui poussaient sur la nuque se muaient en une crinière qui lui descendait dans le dos, semblable à celle de son dragon, Sestican, et il ne pouvait plus les dissimuler sous une chemise ; bleues avec la pointe orange, elles s'agitaient au rythme de sa course alors qu'il s'efforçait de rester à la hauteur de Davvie et soufflait bruyamment. Davvie prit une longue inspiration et cria : « Kalo ! Kalo, qu'y a-t-il ? Je suis là ! Tu es blessé ? Que s'est-il passé ? »

63

Lecter changea de direction pour se diriger vers Sestican. « Où étais-tu ? lança le dragon d'un ton furieux. Regarde, je suis sale et couvert d'ecchymoses, et tu n'étais pas là pour t'occuper de moi ! »

Davvie courut jusqu'à son immense dragon sans se soucier de la colère de la créature ; dès l'instant où l'adolescent était apparu, Kalo avait fixé toute son attention sur lui. « Pourquoi n'étais-tu pas là pour t'occuper de moi ? s'exclama-t-il. Regarde la brûlure que j'ai reçue ! Ta négligence aurait pu me coûter la vie ! » Et il leva haut la tête pour montrer la tache à vif sur sa gorge, là où Mercor lui avait craché son venin. Elle avait la taille d'une soucoupe.

Sédric fronça le nez devant la blessure, et Davvie devint pâle comme un mort.

« Oh, Kalo, tu vas bien ? Pardon, pardon ! J'étais allé au coude du fleuve relever les pièges à poissons. »

Sédric avait assisté à l'installation des pièges en question la veille, par Carson et Davvie ; les deux paniers, fixés au bout de bras qui tournaient comme une roue sous l'action du courant, étaient conçus pour sortir le poisson de l'eau et le déverser le long d'un plan incliné jusque dans un enclos en bois tressé ; le jeune gardien et le chasseur avaient passé plusieurs jours à le mettre au point, et, si le système fonctionnait, ils comptaient en fabriquer d'autres afin de réduire la nécessité de chasser constamment pour les dragons.

« Il n'était pas en train de relever le piège », dit Carson tout bas en rejoignant Sédric. Kalo s'était accroupi, et le jeune homme examinait ses ailes en

64

quête d'une autre blessure avec des exclamations d'inquiétude. Lecter, l'air contrit, conduisait Sestican au fleuve pour le laver, et Sédric le vit rajuster subrepticement sa ceinture.

Carson secouait la tête, mécontent, mais le jeune aristocrate ne put s'empêcher de sourire. « En effet, je vois ça », dit-il.

Le chasseur lui lança un regard qui effaça le sourire de ses lèvres.

« Qu'y a-t-il ? » demanda Sédric, étonné par sa mine sévère.

D'une voix basse, Carson répondit : « On ne peut pas fermer les yeux là-dessus, Sédric ; ces deux gamins doivent se conduire de façon plus responsable.

— On ne peut pas fermer les yeux sur le fait qu'ils sont ensemble. Mais comment les condamner sans passer pour des hypocrites ? » Sédric se sentait blessé par la réflexion de son amant ; voulait-il que les deux adolescents dissimulent leur amour ? Leur reprochait-il leur franchise ?

« Ce n'est pas ce que je veux dire. » Il posa sa grande main sur l'épaule de Sédric et le détourna de Kalo. Il poursuivit à mi-voix : « Ce ne sont que des gosses ; ils s'aiment bien, mais ils découvrent leur propre corps, pas une vraie relation. Ce n'est pas comme nous ; leurs petits jeux peuvent attendre que les corvées soient finies. » Les deux hommes commencèrent à gravir la pente dans l'herbe détrempée ; Relpda les suivit quelques instants puis changea brusquement de direction pour se diriger vers la berge.

65

« Pas comme nous. » Sédric répéta les mots dans un murmure. Carson lui jeta un regard oblique et hocha la tête avec un petit sourire au coin des lèvres qui alluma un feu dans le ventre de son compagnon. Ce dernier espérait que le chemin pris par Carson allait les mener dans leur maison ; la petite masure glaciale aux murs de pierre nue et au sol pavé ne valait guère mieux qu'une grotte, mais au moins le toit les protégeait de la pluie et la cheminée tirait bien ; s'ils y faisaient un feu ronflant, la chaleur devenait presque agréable. Presque. Mais Sédric songeait à d'autres moyens de se tenir chaud.

Comme s'il lisait dans ses pensées, Carson dit : « Il y a des corvées qui n'attendent pas ; allons dans la forêt voir si on trouve encore du bois sec ; les branches vertes que tu as essayé de faire brûler hier soir ne donnaient que de la fumée et aucune chaleur. » Il jeta un regard par-dessus son épaule à Davvie et Lecter ; Kalo se couchait en tendant le cou pour permettre à son gardien d'examiner sa blessure. Sous les mains de l'adolescent, la grande créature s'était calmée et paraissait presque placide.

« Il s'accorde beaucoup mieux à Kalo que Graffe, fit Sédric.

— Il y arriverait s'il se donnait un peu plus de peine. » Carson avait toujours du mal à dire du bien du jeune gardien ; il aimait Davvie comme un fils et, à l'instar d'un père, il faisait tout pour lui inculquer les valeurs les plus élevées. Il détourna les yeux en secouant la tête. « Que Lecter et lui soient attirés l'un par l'autre, je le comprends, mais ça n'est pas une

66

excuse pour qu'ils négligent leurs devoirs. Les responsabilités d'abord, le plaisir après, voilà comment se conduit un homme, et Davvie est assez grand pour savoir que c'est ce que j'attends de lui. La survie de l'expédition repose sur le fait que chacun de nous fasse sa part de travail ; quand le printemps arrivera, ou quand on recevra des provisions, Davvie pourra se détendre et se faire plaisir, mais, jusque-là, ils doivent s'occuper de leurs dragons avant de penser à quoi que ce soit d'autre. »

Carson ne dirigeait pas ses reproches sur Sédric, ce dernier le savait, mais il y avait des moments où il sentait de façon plus aiguë qu'il lui manquait des talents pratiques. « Aussi inutiles que des pis sur un taureau », disait son père des gens comme lui. *Ce n'est pas ma faute*, songea-t-il. *Je suis ici comme un poisson hors de l'eau. Si je devais transplanter brusquement Carson dans la société qui était la mienne à Terrilville, c'est lui qui se sentirait inutile et mal à l'aise.* Pouvait-on vraiment regarder comme un défaut qu'il fût compétent pour choisir les vins d'accompagnement d'un banquet ou pour indiquer à un tailleur comment reprendre une veste, bien plus que pour manier la hache afin de débiter un tronc en bois de chauffage ou découper un animal en morceaux qui pussent tenir dans une marmite ? Il ne le pensait pas ; il n'était ni inutile ni incapable : il était simplement hors de son domaine de compétence. Il parcourut du regard le versant sous la pluie et la haute forêt ; oui, très loin de son domaine de compétence.

Et il en avait assez. Il avait la nostalgie de Terrilville, du bruit et des bavardages du marché, des larges avenues pavées, des belles résidences, des tavernes et des salons de thé accueillants ! Parcourir à nouveau les rues du marché et les allées ombragées des jardins publics ! Que penserait Jefdin, le tailleur, s'il voyait son meilleur client dans ces oripeaux ? Il eut soudain envie de vin chaud aux épices dans une belle chope. Que ne donnerait-il pas pour un repas qui n'eût pas été concocté sur un feu de camp ? Pour un verre de bon vin, pour un morceau de pain ? Même pour un bol de gruau chaud avec des raisins secs et du miel ? N'importe quoi pourvu que ce ne fût pas du gibier, du poisson ni des légumes sauvages ! N'importe quoi pourvu que ce fût un tant soit peu agréable ! Il sacrifierait tout pour un repas bien préparé et servi sur une table recouverte d'une nappe !

Il jeta un regard en coin à Carson qui marchait à ses côtés. Il avait les joues rouges au-dessus de sa barbe courte, et ses yeux noirs exprimaient l'inquiétude qui l'habitait. Un souvenir récent revint à l'esprit de Sédric : son amant, assis sur un tabouret bas, les yeux fermés, l'air d'un chat qu'on caresse alors que Sédric lui taillait la barbe à l'aide d'un petit peigne et de ciseaux miniatures ; tranquille et obéissant, il ne tournait la tête que sur l'ordre de Sédric, ravi d'être au centre de son attention. Voir cet homme puissant si calme sous sa main avait donné à Sédric un sentiment de domination. Il avait raccourci aussi la tignasse de Carson, mais pas exagérément, car il s'avouait avec étonnement que, pour lui, la séduction du chasseur venait en partie de son aspect indompté. Il sourit discrètement tandis qu'un frisson de plaisir faisait dresser les poils de sa nuque et de ses bras. Finalement, il y avait peut-être un sacrifice auquel il n'était pas prêt pour retourner à Terrilville !

Il s'arrangea pour effleurer Carson ; avec un grand sourire, le chasseur passa aussitôt son bras autour de ses épaules. Il n'avait pas hésité un instant, et le cœur de Sédric se mit à battre plus fort. Jamais Hest n'eût manifesté son affection en public avec autant de spontanéité – ni en privé, à vrai dire. Carson l'attira, et Sédric se laissa aller contre lui tout en continuant à marcher. Le chasseur était solide et musclé ; c'était comme s'appuyer à un chêne. Sédric sourit en prenant conscience de la façon dont il songeait à son amant ; peut-être s'habituait-il à vivre dans la nature. Le manteau rêche et les cheveux attachés de Carson sentaient le feu de bois et l'homme ; de petites écailles scintillantes commençaient à apparaître au coin de ses yeux : son dragon le changeait, et Sédric aimait son nouvel aspect.

Carson lui frictionna le haut du bras. « Tu as froid ; pourquoi n'as-tu pas mis ton manteau ? »

Celui qu'avait apporté Sédric à l'origine n'existait plus depuis longtemps, détruit par les eaux acides du fleuve du désert des Pluies ; le vêtement dont parlait le chasseur était fait d'une peau de daim grossièrement tannée, avec le pelage encore en place. C'était Carson lui-même qui l'avait prélevée sur l'animal, tannée et découpée aux dimensions ; elle se fixait au cou par des lanières de cuir qu'il y avait attachées.

69

Sédric était habitué aux fourrures douces et doublées de tissu, alors que ce manteau était un peu raide, couleur crème côté peau, et faisait entendre des craquements quand il bougeait ; quant aux poils de daim, durs et piquants, ils n'avaient rien à voir avec de la fourrure. « Il est trop lourd », répondit Sédric avec un sentiment de culpabilité ; il préféra garder pour lui qu'il sentait… ma foi, qu'il sentait le daim.

« C'est vrai ; mais il te protégerait de la pluie et du froid.

— De toute manière, c'est trop loin pour retourner le chercher.

— Oui ; mais on va se réchauffer en ramassant du bois. »

Sédric ne répondit pas qu'il voyait de meilleures façons de se réchauffer ; il n'était pas paresseux, mais il éprouvait de l'aversion pour le rude travail physique que Carson acceptait comme partie intégrante de sa vie. Avant qu'Alise ne l'entraînât malgré lui dans cette folle équipée le long du fleuve, il avait toujours vécu ainsi qu'il seyait à un jeune Marchand de Terrilville, même si ses parents n'étaient pas très riches, et il travaillait dur, mais avec son intellect, non avec son dos ! Il tenait à la fois les comptes de la maison et ceux des nombreux contrats d'affaires que Hest négociait pour sa famille ; il s'occupait de la garde-robe de Hest et de ses rendez-vous mondains ; il transmettait ses instructions aux domestiques et recevait leurs questions et leurs doléances ; il se tenait au courant des dates d'arrivée et de départ des bateaux du port et s'assurait que Hest eût le premier choix des cargaisons

70

entrantes et fût le premier à contacter les nouveaux négociants ; il était la pièce maîtresse de la bonne gestion de la maison et des affaires de Hest, la pièce essentielle et reconnue.

Puis l'image du sourire moqueur de Hest vint fracasser l'agréable souvenir de cette époque, et il se demanda si sa vie était vraiment telle qu'il l'avait imaginée ; Hest tenait-il à lui pour ses talents de société et d'organisation ? Ou bien jouissait-il seulement de son corps et de sa capacité à supporter les humiliations ? Il plissa les paupières pour se protéger les yeux de la pluie oblique. Son père avait-il raison ? N'était-il qu'un gandin inutile, uniquement bon à remplir les vêtements raffinés que son employeur lui payait ?

« Hé, reviens ! » Carson lui secoua gentiment l'épaule. « Quand tu prends cet air-là, ça n'annonce rien de bon ni pour toi ni pour moi. Je ne sais pas à quoi tu penses, mais c'est fini, Sédric ; c'est fini depuis longtemps. Cesse de te tourmenter.

— Quel idiot j'ai été ! » Le jeune homme secoua la tête. « Je mérite mes tourments. »

Carson répondit avec une ombre d'impatience : « Alors, cesse de me tourmenter, moi. Quand je te vois cette expression, je sais que tu songes à Hest. » Il se tut soudain, comme s'il s'apprêtait à dire quelque chose et s'était ravisé. Au bout d'un moment, il reprit avec un entrain forcé : « Eh bien, qu'est-ce qui te l'a rappelé, cette fois ?

— Il ne me manque pas, Carson, si c'est ce que tu crois ; je n'ai aucune envie de retourner auprès de

71

lui. Je suis plus que satisfait avec toi ; je suis heureux. »

Le chasseur le serra de nouveau contre lui. « Mais pas au point d'arrêter de penser à lui. » Il pencha la tête et posa sur son compagnon un regard empreint de curiosité. « J'ai l'impression qu'il ne te traitait pas bien, et je ne comprends pas l'emprise qu'il avait sur toi. »

Sédric secoua la tête encore une fois comme s'il pouvait ainsi se débarrasser de ses souvenirs de Hest. « C'est quelqu'un de difficile à décrire ; il a beaucoup de charme, et il obtient tout ce qui lui fait envie parce qu'il est intimement persuadé qu'il le mérite. Quand quelque chose va de travers, il n'en prend jamais la responsabilité ; il la rejette sur quelqu'un d'autre puis s'en va en tournant le dos au problème. J'ai toujours eu le sentiment qu'il était capable de se désintéresser de n'importe quelle catastrophe, même s'il en était l'auteur ; chaque fois qu'il devait enfin faire face aux conséquences de ses actes, une voie d'évasion s'ouvrait soudain à lui. » Sa voix mourut. Carson le regardait en s'efforçant de comprendre.

« Et sa personnalité te fascine encore ?

— Non ! À l'époque, j'avais l'impression qu'il jouissait d'une chance extraordinaire ; aujourd'hui, avec le recul, je me dis qu'il était très doué pour éviter les reproches. Et je le laissais faire, souvent ; donc ce n'est pas vraiment à Hest que je pense, mais à ma vie à Terrilville, au personnage qu'il avait fait de moi… ou plutôt, au personnage que j'ai accepté de devenir. » Sédric haussa les épaules. « Je n'en suis

72

pas fier, ni de ce que j'avais prévu de faire, ni de ce que j'ai fait ; mais, par certains côtés, je suis encore ce personnage, et je ne sais pas comment changer. »

Carson lui adressa un regard en coin, avec un large sourire. « Oh, tu as déjà changé, tu peux me croire, petit ! Tu as déjà beaucoup changé. »

Ils avaient atteint la forêt ; à l'orée, les arbres dépourvus de feuilles n'abritaient guère de la pluie incessante ; il y avait des conifères un peu plus hauts, plus protecteurs, mais c'était sous les premiers arbres qu'on trouvait le plus de bois mort pour le feu.

Carson fit halte près d'un bosquet de frênes et tira de sa poche deux longues lanières de cuir qui s'achevaient par une boucle ; Sédric en prit une en réprimant un soupir et s'efforça de se rappeler deux éléments importants : quand il travaillait, il se réchauffait, et, quand il parvenait à tenir la cadence de Carson, il s'en respectait davantage. *Sois un homme*, se dit-il, et il forma une boucle avec la lanière posée au sol, comme le chasseur le lui avait enseigné ; ce dernier avait déjà commencé à réunir des fagots et à les placer sur la lanière. Il brisait parfois une branche sur sa cuisse pour lui donner une longueur convenable. Sédric s'y était essayé et y avait gagné des bleus étonnants qui faisaient grimacer Carson d'effroi ; il ne s'y était plus jamais risqué.

« Il faudra que je revienne avec la hache et que j'abatte quelques-uns de ces sapins, des gros. On pourra les laisser sécher une saison, et l'année prochaine on les débitera pour avoir de bonnes bûches qui tiendront longtemps le feu. Ce sera plus

73

substantiel que le bois qu'on ramasse et ça brûlera toute la nuit.

— Ce serait bien », dit Sédric sans enthousiasme. Encore un travail à se casser les reins ! Et l'allusion au bois de chauffage pour l'année suivante lui fit prendre conscience qu'il serait sans doute encore là à ce moment, qu'il vivrait encore dans une masure, qu'il mangerait des repas préparés dans la cheminée, et qu'il porterait Sâ savait quoi en guise de vêtements. Et aussi l'année suivante, et l'année d'après encore. Allait-il passer sa vie ici ? Certains gardiens disaient que les changements que les dragons opéraient en eux les transformeraient en Anciens, avec une espérance de vie très étendue. Il regarda les fines écailles qui lui couvraient le dos des poignets ; un siècle à croupir ici ? À vivre dans cette petite maison et à s'occuper de sa dragonne excentrique ? Ce serait cela, sa vie ? Naguère, il regardait les Anciens comme des êtres de légende, élégants et splendides, qui résidaient dans de merveilleuses cités baignées de magie ; les objets que les habitants du désert des Pluies avaient découverts en fouillant dans leurs cités ensevelies étaient pleins de mystère : bijoux qui brillaient d'une lumière propre, pierres précieuses qui dispensaient du parfum, chacune avec une tonalité différente, carafes qui refroidissaient les liquides qu'on y versait, jizdine, ce métal magique qui s'illuminait quand on le touchait, extraordinaires carillons qui jouaient des mélodies infiniment variées, pierres qui contenaient des souvenirs accessibles par simple contact... Tant d'objets stupéfiants qui appartenaient aux Anciens !

74

Mais ils avaient disparu depuis bien longtemps, et, si Sédric et les autres gardiens étaient leurs héritiers, ils représenteraient les parents pauvres de la famille, alliés de dragons quasiment incapables de voler, et dépourvus de toute magie. À l'instar de leurs dragons infirmes, les Anciens nouvellement créés seraient de tristes créatures mal grandies, vivotant dans des conditions primitives.

Une rafale de vent déclencha une pluie de gouttes tombées des branches nues au-dessus de sa tête ; avec un soupir, il frotta son pantalon de la main ; le tissu en était usé, et les ourlets s'effilochaient. « Il me faut un nouveau pantalon. »

Carson ébouriffa ses cheveux trempés d'une main calleuse. « Et aussi un chapeau.

— Et comment va-t-on fabriquer ça ? Avec des feuilles ? » Sédric s'efforça de prendre un ton amusé plutôt qu'amer. Carson ; il avait Carson, et ne préférait-il pas vivre en sa compagnie dans un monde primitif plutôt que sans lui dans une résidence de Terrilville ?

« Non ; avec de l'écorce, répondit le chasseur, pragmatique, si on trouve le genre d'arbre qu'il faut. Il y avait une marchande à Trehaug qui battait de l'écorce pour la réduire en fibres, qu'elle tissait ensuite ; elle y appliquait une espèce de poix pour rendre l'ensemble étanche, et elle en faisait des chapeaux, et aussi des manteaux, je crois. Je n'en ai jamais acheté, mais, vu les circonstances, je suis prêt à tout essayer ; je n'ai plus une seule chemise ni un seul pantalon en bon état.

75

— En écorce… », répéta Sédric d'un air morose. Il tâcha d'imaginer à quoi pourrait ressembler un tel chapeau et jugea qu'il préférait aller nu-tête. « Le capitaine Leftrin pourrait peut-être rapporter du tissu de Cassaric ; je pense pouvoir me débrouiller avec ce que j'ai jusque-là.

— De toute manière, on sera obligés de se débrouiller, donc tant mieux si tu t'en sens capable. » De la part de Hest, cette remarque eût dégouliné de sarcasme ; dans la bouche de Carson, elle exprimait son amusement devant les difficultés qu'ils affrontaient ensemble.

Ils se turent quelques instants, plongés dans leurs réflexions. Carson avait réuni un considérable fagot ; il resserra la lanière et le soupesa. Sédric, lui, ajouta quelques morceaux de bois au sien, puis le contempla avec angoisse : le fardeau serait lourd à porter, les bouts de bois lui rentreraient dans les côtes, et il aurait mal au dos ce soir. Encore une fois. Et Carson qui s'approchait avec d'autres branches pour grossir son fagot ! Trop aimable ! Sédric s'efforça de tourner ses pensées vers quelque chose de positif. « Mais, quand Leftrin reviendra de Cassaric, ne rapportera-t-il pas des vêtements dans ses fournitures ? »

Carson serra la sangle sur le faisceau de bois et dit : « Tout dépendra de la décision des membres du Conseil de lui remettre ou non l'argent qu'ils lui doivent ; à mon avis, ils traîneront les pieds. Et, même s'ils le paient, ce qu'il rapportera sera limité parce qu'il pourra acheter à Cassaric et peut-être à Trehaug ; il privilégiera les vivres, je pense, puis des fournitures comme le goudron, le pétrole lampant, les bougies, les poignards et les flèches, tout ce qui nous aide à survivre par nos propres moyens. Les couvertures, le tissu et ce genre d'articles passeront en dernier ; les tissages sont toujours chers à Cassaric : comme il n'y a pas de pâtures dans les marécages, il n'y a pas de moutons pour donner de la laine. Les prairies qui nous entourent, c'est une des raisons pour lesquelles Leftrin tenait tant à commander du bétail à Terrilville ; mais il faudra des mois avant que les bêtes arrivent, et Mataf devra retourner les chercher. »

Le capitaine Leftrin avait réuni tout le monde à bord du *Mataf* quelques jours auparavant et déclaré qu'il descendrait le fleuve jusqu'à Cassaric et Trehaug pour acheter autant de provisions qu'il le pourrait. Il annoncerait au Conseil des Marchands du désert des Pluies que leur mission était réussie, et il collecterait les sommes dues. Si les gardiens désiraient qu'il leur rapportât des articles particuliers, ils n'avaient qu'à lui en faire part, et il tâcherait de les satisfaire ; deux des intéressés avaient aussitôt dit qu'il fallait faire parvenir leurs gains à leurs familles, d'autres voulaient envoyer des messages à leurs proches ; Kanaï, lui, avait affirmé souhaiter dépenser tout son argent en friandises de n'importe quelle sorte.

Les rires s'étaient tus seulement quand Leftrin avait demandé si quelqu'un voulait repartir à Trehaug ; alors, pendant un bref moment de silence, les gardiens avaient échangé des regards perplexes. Retourner à Trehaug ? Abandonner les dragons avec qui ils avaient formé des liens pour retrouver une vie de paria parmi leur propre peuple ? Si on les rejetait à cause de leur aspect quand ils avaient quitté Trehaug, que penserait-on d'eux à présent ? Le temps passé auprès des dragons n'avait pas amoindri leur étrangeté, bien au contraire : ils avaient plus d'écailles, plus de piques, et, dans le cas de Thymara, ils avaient des ailes diaphanes. Apparemment, les dragons guidaient leurs modifications, si bien qu'elles étaient plus plaisantes à l'œil ; néanmoins, les gardiens laissaient visiblement leur humanité derrière eux, et aucun d'eux ne pourrait retrouver son existence d'antan.

Alise ne s'était liée à aucun dragon et demeurait tout à fait humaine d'aspect, mais Sédric savait qu'elle ne repartirait pas ; seul le déshonneur l'attendait à Terrilville, et, même si Hest acceptait qu'elle revînt, elle ne voudrait plus de ce mariage factice et sans amour. Depuis que Sédric lui avait avoué la relation qu'il avait entretenue avec Hest, elle considérait son contrat de mariage avec le riche Marchand comme nul. Elle resterait à Kelsingra et attendrait le retour de son grossier capitaine ; et, même si Sédric ne comprenait pas ce qu'elle lui trouvait, il était prêt à reconnaître qu'elle avait l'air plus heureuse dans une masure en pierre avec Leftrin qu'elle ne l'avait jamais été dans la splendide demeure de Hest.

Et lui-même ?

Il jeta un regard oblique à Carson et l'observa un instant. Le chasseur était grand et massif, soigné à sa façon rustique, plus fort que Hest n'eût jamais pu l'être, et plus doux que Hest ne le serait jamais.

78

Quand il y réfléchissait, lui aussi était plus heureux avec Carson dans une masure en pierre qu'il ne l'avait jamais été dans la résidence de Hest ; plus de mensonges, plus de faux-semblants, et l'amour d'une petite dragonne cuivrée. Sa nostalgie de Terrilville s'estompa.

« Qu'est-ce qui te fait sourire ? »

Sédric secoua la tête, puis il répondit avec sincérité : « Carson, je suis heureux avec toi. »

Un sourire de pur bonheur illumina les traits du chasseur. « Je suis heureux avec toi, moi aussi, Terrilvillien ; et on sera encore plus heureux ce soir si on rapporte ce bois à la maison. » Il se baissa, saisit l'extrémité de la sangle de son fagot et la passa sur son épaule ; il se redressa sans effort et attendit que Sédric en fît autant.

Ce dernier l'imita et poussa un grognement en soulevant son propre fardeau ; il parvint à garder son équilibre après deux pas chancelants. « Par le souffle de Sâ, c'est lourd !

— Oui, dit Carson avec un large sourire. C'est deux fois plus que tu n'en pouvais porter il y a un mois. Je suis fier de toi. Allons-y. »

*Il est fier de moi.*

« Je suis fier de moi », fit Sédric tout bas, et il emboîta le pas à son compagnon.

# SEPTIÈME JOUR DE LA LUNE DE L'ESPOIR

*Septième année de l'Alliance indépendante
des Marchands*

*De Detozi, Gardienne des Oiseaux, Trehaug,
à Reyall, Gardien remplaçant des Oiseaux, Terrilville*

*Cher neveu, salutations et bons vœux.*

*Erek et moi te recommandons de garder ton sang-froid ;
ne laisse pas Kim te pousser à la colère ni à des accusations
que nous ne saurions prouver. Ce n'est pas la première fois
que nous échangeons des propos déplaisants avec lui ; je
reste convaincue qu'il a accédé à son poste en graissant des
pattes, mais, comme cela indique qu'il doit avoir des amis
au Conseil de Cassaric qui ont confirmé sa promotion,
porter plainte n'aboutirait à rien.*

*Néanmoins, je connais un certain nombre de ses
apprentis, car ils ont débuté avec moi, à Trehaug, et je vais
mener une enquête discrète parmi eux. En attendant, tu as
bien fait de transmettre le message à tes maîtres et de leur
confier l'affaire ; tant que ton statut de maître n'est pas
confirmé, il t'est difficile de t'adresser à Kim comme à un
égal, et nous nous demandons s'il était bien avisé de te
donner cette tâche ardue.*

*Pour le moment, tu as fait tout ce qu'on pouvait espérer de*

*toi dans la position qui est la tienne ; Erek et moi avons tou-
jours la plus grande confiance dans tes capacités d'oiseleur.*

*Sur une note plus légère, les deux oiseaux tachetés que tu
nous as envoyés comme cadeau de mariage ont choisi des
compagnons et commencé à se reproduire. Je suis pressée de
te faire parvenir certains de leurs petits afin que nous puis-
sions mesurer le temps qu'ils mettront à revenir. J'ai le plus
vif enthousiasme pour ce projet.*

*Erek et moi discutons toujours pour savoir qui de nous
deux s'installera chez l'autre ; la question est délicate : à
nos âges, nous souhaitons nous marier vite et discrètement,
mais nos familles respectives ne paraissent pas partager ce
point de vue. Tu peux nous plaindre !*

*Avec affection et respect,*

*tante Detozi*

# 3

## Chemins

Thymara avait passé toute sa vie dans le désert des Pluies, mais elle n'avait jamais connu pareilles cataractes. À Trehaug et Cassaric, les arbres immenses qui occupaient les rives du fleuve tendaient les innombrables épaisseurs de leur voûte et leur ombre sur les cités arboricoles. La masse infinie de leurs feuilles bloquait les averses d'hiver ; naturellement, elle bloquait aussi la lumière du soleil, mais cela ne dérangeait pas Thymara : si elle voulait voir le soleil, elle pouvait grimper pour y accéder, mais elle ne se rappelait pas avoir jamais souhaité sentir la pleine puissance d'une pluie torrentielle.

Ici, elle n'avait pas le choix. La prairie qui bordait le fleuve n'avait rien à voir avec les sous-bois ombreux du désert des Pluies ; on s'enfonçait dans l'herbe grasse jusqu'aux hanches, voire jusqu'aux épaules, et la terre n'était pas marécageuse, mais ferme sous le pied, et parsemée de rochers qui formaient un étalage stupéfiant de blocs durs, de textures et de couleurs différentes.

Elle se demandait souvent d'où ils venaient et comment ils étaient arrivés là. Aujourd'hui, le vent soufflait sur le paysage nu, et la pluie qui lui giflait le visage lui coulait dans le cou. Ses vêtements usés, abîmés par de trop fréquents contacts avec l'eau acide du fleuve, ne la protégeaient pas ; trempés, ils lui collaient à la peau. Elle avait froid, elle était mouillée, et elle passerait sans doute toute la journée ainsi. Elle frotta ses mains rougies par le froid l'une contre l'autre ; chasser avec le matériel en mauvais état qu'elle possédait n'était pas facile, et avoir les doigts gourds n'arrangeait rien.

Elle entendit Tatou avant qu'il ne parvînt près d'elle : l'herbe mouillée claquait contre ses cuisses, et il soufflait fort en courant. Elle ne se tourna vers lui qu'au moment où il lui lança, hors d'haleine : « Tu vas chasser ? Tu veux un coup de main ?

— Pourquoi pas ? J'aurai besoin de quelqu'un pour transporter ce que j'aurai tué. » Elle tut ce qu'ils savaient tous les deux : que Carson n'aimait pas qu'un gardien partît seul à la chasse ; il affirmait avoir vu des traces de prédateurs, assez forts pour s'en prendre aux humains. « Le gros gibier attire généralement les grands fauves, avait-il dit. Quand vous partez chasser, emmenez quelqu'un avec vous. » C'était moins son autorité que son expérience qui les avait convaincus.

Tatou eut un sourire malicieux, et ses dents blanches brillèrent au milieu des écailles fines de son visage. « Ah, donc tu ne me crois pas capable d'abattre un animal que tu devrais m'aider à rapporter ? »

84

Elle sourit à son tour. « Tu n'es pas mauvais chasseur, Tatou, mais tu sais bien que je suis meilleure.

— Tu es née dedans ; ton père t'a enseigné tout ce qu'il savait dès que tu as pu tenir debout sur une branche. Je me trouve plutôt doué pour quelqu'un qui n'y est venu que plus tard. » Il se mit à marcher à côté d'elle, ce qui n'était pas très pratique sur l'étroit sentier. Leurs coudes se heurtaient souvent, mais Tatou demeurait obstinément près de Thymara. Comme ils pénétraient dans la forêt, les herbes devinrent moins hautes puis laissèrent la place à de l'humus et à des buissons bas ; les arbres coupaient le vent, au grand soulagement de la jeune fille. Elle hocha la tête, acceptant le compliment de son compagnon.

« Tu t'en tires beaucoup mieux qu'à notre départ de Trehaug ; et je pense que tu te feras peut-être plus vite à ce terrain que moi. C'est très différent de chez nous, ici.

— Chez nous, répéta-t-il, et elle ne sut dire s'il prononçait ces mots avec plaisir ou amertume. Pour moi, chez nous, c'est ici, maintenant », ajouta-t-il, à la grande surprise de Thymara.

Elle lui jeta un regard en coin tandis qu'il avançait dans le sous-bois. « Chez nous ? Pour toujours ? »

Il tendit un bras vers elle et retroussa sa manche pour montrer sa peau couverte d'écailles. « Je ne me vois pas retourner comme ça à Trehaug. Et toi ? »

Elle n'eut pas besoin de bander ses ailes ni de regarder les épaisses griffes noires qu'elle avait depuis sa naissance. « Si être chez soi, c'est être accepté, je n'ai jamais été chez moi à Trehaug. »

Elle écarta ses regrets de son esprit ; il était temps de chasser. Sintara avait faim, et Thymara voulait trouver une nouvelle sente qu'elle n'avait pas encore parcourue ; jusque-là, leurs déplacements seraient malaisés. Ils avaient tous deux la respiration lourde, mais Tatou était moins essoufflé qu'il ne l'eût été au départ de Trehaug ; la vie à bord du *Mataf* les avait tous endurcis et rendus plus forts, et Thymara s'en réjouissait ; en outre, tous les gardiens avaient grandi, les garçons parfois dans des proportions presque alarmantes. Tatou était plus grand et il avait les épaules plus larges. Sa dragonne le changeait lui aussi ; seul de tous ses compagnons, il avait un aspect complètement humain quand il avait quitté Trehaug, rejeton d'esclaves affranchis qui avaient immigré dans le désert des Pluies pendant la guerre avec Chalcède, et l'assujettissement qu'il avait subi étant enfant se voyait à son visage marqué du tatouage de son ancien maître : on avait tracé une toile d'araignée sur sa joue gauche et un petit cheval au galop près de son nez. Ces dessins avaient changé sous l'influence de sa dragonne, et les tatouages étaient devenus des œuvres stylisées où les écailles avaient remplacé l'encre. Ses yeux et ses cheveux noirs demeuraient inchangés, mais Thymara supposait que sa taille provenait en partie de sa transformation en Ancien plutôt que de sa croissance naturelle. Ses ongles avaient un lustre vert semblable à celui de Dente, sa petite dragonne au caractère difficile ; sous la lumière, ses écailles prenaient des éclats émeraude. Il était ombre de feuille, aiguille de pin, vert de la forêt... Elle reprit la maîtrise de ses propos.

86

« Alors, tu penses habiter toute ta vie ici ? » C'était une idée étrange pour Thymara ; elle se sentait un peu perdue depuis qu'ils avaient atteint leur but : découvrir la cité. En quittant Trehaug, ils avaient signé un contrat selon lequel leur mission était d'installer les dragons en amont du fleuve ; trouver la cité légendaire de Kelsingra n'était mentionné qu'en passant. Elle avait accepté le travail pour échapper à son ancienne vie et ne s'était pas projetée plus loin. À présent, elle commençait à s'imaginer vivant dans cette région jusqu'à la fin de ses jours, sans jamais avoir à croiser les gens qui avaient fait d'elle une paria.

Mais le revers de la médaille, c'était qu'elle ne reviendrait jamais chez elle. Elle n'aimait pas sa mère, et le sentiment était réciproque, mais elle était très proche de son père. Ne le reverrait-elle jamais ? N'apprendrait-il jamais qu'elle avait atteint son but ? Non, c'était une idée ridicule ! Le capitaine Leftrin allait descendre à Cassaric chercher des provisions ; quand il arriverait là-bas, la nouvelle de leur découverte se répandrait comme une nuée de moucherons à l'oreille de tous les habitants du désert des Pluies, et son père en entendrait vite parler. Viendrait-il lui-même sur place se rendre compte de ce qu'ils avaient trouvé ? Ou bien, elle-même, peut-être, irait-elle le voir ? La veille, lors de la réunion, Leftrin avait demandé si quelqu'un voulait retourner à la ville ; un long silence avait suivi sa question, et les gardiens avaient échangé des regards. Laisser les dragons ? Rejoindre Trehaug pour y retrouver une existence de paria ? Non. Pour les autres, la réponse avait été facile.

87

Pour elle, cela avait été plus difficile. Il y avait des moments où elle rêvait d'abandonner sa dragonne : Sintara n'était pas la créature la plus attachante du monde ; elle tyrannisait Thymara, l'exposait au danger pour son propre amusement, et avait failli un jour la noyer dans le fleuve dans sa hâte d'attraper un poisson ; elle ne s'en était jamais excusée. Elle était aussi ironique et cynique qu'elle était magnifique. Mais, même si Thymara songeait parfois à la délaisser, elle n'avait aucune envie d'embarquer à bord du *Mataf* pour redescendre le fleuve ; elle en avait assez du bateau et du voyage interminable qu'elle avait dû faire, confinée dans l'espace restreint que la gabare offrait. Si elle repartait avec Leftrin, elle quitterait tous ses amis et ne saurait jamais ce qu'ils allaient découvrir dans la cité des Anciens. Aussi ne bougerait-elle pas pour le moment, afin de rester avec ses amis et de poursuivre sa tâche de pourvoyeuse de viande pour les dragons, jusqu'à ce que Leftrin revînt avec des provisions fraîches. Et ensuite ? « Tu comptes passer toute ta vie ici ? » demanda-t-elle encore une fois à Tatou en prenant conscience qu'il n'avait pas répondu la première fois.

Il dit d'une voix basse qui s'harmonisait avec leur doux déplacement dans la forêt : « Où est-ce qu'on pourrait aller, sinon ? » D'un petit geste, il désigna la jeune fille puis son propre visage. « Nos dragons nous ont marqués comme leur appartenant ; et puis, même si Dente fait plus de progrès que Sintara dans son apprentissage du vol, je ne pense pas qu'elles pourront se débrouiller seules avant longtemps. D'ailleurs, même si elles pouvaient chasser et se nourrir seules, elles auraient encore besoin de nous pour les toiletter et leur tenir compagnie. On est des Anciens, maintenant, Thymara, et les Anciens ont toujours vécu avec des dragons. Et, comme c'est ici que les dragons s'installeront, je vais sans doute passer le reste de ma vie avec eux, oui. Ou du moins tant que Dente restera ici. »

Du doigt, il indiqua une direction qui lui semblait meilleure. Elle décida de suivre son conseil et prit la tête ; derrière elle, il demanda : « Est-ce que je comprends bien ce que tu dis ? Tu songes vraiment à retourner à Trehaug ? Tu te figures que c'est possible pour des gens comme nous ? Je sais que Sintara ne te traite pas toujours bien, mais où pourrais-tu vivre à part ici ? Tu as des ailes, Thymara, et je ne te vois pas grimper dans les arbres et courir sur les branches comme avant. Partout, tu attireras les regards, ou pire. »

Thymara plaqua ses ailes sur son dos puis fronça les sourcils : elle avait effectué le mouvement sans en avoir conscience ; ces appendices devenaient de plus en plus partie intégrante d'elle-même. Ils lui faisaient encore mal et la gênaient quand elle s'efforçait d'enfiler ses vêtements élimés, mais elle les bougeait désormais sans même y penser.

« Elles sont splendides, tes ailes, dit Tatou comme s'il percevait ses pensées. Elles valent tout ce que tu dois supporter à cause d'elles.

— Elles ne servent à rien, rétorqua la jeune fille, refusant le plaisir que lui faisait le compliment. Je ne saurai jamais voler ; c'est une mauvaise plaisanterie.

— Non ; tu ne sauras jamais voler, mais je les trouve splendides quand même. »

L'éloge ne suffit pas à compenser la douleur de l'entendre dire qu'elle ne volerait jamais. « Kanaï pense le contraire. »

Tatou soupira. « Kanaï pense qu'un jour Gringalette et lui iront sur la lune. Thymara, il faudrait que tes ailes grandissent encore beaucoup pour que tu puisses t'en servir, au point peut-être que tu plierais sous leur poids. Kanaï ne réfléchit pas au fonctionnement des choses ; il a plus que jamais la tête pleine d'envies et de rêves. Et tu sais comme moi qu'il te désire et qu'il est prêt à dire n'importe quoi pour gagner tes faveurs. »

Elle lui jeta un regard par-dessus son épaule avec un petit sourire acerbe. « Au contraire de toi. »

Il lui retourna son sourire, une expression de défi au fond de ses yeux noirs. « Je te désire moi aussi, tu le sais ; je ne m'en suis jamais caché. Je suis toujours franc avec toi, Thymara, et je pense que tu devrais apprécier un homme qui te dit la vérité et qui respecte ton intelligence plutôt qu'un cinglé qui te noie sous des compliments délirants.

— J'attache de la valeur à ta franchise », dit-elle, puis elle se mordit la langue pour s'empêcher de lui faire remarquer qu'il n'avait pas toujours été aussi honnête avec elle : il ne lui avait pas avoué qu'il couchait avec Jerd – mais Kanaï non plus. Naturellement, dans ce dernier cas, le jeune gardien ne le lui avait pas vraiment caché : simplement, il n'avait guère attaché d'importance à l'affaire.

Après tout, la plupart des garçons avaient apparemment bénéficié des attentions de Jerd, et ils continuaient sans doute, pour autant qu'elle le sût. Une nouvelle fois, elle se demanda pourquoi elle réagissait si violemment ; Tatou n'était plus avec Jerd, et il n'avait pas l'air de penser avoir commis un acte bien grave. Alors pourquoi y attachait-elle tant d'importance ?

Elle ralentit l'allure : ils approchaient d'une clairière, repérable à l'éclat du jour plus vif. Elle fit signe à Tatou de ne pas faire de bruit et d'avancer lentement, prit la meilleure de ses flèches de mauvaise qualité et l'encocha. C'étaient ses yeux, à présent, et non son corps, qui devaient bouger. Elle s'accota à un arbre pour s'affermir et entreprit de parcourir lentement du regard la prairie qui s'étendait entre les arbres.

Elle pouvait concentrer son attention mais non maîtriser ses pensées. Jerd avait promptement rejeté les règles qui régissaient l'éducation dans le désert des Pluies. Les femmes comme Thymara, Jerd et Sylve n'avaient pas le droit de prendre époux ; chacun savait que les enfants qui naissaient pourvus d'écailles ou de griffes n'atteignaient en général pas l'âge adulte, et ils ne valaient pas les dépenses qu'il fallait engager pour les élever, car, même s'ils survivaient, ils portaient rarement des enfants viables. Les femmes qui s'y risquaient mouraient habituellement en couches, et les monstres qui ne périssaient pas à la naissance étaient abandonnés dans la forêt. L'interdiction d'épouser toute femme fortement marquée par le désert des Pluies était aussi ancrée que celle de s'accoupler en dehors du mariage ; mais Jerd avait décidé de

91

tourner le dos à ces deux règles. Ravissante avec sa chevelure blonde, ses yeux perçants et son corps souple, elle avait choisi les gardiens avec lesquels elle souhaitait coucher, et elle les avait cueillis l'un après l'autre comme un chat devant un trou de souris, avec aussi peu de scrupules quant à la satisfaction de ses appétits. Même quand certains des garçons en étaient venus aux mains à cause d'elle, elle avait paru y voir un hommage qu'ils lui rendaient. Thymara avait été déchirée entre la jalousie devant la liberté que s'octroyait Jerd et la colère devant la discorde qu'elle laissait dans son sillage.

Pour finir, Jerd avait dû payer un prix dont Thymara n'aimait pas se souvenir. Alors que la grossesse improbable de Jerd s'achevait par une naissance prématurée, la jeune fille avait fait partie de celles qui l'avaient assistée ; elle avait vu le petit cadavre de l'enfant-poisson avant qu'on le donnât à Veras, la dragonne de Jerd. Thymara était étonnée d'avoir tiré la leçon de cet épisode alors que Jerd avait paru ne pas en être touchée : elle avait continué à prendre son plaisir quand bon lui semblait, tandis que Thymara s'était gardée de se donner à quiconque. Cela ne tenait pas debout. Certains jours, elle en voulait à Jerd de sa bêtise, qui risquait de créer des problèmes à toute la communauté, mais le plus souvent, elle l'enviait d'avoir su saisir sa liberté et ses choix, et de se moquer de ce qu'on pensait d'elle.

La liberté et les choix. Elle pouvait prendre l'une et faire les autres. « Je reste, fit-elle à mi-voix. Pas

92

pour ma dragonne, pas même pour mes amis, mais pour moi, pour créer un lieu où j'aie ma place. »

Tatou la regarda. « Pas pour moi ? » demanda-t-il en toute innocence.

Elle secoua la tête. « Je suis franche avec toi », lui rappela-t-elle.

Il détourna les yeux. « Bon, au moins tu n'as pas dit que tu restais pour Kanaï. » Puis il inspira brusquement avec un bruit guttural ; peu après, Thymara souffla : « Je le vois aussi. »

L'animal qui sortait prudemment de la forêt pour s'avancer dans la clairière était magnifique. Thymara s'habituait peu à peu à la grande taille que les bêtes à sabots pouvaient atteindre sur le sol sec de la forêt, mais elle n'en avait jamais vu d'aussi énorme. Elle eût pu tendre un hamac entre ses andouillers aplatis ; ce n'étaient pas les cornes semblables à des branches qu'elle connaissait aux daims de la région ; on eût dit des mains aux doigts écartés. La créature qui les portait était digne d'une couronne aussi immense : elle avait des épaules gigantesques surmontées d'une bosse charnue, et elle se déplaçait comme un homme fortuné qui se promène dans un marché, avec soin et délibération. Elle parcourut la clairière de ses grands yeux sombres puis rejeta toute prudence. Thymara n'en fut pas étonnée : quel prédateur pouvait menacer un animal de cette taille ? Elle tendit la corde de son arc et retint sa respiration, mais elle n'avait guère d'espoir ; au mieux, elle percerait le cuir épais de la bête, et, si elle la blessait assez ou réussissait à la faire saigner,

93

elle pourrait la suivre avec Tatou jusqu'à son agonie. Mais ils ne parviendraient pas à la tuer d'un coup.

Elle serra les dents. La chasse risquait de prendre toute la journée, mais la quantité de viande en valait la peine. Encore un pas, et elle l'aurait en ligne de mire.

Un éclair rouge tomba du ciel. L'impact du dragon s'abattant sur l'immense cerf ébranla le sol. Surprise, Thymara décocha sa flèche qui partit en vrille et ne toucha rien ; au même instant, avec un craquement sec, l'épine dorsale de l'animal céda ; il poussa un beuglement de souffrance qu'interrompit le dragon en refermant ses mâchoires sur sa gorge. Gringalette souleva sa proie de terre et lui trancha la tête à demi, puis elle la lâcha et se jeta sur elle pour lui arracher du ventre une énorme bouchée de peau et de viscères. Elle lança la tête en arrière et avala la viande ; des bouts d'intestins restèrent tendus entre sa gueule et sa proie.

« Doux Sâ, aie pitié de nous ! » souffla Tatou. À ces mots, le dragon se tourna brusquement vers eux, les yeux rouges et brillants de colère ; du sang dégouttait de ses crocs dénudés.

« C'est ta proie, affirma Tatou. On s'en va. » Il prit Thymara par le bras et l'attira à l'abri de la forêt.

Elle n'avait pas lâché son arc. « Ma flèche ! C'était la meilleure que j'avais. Tu as vu où elle est partie ?

— Non », répondit-il d'un ton catégorique. Il ne l'avait pas vue partir et il n'avait aucune envie de la retrouver. Il entraîna Thymara plus loin sous les arbres et entreprit de faire le tour de la clairière. « Saleté de

94

dragonne ! fit-il tout bas. Ça faisait un paquet de viande !

— On ne peut rien lui reprocher, dit Thymara. Elle fait son métier de dragon.

— Je sais ; elle fait son boulot de dragon, et j'aimerais bien que Dente en fasse autant. » Il secoua la tête d'un air coupable, comme s'il avait honte d'en vouloir à sa dragonne. « Mais, tant qu'elle et Sintara ne sauront pas voler, on devra leur procurer de la viande, alors on ferait bien de se remettre en chasse. Ah, voilà ! »

Il avait trouvé la sente qui avait conduit le grand cerf dans la clairière. Par réflexe, Thymara leva les yeux en l'air, mais les arbres qu'elle voyait n'étaient pas les géants dont elle avait l'habitude. Chez elle, elle en eût escaladé un pour se déplacer ensuite, invisible, de branche en branche tout en surveillant la piste, et elle eût chassé sa proie d'en haut. Mais la moitié des arbres perdaient leurs feuilles en hiver et ne l'eussent pas dissimulée, et les branches ne se touchaient pas avec leurs voisines comme dans le désert des Pluies. « Il va falloir chasser à pied et sans bruit, dit Tatou, répondant à ses pensées ; mais d'abord, on doit s'éloigner de Gringalette et de sa proie. Même moi, je sens l'odeur de la mort.

— Sans compter le bruit qu'elle fait », répondit Thymara. La dragonne mangeait bruyamment, broyant les os avec des grognements de plaisir à chaque bouchée. Comme les deux humains s'arrêtaient un instant, elle poussa un brusque grondement, comme un chat

95

qui joue avec une souris morte, puis on entendit un fort bruit sec.

« Sans doute les andouillers », dit Tatou.

Thymara acquiesça de la tête. « Je n'ai jamais vu un cerf aussi énorme ; je n'ai jamais vu d'animal aussi énorme, à vrai dire, à part les dragons.

— Ce ne sont pas des animaux », répondit-il. Il marchait en tête ; ils se déplaçaient d'un pas léger et parlaient à mi-voix.

Elle eut un petit rire. « Que sont-ils, alors ?

— Des dragons, tout comme nous ne sommes pas des animaux. Ils pensent, ils parlent ; si c'est ce qui nous définit comme différents des bêtes, alors les dragons n'en sont pas non plus. »

Elle garda le silence quelques instants, tournant la question dans son esprit ; elle ne savait pas si elle était d'accord ou non avec lui. « On dirait que tu y as pas mal réfléchi.

— Oui. » Il s'accroupit pour passer sous une branche basse, et elle l'imita. « Depuis que Dente et moi on est liés. Le troisième soir, je me demandais : qu'est-ce qu'elle est ? Ce n'est pas un animal de compagnie, un petit singe ni un oiseau ; elle n'est pas comme les singes apprivoisés dont certains cueilleurs se servent pour aller chercher les fruits hors de leur portée ; et je ne suis pas non plus son toutou ni son serviteur, même si je fais plein de trucs pour elle : lui rapporter à manger, enlever les parasites qui lui infestent le coin des yeux, lui nettoyer les ailes.

— Tu es sûr que tu n'es pas son serviteur, demanda Thymara avec un sourire acide, ou son esclave ? »

96

Il fit la grimace, et elle se rappela à qui elle s'adressait. Sa mère avait été asservie en punition de ses crimes, et, quand Tatou était né, il était esclave. Il avait beau ne garder aucun souvenir de cette époque, car il était très petit quand ils s'étaient échappés, il avait grandi avec les marques de son origine sur le visage et sachant qu'à cause d'elles beaucoup ne le voyaient pas tel qu'il était.

Ils étaient arrivés à un mur de pierre bas, recouvert de plantes grimpantes ; derrière, plusieurs cahutes s'étaient effondrées sur leurs fondations, entourées d'arbres dont certains avaient pris racine dans les maisons. Thymara observa la scène d'un œil pensif, mais Tatou continua d'avancer ; on tombait trop souvent sur des ruines dans la forêt pour s'y arrêter encore. Si sa dragonne n'avait pas eu si faim, la jeune fille eût volontiers pris le temps de fouiller les masures écroulées en quête de trouvailles utiles ; des gardiens avaient découvert des morceaux d'outils, têtes de marteaux, fers de haches, et même une lame de poignard dans les vestiges de certaines constructions. Quelques-uns de ces outils étaient de facture ancienne et conservaient leur efficacité malgré le passage du temps ; sur une table détruite étaient encore posés des tasses et des restes d'assiettes. Le cataclysme qui avait atteint Kelsingra avait frappé si rapidement que les habitants n'avaient pas eu le temps d'emporter leurs biens. Qui sait ce qu'elle pourrait trouver dans les gravats ? Mais la faim de Sintara pressait sur son esprit comme une épée dans son dos ; Thymara devrait revenir plus tard quand elle aurait plus de temps – à condition que la dragonne lui en accordât.

Tatou répondit à sa question et à ses pensées.

« Je ne suis pas son esclave parce que je ne la sers pas comme le ferait un esclave. Au début, j'avais presque l'impression que c'était mon enfant, et j'étais fier de la rendre heureuse et jolie. J'avais beaucoup de plaisir à lui mettre de la viande ou un gros poisson sous le nez et à la sentir pleine de bonheur.

— C'est leur charme, dit Thymara d'un ton amer. Tout le monde connaît le charme des dragons ; Sintara s'en est servie sur moi plus d'une fois. Je me retrouve à faire quelque chose parce que je suis persuadée d'en avoir envie, et puis, quand j'ai fini, je m'aperçois que ce désir ne venait pas de moi : c'était Sintara qui faisait pression sur moi, qui me donnait envie de faire ce qu'elle attendait de moi. » Elle crispa les mâchoires à l'idée que la grande reine bleue pouvait la manipuler aussi aisément.

— Je sais ; je l'ai vue faire quelquefois. Alors qu'on est en plein milieu d'une conversation importante, tu te tais soudain, tu ne me regardes même pas et tu me dis que tu dois aller chasser tout de suite. »

Thymara garda le silence avec un sentiment de culpabilité : elle n'avait pas envie de lui avouer qu'il se trompait, que la chasse était le meilleur prétexte qu'elle avait trouvé pour l'éviter quand leurs discussions devenaient trop pressantes.

Tatou ne parut pas s'apercevoir de son absence de réaction. « Dente n'agit pas comme ça avec moi – enfin, presque jamais. Je crois qu'elle m'aime, Thymara ; je le vois à sa façon de me changer, à l'attention qu'elle y porte ; et, quand j'ai fini de lui

98

donner à manger et de la nettoyer, elle veut que je reste avec elle, simplement pour lui tenir compagnie, parce qu'elle se plaît avec moi. Je n'ai jamais connu ça avant ; ma mère demandait toujours aux voisins de me surveiller quand j'étais petit, et, après le meurtre qu'elle a commis, elle s'est évanouie dans la nature. Je demeure persuadé que c'était un accident, qu'elle voulait seulement lui faire les poches ; elle s'est peut-être dit qu'elle n'avait qu'à rester planquée un moment. Elle avait peut-être l'intention de revenir me chercher, mais je ne l'ai jamais revue. Quand elle a été dans les ennuis, elle a fichu le camp et m'a laissé me débrouiller. Mais Dente ne veut pas que je la quitte ; je ne sais pas si elle "m'aime", mais elle tient à ma compagnie. » Il haussa les épaules comme s'il craignait que Thymara ne le jugeât trop sentimental. « Le seul autre qui m'a donné l'impression de m'apprécier, c'est ton père, et même lui maintenait une petite distance entre nous ; je sais qu'il n'aimait pas qu'on passe trop de temps ensemble, toi et moi.

— Il avait peur de ce que pourraient penser les voisins ou ma mère. Les règles étaient strictes, Tatou : je ne devais laisser personne me faire la cour parce que je n'avais pas le droit de me marier, ni d'avoir un enfant, ni même de prendre un amant. »

Tatou, l'air étonné, indiqua du doigt les éraflures que des andouillers avaient laissées sur un arbre ; le cerf qui les avait faites devait avoir la taille de celui qu'avait abattu Gringalette. Thymara les suivit du bout de l'index : marques d'andouillers ou traces de

99

griffes ? Non, elle n'arrivait même pas à imaginer un félin aussi gros.

« Je connaissais les règles que t'imposait ton père, et, pendant longtemps, je ne t'ai vue que comme une amie. Les filles ne m'intéressaient pas tellement à l'époque ; je t'enviais seulement ce que tu avais, une maison, des parents, un travail et des repas réguliers. J'aurais voulu avoir la même vie. »

Il se tut : le chemin bifurquait. Il regarda Thymara, les sourcils haussés.

« Prends à gauche, dit-elle ; le sentier a l'air plus passant. Tatou, la vie n'était pas aussi rose que tu le crois chez moi ; ma mère me détestait parce que je lui faisais honte.

— À mon avis… Enfin, je ne suis pas sûr qu'elle te détestait ; peut-être qu'elle avait honte devant les voisins de vouloir t'aimer. Mais, même si je me trompe, elle ne t'a jamais délaissée ni mise à la porte. » Il mettait une sorte d'entêtement à réfuter les arguments de Thymara.

« Sauf la fois où elle m'a confiée à la sage-femme pour qu'elle m'abandonne dans la forêt, répondit la jeune fille d'un ton amer. C'est mon père qui m'a ramenée à la maison et qui a dit qu'il voulait me donner une chance ; c'est lui qui a forcé ma mère à m'accepter. »

Tatou restait sceptique. « Et c'est de là que venait sa honte, je pense : non pas de ce que tu étais, mais de sa faiblesse devant la sage-femme à qui elle n'avait pas osé dire qu'elle voulait te garder, avec tes griffes et tout.

— Peut-être. » Thymara n'avait pas envie de réflé-

100

chir à la question ; c'était inutile à présent, si loin des événements à la fois dans le temps et dans l'espace ; de toute manière, elle ne pouvait pas aller demander à sa mère ce qu'elle éprouvait vraiment. Elle savait que son père l'aimait, et elle chérissait cette certitude, mais elle savait aussi qu'il acceptait les règles selon lesquelles elle ne devait jamais avoir d'amant ni d'époux, ni donner le jour à un enfant. Chaque fois qu'elle songeait à franchir cette limite, elle avait le sentiment de le trahir, lui et ce qu'il lui avait enseigné ; il l'avait aimée, il lui avait fixé des règles pour assurer sa sécurité ; en connaissait-elle plus que lui sur la question ?

Apparemment, c'était à elle de décider ; mais si elle jugeait que son père se trompait, qu'elle avait le droit de prendre un compagnon, cela amoindrirait-il l'amour qu'elle lui portait ? Et l'amour qu'il lui portait à elle ? Elle savait sans l'ombre d'un doute qu'il désapprouverait qu'elle y songeât seulement.

Et, même à distance, sa réprobation était douloureuse – peut-être renforcée par le fait que Thymara était loin de chez elle et seule. Qu'attendrait-il d'elle ? Serait-il déçu s'il apprenait tous les baisers et tous les contacts auxquels elle s'était laissée aller avec Tatou ?

Oui. Elle secoua la tête, et son compagnon lui jeta un regard. « Qu'y a-t-il ?

— Rien ; je réfléchissais, c'est tout. »

Elle prit alors conscience d'un battement rythmique. Une créature courait derrière eux sur le sentier qu'ils suivaient, sans chercher à se cacher.

101

« Qu'est-ce que c'est ? » demanda Tatou, et puis il examina les arbres autour de lui. Thymara comprit à quoi il pensait : s'ils devaient se mettre à l'abri, c'est dans les hauteurs qu'ils auraient leur meilleure chance.

« Deux pattes », dit tout à coup Thymara, elle-même étonnée d'avoir tiré cette déduction du bruit qu'elle entendait.

Une seconde plus tard, Kanaï apparut. « Vous voilà ! s'exclama-t-il, joyeux. Gringalette disait que vous étiez dans le coin. »

Il affichait un grand sourire, ravi de les avoir trouvés, heureux de vivre comme toujours. Thymara avait du mal à le regarder sans lui rendre son sourire. Il avait beaucoup changé depuis leur départ de Trehaug ; ses traits adolescents avaient subi le rabot des privations et de l'approche de l'âge adulte, et il avait grandi plus qu'il n'était naturel en quelques mois. Comme la jeune fille, il était né marqué par le désert des Pluies, mais, depuis le début de l'expédition, il avait minci et acquis de la souplesse ; ses écailles étaient à présent visiblement rouges, en harmonie avec la robe de Gringalette. Il avait toujours eu des yeux étranges, bleu très pâle, mais désormais le léger éclat azur et chatoyant qu'acquéraient certains habitants du désert des Pluies avec l'âge brillait constamment chez lui, et il prenait parfois la dureté d'argent de l'acier. Au lieu de se rapprocher de ceux d'un dragon, ses traits se ciselaient pour adopter un aspect humain parfaitement classique : il avait le nez droit, les joues plates, et la mâchoire de plus en plus affirmée.

102

Il regarda Thymara, ravi de son examen ; elle baissa les yeux. Depuis quand était-il aussi attirant ?

« On essaie de chasser, répondit Tatou d'un ton agacé. Mais, entre toi et ta dragonne, tout ce qu'il y avait de comestible dans la région a dû ficher le camp. »

Le sourire de Kanaï s'effaça légèrement. « Pardon, fit-il d'un ton sincère. Je n'avais pas réfléchi. Gringalette était toute contente d'avoir trouvé autant de viande, et c'est tellement agréable quand elle est heureuse et qu'elle a le ventre plein que j'ai eu envie d'être avec mes amis.

— D'accord, mais Dente n'a pas la chance de Gringalette, ni Sintara. Il faut qu'on chasse pour les nourrir ; et, si Thymara avait abattu ce cerf au lieu que ta dragonne lui dégringole dessus, on aurait eu de quoi leur proposer un repas convenable. »

Kanaï crispa les mâchoires et répondit sur un ton défensif : « Gringalette ne s'est rendu compte que vous étiez là qu'après avoir tué l'animal ; elle n'essayait pas de vous le voler.

— Je sais, dit Tatou, ronchon ; mais n'empêche qu'à cause de vous deux, on a perdu la moitié de la journée.

— Pardon. » Kanaï s'exprimait avec raideur. « Je l'ai déjà dit.

— Ce n'est pas grave », intervint Thymara. Se froisser ne ressemblait pas à Kanaï. « Je sais bien que Gringalette et toi n'aviez pas l'intention de gâcher notre chasse. » Elle adressa un regard de reproche à Tatou. Dente était aussi capricieuse que Sintara, et il

103

devait savoir que Kanaï n'eût rien pu faire pour empêcher sa dragonne de s'emparer de leur gibier, même s'il avait su qu'ils poursuivaient la même proie. Toute cette viande perdue n'était pas la source principale de l'irritation de Tatou.

« Tu as un moyen de réparer, déclara ce dernier. Quand Gringalette aura fini de manger, elle pourrait peut-être abattre une autre proie pour nos dragons. »

L'autre le regarda, abasourdi. « Quand elle aura fini de manger, il faudra qu'elle dorme, et ensuite elle terminera ce qui restera de la viande. Et puis, les dragons ne chassent pas et ne tuent pas pour les autres. Elle… elle ne ferait jamais ça. » Devant l'air sévère de Tatou, il ajouta : « Tu sais, le vrai problème, c'est que vos dragonnes ne volent pas ; sinon, elles pourraient attraper elles-mêmes leur nourriture, et ça leur plairait autant qu'à Gringalette. Il faut que vous leur appreniez à voler. »

Tatou le regarda fixement, des éclats de colère dans les yeux. « Merci de souligner l'évidence, Kanaï. Ma dragonne ne sait pas voler. » Il leva les yeux au ciel d'un air exaspéré. « Maintenant que tu nous as fait part de ton point de vue indispensable sur le problème, il faut que j'aille chasser. » Il tourna les talons et s'en alla à grands pas.

Thymara le suivit du regard, bouche bée. « Tatou ! Attends ! Tu sais bien que nous ne devons pas chasser seuls ! » Puis elle s'adressa à Kanaï. « Je regrette ; je ne sais pas ce qui le met dans cet état.

— Mais si », répliqua-t-il avec entrain. Il lui prit la main et poursuivit : « Et moi aussi. Mais ce n'est

104

pas grave ; c'est à toi que je voulais parler, de toute manière. Thymara, quand Gringalette se réveillera après sa sieste, tu voudras aller à Kelsingra ? Il y a un truc que j'aimerais te montrer ; un truc étonnant.

— Quoi donc ? »

Il secoua la tête, l'air malicieux. « C'est nous ; je ne t'en dirai pas plus. C'est nous, toi et moi. Et je ne peux pas l'expliquer ; il faut que je t'y amène. Tu veux bien ? » Il sautillait sur la pointe des pieds, incroyablement content de lui-même, un grand sourire sur les lèvres, et Thymara ne put s'empêcher de le lui rendre tout en faisant non de la tête.

Kelsingra… La tentation l'enflammait. Kanaï devrait demander à Gringalette de la transporter. Chevaucher un dragon ! S'élever dans les airs, survoler le fleuve ! C'était une idée terrifiante mais exaltante.

Mais Kelsingra ? Cet aspect-là de la proposition la laissait plus dubitative.

Elle s'était rendue une fois dans la cité des Anciens, et pendant quelques heures seulement. Le problème, c'était le franchissement du fleuve ; grossi par les pluies, il était rapide et profond. Pendant l'été, il se promenait nonchalamment dans son vaste lit, mais à présent il le remplissait d'une rive à l'autre. À cause d'un large coude, le courant coulait plus vite et sur une plus grande profondeur devant les quais brisés de l'antique Kelsingra. Depuis leur arrivée, le *Mataf* avait effectué deux excursions de l'autre côté, mais chaque fois la force de l'eau l'avait entraîné loin de la cité ; la vivenef et l'équipage avaient dû batailler pour revenir vers la rive de départ puis remonter jusqu'au village. C'était une terrible frustration d'avoir parcouru un si long chemin et de se trouver bloqué aux portes de la cité légendaire. Le capitaine Leftrin avait promis d'acheter à Cassaric de la corde solide, des pointes et tout ce qu'il faudrait pour créer un appontement provisoire à Kelsingra.

Mais les jeunes gardiens n'avaient pas pu attendre jusque-là. Thymara et quelques-uns de ses camarades s'étaient lancés dans la traversée à bord de deux des canots de la vivenef, et il leur avait fallu ramer de toutes leurs forces pendant la matinée entière pour parvenir de l'autre côté ; mais ils s'étaient retrouvés loin en aval des quais en ruine de la cité, et ils avaient dû remonter la rive jusqu'à la ville. Ils y étaient arrivés en fin d'après-midi, sous la pluie, alors qu'il ne restait que quelques heures de jour pour explorer les larges avenues et les hauts édifices de l'immense cité.

Thymara avait toujours vécu dans une forêt, elle en avait pris conscience avec étonnement : elle avait toujours considéré Trehaug comme une ville, et une grande, la plus étendue du désert des Pluies, mais elle se trompait.

Kelsingra, ça, c'était une vraie cité ; elle en avait eu la preuve en la parcourant avec ses compagnons, les canots sur le dos, depuis la périphérie jusqu'aux quais antiques. Les rues étaient pavées, incroyablement larges et désertes, tandis que les bâtiments se dressaient, tout en énormes blocs de pierre noire souvent veinée d'argent ; comment on avait découpé ces blocs, comment on les avait transportés et mis en place, elle n'en savait rien. Les bâtiments s'élevaient très haut, pas aussi haut que les arbres du désert des Pluies, mais plus qu'il n'était normal pour des objets créés de main d'homme ; ils avaient les flancs droits, manifestement fabriqués par des humains, avec des fenêtres béantes et noires. Et le silence régnait partout. Le vent murmurait en se faufilant dans la cité, comme s'il craignait de la réveiller. Les gardiens se serraient les uns contre les autres, et l'absence de bruit étouffait leurs voix, comme si elles s'y engloutissaient. Même Tatou se taisait. Davvie et Lecter s'étaient pris par la main et marchaient ensemble ; Harrikine jetait des regards tout autour de lui comme s'il s'efforçait de sortir d'un rêve bizarre.

Sylve s'était glissée près de Thymara. « Tu entends ?

— Quoi ?

— Des murmures ; des gens qui parlent. »

Elle avait tendu l'oreille. « C'est le vent », avait-elle répondu, et Tatou avait acquiescé de la tête ; mais Harrikine avait reculé et pris la main de Sylve. « Ce n'est pas que le vent », avait-il dit, et plus personne n'avait abordé le sujet.

Ils avaient exploré la partie de la ville limitrophe des quais et s'étaient aventurés dans certains bâtiments. Ils avaient des proportions mieux adaptées aux dragons qu'aux humains. Thymara, qui avait passé son enfance dans les pièces exiguës d'une maison arboricole, avait l'impression d'être un insecte ; les plafonds étaient lointains et indistincts dans la lumière de fin d'après-midi qui tombait des hautes fenêtres. Les gardiens avaient trouvé des restes de meubles,

107

certains réduits à des tas de bois pourris sur le sol, ou des tapisseries qui tombaient en fils poussiéreux au moindre contact. La lumière se colorait en traversant les vitraux zébrés de saleté et projetait sur les dallages des images troubles de dragons et d'Anciens.

Par endroits, la magie des Anciens demeurait. Dans un des édifices, une salle s'était illuminée à l'entrée d'un gardien tandis qu'une musique vague et incertaine se mettait à jouer et qu'un parfum poussiéreux se répandait dans l'air immobile. Un son qui évoquait un rire lointain s'était élevé puis estompé brusquement, noyé par la musique. Les gardiens avaient regagné précipitamment l'extérieur.

Tatou avait pris la main de Thymara qui avait accueilli avec soulagement cette chaude étreinte, et il avait demandé à mi-voix : « Tu crois que des Anciens auraient pu survivre ? Qu'on pourrait en rencontrer, ou qu'ils pourraient nous surveiller en cachette ? »

Elle avait eu un sourire tremblant. « Tu me taquines, hein ? Pour me faire peur ? »

Les yeux noirs du jeune homme avaient une expression grave, voire inquiète. « Non. » Il avait ajouté en parcourant les alentours du regard : « Je suis déjà mal à l'aise, et je tâche de ne pas y penser ; je te posais la question parce qu'elle me tracasse vraiment. »

Elle avait suggéré rapidement : « Je ne crois pas qu'il en reste ici, du moins en chair et en os. »

Il avait eu un rire sec. « Et c'est censé me rassurer ?

— Non. » Elle se sentait nettement sur le qui-vive. « Où est Kanaï ? » avait-elle demandé tout à coup.

Tatou, s'arrêtant, avait examiné les alentours ; les autres avaient poursuivi leur chemin, et Thymara, haussant la voix, leur avait répété la question. « Où est Kanaï ?

— Je crois qu'il est parti devant », avait répondu Alum.

Tatou n'avait pas lâché la main de Thymara. « Ne t'en fais pas pour lui, ça ira. Viens, continuons de visiter encore un peu la cité. »

Ils avaient continué leurs déambulations. Les vastes places désertes leur avaient donné une impression vaguement inquiétante ; aux yeux de Thymara, après tant d'années d'abandon, la vie eût dû reprendre ses droits dans la cité, l'herbe pousser dans les anfractuosités des pavages, les grenouilles s'installer dans les fontaines vertes d'algues, les oiseaux nicher sur les corniches des bâtiments, les plantes grimpantes s'introduire dans les édifices par les fenêtres. Mais il n'y avait rien de tout cela ; certes, çà et là, on trouvait de petites poches de végétation, lichen jaune entre les doigts d'une statue, mousse au pied d'une fontaine fracturée, mais non avec l'exubérance qu'elle attendait. Malgré les ans, la cité restait trop agressivement une cité, l'habitat d'Anciens, de dragons et d'humains ; la nature, arbres, lianes et végétation entremêlée, qui formait naguère le décor de l'existence de Thymara, n'avait pas réussi à s'y établir. La jeune fille en avait eu le sentiment d'être encore plus étrangère à ce monde.

Dans les fontaines à sec, les statues posaient sur eux leur regard vide, et Thymara n'y avait perçu nulle

109

bienvenue ; plus d'une fois, en examinant les sculptures d'Anciennes, elle s'était demandé quels changements allait subir sa propre apparence. C'étaient des créatures de haute taille et gracieuses, avec des yeux d'or, d'argent et de pourpre, et le visage couvert d'écailles lisses ; certaines avaient la tête surmontée d'une couronne de chair. D'élégantes robes d'émail les revêtaient, et des bagues serties de pierres précieuses ornaient leurs longs doigts fins. Serait-ce si terrible de devenir comme elles ? Elle avait regardé Tatou : les modifications qu'il connaissait n'avaient rien de repoussant.

Dans un bâtiment, des gradins de pierre dominaient une estrade ; sur des mosaïques aux couleurs encore vives, des dragons et des Anciens dansaient sur les murs. Dans cette salle, Thymara avait enfin distingué ce dont ses compagnons parlaient : des voix basses aux modulations de la conversation ; le rythme de la langue ne lui était pas familier, et pourtant le sens des mots se pressait à la périphérie de son esprit.

« Tatou », avait-elle dit, plus pour entendre sa propre voix que pour interpeller le jeune gardien.

Il avait hoché la tête d'un geste nerveux. « Retournons dehors. »

C'est avec soulagement qu'elle avait suivi son pas rapide pour ressortir dans la lumière du jour déclinant.

Certains des autres les avaient bientôt rejoints, et tous avaient pris la décision tacite de revenir au bord du fleuve pour passer la nuit dans une petite cabane en pierre qui se dressait là. Elle était faite de pierres ordinaires, tirées de l'eau, et le limon compact dans les angles révélait que des crues l'avaient inondée

110

dans un passé lointain ; portes et fenêtres étaient tombées en poussière depuis longtemps. Avec du bois flotté, les jeunes gens avaient allumé dans l'âtre un feu qui flambait bas à cause de l'humidité, et ils s'étaient serrés autour de sa chaleur. C'est seulement quand les derniers de leurs camarades les avaient rejoints que l'absence de Kanaï leur avait sauté aux yeux.

« Il faut aller le chercher », avait dit Thymara, et ils se séparaient en groupes de trois quand il était arrivé, alors qu'éclatait un orage ; la pluie lui avait plaqué les cheveux sur la tête, et ses vêtements étaient trempés. Il tremblait de froid mais affichait un sourire ravi.

« J'adore cette ville ! s'était-il exclamé. Il y a plein de trucs à voir et à faire. C'est chez nous ; c'est là qu'on doit vivre ! » Il voulait que les gardiens vinssent avec lui explorer encore la cité, alors que la nuit était tombée, et leur refus l'avait laissé abasourdi. Il avait fini par s'installer à côté de Thymara.

Les voix du vent, de la pluie et du fleuve emplissaient l'obscurité. Des sommets lointains étaient venus des hurlements plaintifs. « Des loups ! » avait soufflé Nortel, et tous avaient frissonné de peur. Les loups étaient des bêtes de légende pour eux, et leurs cris avaient presque noyé les voix murmurantes – presque. Thymara n'avait pas bien dormi.

Le jour suivant, à l'aube, ils avaient quitté Kelsingra. La pluie tombait à verse, le vent soufflait violemment sur le fleuve ; ils savaient qu'ils passeraient la journée à batailler pour regagner l'autre rive.

111

Au loin, Thymara entendait les rugissements des dragons affamés ; le mécontentement de Sintara tonnait dans l'esprit de la jeune fille, et, d'après l'expression inquiète de ses compagnons, elle savait qu'ils souffraient comme elle ; ils ne pouvaient pas demeurer plus longtemps à Kelsingra. Comme ils s'écartaient de la berge dans leur canot, Kanaï avait lancé un regard de regret en arrière. « Je reviendrai, avait-il dit, comme s'il faisait une promesse à la cité. Je reviendrai dès que je pourrai ! »

Grâce à Gringalette, il avait tenu sa promesse, mais Thymara n'était jamais retournée dans la cité ; la prudence le disputait en elle à la curiosité chaque fois qu'elle songeait à franchir à nouveau le fleuve.

« Mais je dois te montrer quelque chose là-bas ! Allez, s'il te plaît ! »

La voix de Kanaï la ramena au présent. « Je ne peux pas ; il faut que je chasse pour Sintara.

— S'il te plaît ! » Il pencha la tête ; ses cheveux noirs lui tombèrent sur les yeux, et il jeta à Thymara un regard implorant.

« Je ne peux pas, Kanaï ; elle a faim. » Pourquoi ces mots avaient-ils tant de difficulté à sortir ?

« Mais… elle devrait voler et chasser elle-même ; elle se donnerait peut-être plus de mal si tu la laissais sans manger un jour ou…

— Kanaï ! Tu laisserais Gringalette mourir de faim ? »

Moitié en colère, moitié honteux, il décocha un coup de pied dans l'épaisse couche de feuilles mortes

112

qui tapissait la forêt. « Non, avoua-t-il enfin ; non, je ne pourrais pas faire ça à ma Gringalette. Mais elle est gentille, pas comme ta Sintara. »

Le coup porta. « Sintara n'est pas si méchante que ça ! » Si, en réalité, mais cela ne regardait que Thymara et sa dragonne. « Je ne peux pas t'accompagner, Kanaï ; je dois chasser. »

Le jeune homme leva les bras au ciel en signe de reddition. « Bon, d'accord. » Il la gratifia d'un sourire. « Demain, alors ; il pleuvra peut-être moins. On pourrait y aller tôt et passer la journée dans la cité.

— Kanaï, je ne peux pas ! » Elle mourait d'envie de s'élever dans le matin sur le dos d'un dragon, d'éprouver les sensations du vol, d'observer la façon dont un dragon s'y prenait. « Je ne peux m'absenter un jour entier ; je dois chasser pour Sintara, et, tant qu'elle n'a pas eu à manger, je ne peux rien faire d'autre ; je ne peux pas réparer le toit de notre maison, ni raccommoder mon pantalon, ni rien. Elle me harcèle par la pensée, je sens sa faim sans arrêt. Tu ne te rappelles pas comment c'était ? »

Le front aux écailles fines de Kanaï se fronça. « Si, dit-il enfin. Si. D'accord. » Il soupira soudain. « Je vais t'aider à chasser.

— Je t'en remercie ; ça me rendra service pour aujourd'hui. » Elle savait que Tatou s'en était allé sans elle et qu'elle ne le rattraperait pas. « Mais ça n'empêchera pas Sintara d'avoir faim demain. »

Il se mordit la lèvre en se tortillant d'un air pensif, comme un petit enfant. « Je vois ; très bien, je t'aiderai à nourrir ta flemmarde aujourd'hui et demain. Je vais

113

trouver quelque chose pour la nourrir sans que tu sois obligée d'y passer la journée, et après tu voudras bien venir avec moi à Kelsingra ?

— Oui, et avec mes remerciements les plus sincères !

— Oh, tu me remercieras bien plus quand tu verras ce que je veux te montrer ! Et maintenant, allons chasser ! »

« Debout ! »

Selden se réveilla tremblant et désorienté ; d'ordinaire, on le laissait dormir à ce moment de la journée, non ? Quelle heure était-il ? L'éclat de la lampe l'éblouissait. Il s'assit lentement sur sa paillasse, un bras sur les yeux. « Que voulez-vous ? » demanda-t-il. Il savait qu'on ne lui répondrait pas, mais, par ces mots, il se rappelait qu'il était un homme, non une bête brute.

Pourtant, l'homme s'adressa à lui. « Lève-toi ; tourne-toi, que je te regarde. »

Les yeux de Selden s'étaient un peu accoutumés à la lumière. La tente n'était pas complètement obscure : l'éclat du jour filtrait par les coutures et les pièces rapportées, et le jeune homme reconnut enfin son visiteur. Ce n'était pas celui qui s'occupait de lui, qui lui donnait du pain rassis, de l'eau vaseuse et des légumes à moitié pourris, ni celui qui lui tapait dans les côtes avec un long bâton pour amuser les spectateurs. Non, c'était l'homme qui se croyait propriétaire de Selden ; petit avec un gros nez, il ne quittait jamais sa bourse, sac rebondi qu'il gardait accroché à son

114

épaule comme s'il ne supportait pas d'être séparé de son argent.

Selden se leva lentement. Il n'était pas plus nu que d'habitude, mais c'était l'impression qu'il avait sous le regard scrutateur du nouveau venu. Les deux hommes qui étaient venus le voir plus tôt dans la journée étaient là aussi. Gros-Nez se tourna vers le personnage vêtu à la mode chalcédienne. « Le voici ; c'est ça que vous achèterez. Vous en avez vu assez ?

— Il est maigre. » L'homme s'exprimait d'un ton hésitant, comme s'il voulait marchander mais craignait de mettre le vendeur en colère. « Il a l'air malade. »

Gros-Nez eut un rire sec, semblable à un aboiement. « Eh bien, je n'ai que lui ; si vous trouvez un homme-dragon en meilleur état, je vous conseille de l'acheter. »

Après un moment de silence, le marchand chalcédien fit une nouvelle tentative. « Mon commanditaire voudra une preuve que cet être est bien tel que vous le décrivez. Donnez-moi quelque chose à lui envoyer et je lui recommanderai de payer le prix que vous voulez.

Gros-Nez réfléchit un instant. « Quoi, par exemple ? demanda-t-il d'un ton morose.

— Un doigt, ou un orteil. » Devant l'expression outrée de Gros-Nez, l'autre se reprit : « Ou rien qu'une phalange, en signe de bonne foi ; vous exigez un prix élevé.

— Oui, et il n'est pas question que je lui coupe quoi que ce soit qui ne repoussera pas ! S'il attrape

115

une infection et qu'il meure, je perds mon investissement. Et puis qu'est-ce qui me dit que vous n'avez pas besoin que d'un doigt ? Non, si vous en voulez un morceau, vous me le payez comptant. »

Selden les écoutait, et, comme il comprenait peu à peu ce que sous-entendait la conversation, l'horreur le submergea. « Vous allez vendre un de mes doigts ? C'est de la folie ! Regardez-moi ! Mais regardez-moi ! Je suis humain ! »

Gros-Nez se tourna vers lui, l'air furieux, et leurs regards se croisèrent. « Si tu ne la fermes pas, tu seras un humain qui pissera le sang. Et tu m'as entendu : je ne te couperai rien qui ne repoussera pas ; alors arrête de te plaindre. »

Selden croyait avoir sondé les abîmes de cruauté dont ces hommes étaient capables. Dans l'avant-dernière ville, un de ses gardiens l'avait loué pour un soir à un client curieux ; son esprit renâclait à revenir sur cet épisode, et, comme l'assistant de Gros-Nez tendait à celui-ci un couteau à manche noir avec un large sourire, les oreilles de Selden s'emplirent d'un rugissement.

« Il me faut quelque chose qui prouve qu'il est bien ce que vous dites », insista l'acheteur. Il croisa les bras sur sa poitrine. « Je vous en donnerai dix pièces d'argent ; mais, si mon maître est convaincu et souhaite l'acheter, il faudra soustraire cette somme de votre prix. »

Gros-Nez réfléchit. Son assistant se curait les ongles avec la pointe du couteau.

116

« Vingt pièces d'argent, répondit-il enfin, et avant l'opération. »

Le Chalcédien se mordit la lèvre. « Pour un morceau de chair avec des écailles et grand comme la paume de ma main.

— Arrêtez ! rugit Selden, mais son cri jaillit comme un hurlement strident. Vous n'avez pas le droit ! Vous ne pouvez pas faire ça !

— Grand comme deux de mes doigts, conclut Gros-Nez. Et l'argent avant que je commence.

— Tope là », dit aussitôt l'acheteur.

Gros-Nez cracha dans la paille et tendit la main ; les pièces y tombèrent l'une après l'autre en sonnant.

Selden recula autant que ses chaînes le lui permettaient. « Je ne me laisserai pas faire ! cria-t-il. Je ne vais pas rester les bras croisés pendant que vous me découpez en petits morceaux !

— Comme tu veux », répliqua Gros-Nez. Il ouvrit son sac et y fourra l'argent. « Passe-moi le couteau, Riveur. Vous deux, vous l'immobilisez pendant que je lui enlève un morceau sur l'épaule. »

# QUATORZIÈME JOUR DE LA LUNE DE L'ESPOIR

*Septième année de l'Alliance indépendante des Marchands*

*De Kim, Gardien des Oiseaux, Cassaric, au Marchand Finbok, Terrilville*

*Message envoyé par cylindre à double cachet, avec gouttes de cire verte puis bleue ; si l'un ou l'autre cachet est absent ou abîmé, avertissez-m'en aussitôt !*

*Salutations, Marchand Finbok.*
*Comme vous me l'avez demandé, je continue de surveiller les cargaisons depuis mon poste. Vous connaissez les risques que je prends, et je crois que mes efforts méritent une rétribution plus généreuse. Mes recherches donnent des résultats un peu déconcertants, mais vous savez comme moi que, là où règne le secret, le profit n'est pas loin ; bien qu'il n'y ait aucune nouvelle de l'épouse de votre fils ni du succès ou de l'échec de l'expédition du* Mataf, *je pense que les renseignements que je vous ai transmis pourront se révéler précieux, même si nous ne pouvons encore en évaluer la valeur. Et je vous rappelle que, selon notre accord,*

*vous deviez me payer autant pour les risques que je prendrais que pour les informations que je glanerais ; pour dire les choses crûment, et à grand danger pour moi si ce message tombait en de mauvaises mains, si l'on découvre mes activités d'espionnage, je perdrai mon poste de gardien des oiseaux. Or, si cela se produit, tous voudront savoir pour le compte de qui j'agissais ; je suppose que ma promesse de taire ce détail quoi qu'il doive m'arriver a quelque valeur pour vous. Réfléchissez bien avant de me reprocher à nouveau la maigreur des renseignements que je vous fournis ; on n'attrape pas de poisson dans une rivière à sec.*

*Pour cette raison, il vous faut parler à un certain vendeur d'oiseaux en ville, un homme du nom de Chirup dans la rue des Bouchers ; il peut s'arranger pour que je reçoive un envoi d'oiseaux qui retourneront chez lui et non à la Guilde, ce qui assurera le secret de nos communications, et il vous remettra alors mes messages. Ce ne sera pas donné, mais l'aubaine profite toujours à celui qui sait la saisir.*

*Veuillez transmettre mes salutations à votre épouse Sealia ; je suis sûr que son confort et son bien-être en tant que femme d'un Marchand fortuné lui importent autant qu'à vous.*

*Kim*

# 4

## Kelsingra

Elle marchait seule dans les rues désertes, moulée dans une robe ancienne au tissu luisant couleur cuivre. Étrange contraste, elle portait des bottes usées et un manteau bariolé de pièces rapportées. Elle courbait sa tête nue pour affronter le vent qui décrochait des mèches de ses tresses fixées par des épingles à cheveux. Les yeux plissés pour se protéger de l'air glacé, Alise avançait obstinément ; malgré ses mains engourdies, elle tenait fermement un rouleau de tissu. L'entrée d'une maison proche béait, la porte tombée en poussière depuis longtemps.

Quand elle fut à l'intérieur, elle poussa un soupir tremblant de soulagement, non parce qu'il faisait plus chaud, mais parce que le vent ne la refroidissait plus. La robe ancienne que Leftrin lui avait donnée lui tenait chaud, mais ne lui couvrait pas la tête, ni le cou, ni les mains ni les pieds. Le susurrement qui emplissait le vent et la distrayait mourut ; elle serra ses bras sur sa poitrine et se réchauffa les mains sous les aisselles tout en parcourant du regard l'habitation abandonnée. Il n'y avait guère à voir ; des zones foncées sur le carrelage indiquaient l'existence jadis de meubles dont il ne restait que des éclats de bois pourri. Elle balaya le sol du bout de la botte ; sous la poussière, les carreaux étaient d'un rouge sombre et profond.

Un trou rectangulaire dans le plafond et un amoncellement de débris en dessous trahissaient la présence autrefois d'un escalier à cet endroit ; le plafond luimême paraissait en bon état ; de longues « poutres » en pierre taillée soutenaient une structure de blocs imbriqués les uns dans les autres. Alise n'avait jamais vu ce genre de construction avant d'arriver à Kelsingra, où ces ouvrages prédominaient, même dans les maisons les plus modestes.

Un âtre avait survécu dans un angle de la pièce, tout carrelé ; Alise prit le bas de son vêtement, s'en servit pour nettoyer le manteau et poussa un cri de ravissement : ce qu'elle avait pris pour de la saleté sur les carreaux rouges était en réalité des dessins gravés. Elle les étudia et s'aperçut qu'ils avaient un thème commun : la cuisine. Elle reconnut un gros poisson posé sur un plat à côté d'un saladier plein de raves rondes avec leurs feuilles, une marmite fumante, et un cochon en train de rôtir sur une broche. « On dirait que les Anciens appréciaient les mêmes plats que nous. »

Elle avait parlé tout bas, comme si elle craignait de réveiller quelqu'un ; elle avait l'impression d'une présence depuis la première fois où la dragonne de

122

Kanaï l'avait transportée dans la cité en ruine : Kelsingra semblait vide, abandonnée, morte, et pourtant la jeune femme ne pouvait se défaire du sentiment qu'à chaque coin de rue elle risquait de tomber sur des gens vaquant à leurs affaires. Dans les édifices majestueux construits en pierre noire veinée d'argent, elle avait la certitude d'avoir entendu des murmures, et, une fois, un chant ; mais elle avait beau chercher, appeler, elle ne trouvait rien hormis des salles désertes, des meubles pourris et d'autres objets qui retournaient en poussière, et, au son de sa voix, nul écureuil ne détalait, nulle troupe de pigeons ne s'envolait ; rien ne vivait là, ni souris, ni fourmis, et la rare végétation qu'elle croisait n'avait pas l'air prospère. Elle avait parfois l'impression d'être la première à visiter la cité depuis des années.

Mais c'était sans doute ridicule. Les vents d'hiver avaient dû effacer toute trace d'autres visiteurs, car les animaux ne manquaient pas des deux côtés du fleuve ; les collines qui entouraient la cité étaient couvertes de bois épais, et les chasses fructueuses de Gringalette attestaient de la prolificité de la population animale. La veille encore, la dragonne avait repéré et poursuivi tout un troupeau de créatures massives aux pieds fourchus dont Alise ignorait le nom ; Gringalette les avait terrorisées en les survolant et obligées à dévaler la colline boisée jusqu'au fleuve, où tous les dragons les avaient tuées avant de s'en rassasier. La région grouillait donc de vie de part et d'autre du fleuve, mais rien ne pénétrait dans la cité.

123

Ce n'était qu'un des nombreux mystères de Kelsingra. Elle restait en grande partie intacte, comme si ses habitants avaient simplement disparu ; les dégâts étaient l'exception, hormis l'énorme crevasse qui tranchait les rues comme si une hache titanesque s'était abattue sur la cité ; le fleuve s'y était jeté pour la remplir. Alise, au bord de cette profonde entaille bleue, avait contemplé l'abîme apparemment sans fond ; était-ce ce qui avait tué la cité, ou bien le séisme s'était-il produit beaucoup plus tard ? Et pourquoi les bâtiments étaient-ils indépendants les uns des autres, au contraire des constructions enfouies de Trehaug et de Cassaric, toutes reliées entre elles pour former d'innombrables galeries ? Elle n'avait aucune réponse à ces questions.

Elle acheva de nettoyer la cheminée. Une rangée de carreaux était décollée et glissait sous sa main. Elle prit un carreau et le posa délicatement par terre. Combien d'années cet âtre accueillant s'était-il maintenu en parfait état avant qu'elle ne l'abîmât en le dépoussiérant ? Mais elle l'avait vu intact, et l'image de ce qu'il avait été resterait inscrite dans ses archives ; il ne serait pas complètement perdu comme la plus grande partie de Trehaug et de Cassaric. Il y demeurerait au moins des dessins de la cité ancienne.

Alise s'agenouilla devant la cheminée et déroula le morceau de tissu. Il faisait partie naguère d'une chemise blanche, mais les lavages successifs dans le fleuve l'avaient jaunie, les coutures avaient cédé sous l'effet de l'acidité de l'eau, et le haillon qui avait survécu servait de parchemin. Ce n'était pas le support idéal : l'encre que possédait Alise avait été diluée plusieurs fois, et, quand elle essayait d'écrire, les lignes s'étalaient en se brouillant ; mais c'était mieux que rien, et, quand elle aurait enfin du papier et de l'encre dignes de ce nom, elle retranscrirait toutes ses notes. Pour l'instant, elle ne voulait pas prendre le risque de perdre sa première impression de la cité ; elle devait noter tout ce qu'elle voyait sur-le-champ, pour le confirmer au propre ultérieurement. Sa description de la cité des Anciens survivrait à tout ce qui pourrait lui arriver.

À elle ou à la cité elle-même.

Sous l'effet de l'inquiétude, elle crispa les mâchoires. Leftrin avait projeté de partir le lendemain matin pour le long trajet qui le ramènerait à Cassaric, voire à Trehaug. Dans la cité des arbres, il passerait prendre la paie de tous les membres de l'expédition au Conseil du désert des Pluies, puis achèterait des provisions : vêtements chauds, farine, sucre, huile, café, thé. Mais il devrait aussi révéler qu'ils avaient découvert Kelsingra ; Alise avait discuté avec lui de ce que cela risquait d'entraîner. Les Marchands mourraient d'envie d'explorer une nouvelle cité, et ils viendraient non pour apprendre mais pour piller, pour s'emparer de tout ce qui restait des objets magiques et de l'art des Anciens ; déprédateurs et chasseurs de trésors arriveraient en hordes. Rien n'était sacré à leurs yeux, et ils ne songeaient qu'au profit. Ils dépouilleraient de ses carreaux la cheminée de l'humble demeure où elle s'était installée, découperaient les immenses bas-reliefs de la tour centrale de la ville, les emballeraient dans des caisses et les embarqueraient sur leurs bateaux ; ils voleraient les statues qui ornaient les fontaines, les vestiges de documents d'un bâtiment apparemment consacré aux archives, les linteaux en pierre sculptée, les outils mystérieux, les vitraux... le tout emporté en vrac comme de simples marchandises.

Elle songea à un édifice que Leftrin et elle avaient découvert ; des damiers d'ivoire et d'ébène, leurs pièces toujours en place, couvertes de poussière, étaient posés sur des tables de marbre. Alise n'avait pas réussi à reconnaître les types de jeu concernés, ni les runes gravées sur les jetons de jade et d'ambre jetés dans le haut évidé d'un pilier de granit. « À mon avis, on jouait à des jeux d'argent ici, avait-elle dit à Leftrin.

— Ou bien on priait ; j'ai entendu parler de prêtres des îles aux Épices qui se servent de runes pour voir si les suppliques de leurs fidèles recevront une réponse.

— C'est possible. » Il y avait tant d'énigmes à résoudre dans cette cité ! Les allées entre les tables étaient larges, et le sol était pavé de grands rectangles de différentes sortes de pierres noires et luisantes. « Ce sont des réchauffeurs pour les dragons ? Venaient-ils regarder les gens jouer ou prier ? »

Leftrin avait répondu par un haussement d'épaules. Alise craignait de ne jamais connaître la réponse à cette question : les indices qui pourraient lui dire comment se déroulait la vie à Kelsingra seraient arrachés à la cité et vendus, sauf ceux qu'elle pourrait récupérer avant que n'arrivât la foule des charognards.

Le sac de Kelsingra était inévitable. Depuis qu'elle l'avait compris, Alise suppliait que Gringalette la

126

transportât à la cité chaque fois que le temps le permettait, et elle passait ses journées à explorer tous les bâtiments et à noter les impressions qu'elle en avait, au lieu de courir de l'un à l'autre ; mieux valait une description précise d'une partie de l'antique cité qu'un survol avec quelques détails glanés au hasard.

Elle entendit un bruit de pas sur le trottoir devant la maison et se rendit à la porte ; Leftrin passait dans la rue déserte, les bras croisés, les mains sous les aisselles, le menton enfoncé dans son col, les yeux plissés face à la bise aiguë. Le froid lui rougissait les joues au-dessus de sa barbe sombre, et le vent avait décoiffé ses cheveux, déjà indisciplinés d'ordinaire. Néanmoins, Alise sentit son cœur se réchauffer à sa vue. Le capitaine, râblé, avec sa veste et son pantalon usés, n'eût pas mérité qu'elle se retournât sur lui à l'époque où elle était la fille d'un Marchand respectable de Terrilville ; mais, au cours des mois où ils avaient partagé le bord du *Mataf*, elle avait découvert sa vraie valeur, et elle l'aimait ; elle l'aimait bien plus qu'elle n'avait jamais aimé son cruel mari, Hest, même aux premiers jours étourdissants où elle était tombée amoureuse de cet homme superbe. Leftrin maniait une langue rude et ne connaissait rien aux raffinements de la vie, mais il était franc, capable et fort ; et il aimait Alise de tout son cœur et sans se cacher.

« Je suis là ! lui cria-t-elle, et il se hâta de la rejoindre.

— Ça se refroidit, dehors, lança-t-il en entrant à l'abri de la petite maison. Le vent forcit, ça annonce de la pluie, ou peut-être du grésil. »

127

Elle se jeta dans ses bras ouverts. Ses vêtements étaient glacés, mais, l'un contre l'autre, ils se réchauffèrent. Alise recula légèrement pour prendre les mains rugueuses de Leftrin et les frotter entre les siennes. « Il te faudrait des gants, lui dit-elle.

— Il nous faudrait des gants à tous, et tout l'habillement nécessaire pour avoir chaud ; et il faut aussi remplacer tout le matériel, les outils et les vivres qu'on a perdus dans la crue. Malheureusement, il n'y a qu'à Cassaric qu'on le trouvera.

— Carson a affirmé qu'il pouvait… »

Leftrin secoua la tête. « Carson rapporte de la viande en quantité, et les gardiens chassent de mieux en mieux sur ce nouveau terrain. On a tous de quoi manger, mais ce n'est que de la viande, et les dragons ne sont jamais rassasiés. Carson tanne la peau de toutes les bêtes abattues, mais ça prend du temps, et on n'a pas les outils qu'il faudrait ; il peut faire des peaux raides qui servent de tapis de sol ou d'obturation pour les fenêtres, mais, pour des fourrures pour les lits ou du cuir pour des vêtements, on aurait besoin d'un temps et d'un équipement qu'on n'a pas. Je dois aller à Cassaric, ma chérie ; je ne peux pas repousser ce voyage davantage. Et je voudrais que tu m'accompagnes. »

Elle posa le front sur son épaule et secoua la tête. « Je ne peux pas. » Sa voix était étouffée par l'étreinte de Leftrin. « Je dois rester ; j'ai un énorme ouvrage de documentation à effectuer, et je dois le faire avant que tout soit gâché. » Elle leva le visage et changea de sujet sans laisser à son compagnon le temps de se

128

lancer dans son habituel discours rassurant ; inutile de poursuivre cette conversation. « Comment avance ton travail ?

— Lentement. » Il avait l'air désabusé ; il avait entrepris la conception d'un nouvel appontement pour la cité. « À vrai dire, je ne peux que tirer des plans et faire l'inventaire de ce que je dois acheter. Le fleuve coule au ras de la ville, la rive tombe à pic, l'eau est profonde et le courant rapide ; il n'y a nulle part où échouer Mataf, et aucun point d'amarrage sûr. Même avec tous les avirons du bord, on a été emportés loin des quais. Je ne sais pas si ça a toujours été comme ça, mais ça m'étonnerait ; à mon avis, la profondeur du fleuve varie en fonction des saisons, et en été le niveau doit baisser un peu. Si c'est le cas, ce sera à ce moment-là qu'il faudra se lancer dans la construction. J'ai examiné les pilotis qui restent : en bois, ils sont creux, mais, en pierre, ils ont l'air solides. On peut franchir le fleuve en amont, abattre des arbres puis les amener en radeau jusqu'à la cité ; c'est l'atterrissage qui sera délicat ; mais ce serait perdre du temps d'essayer tout de suite : on n'a ni les outils ni les artisans pour fabriquer le type d'appontement nécessaire pour permettre à des bateaux de gros tonnage de s'amarrer en sécurité. Et, pour en trouver, il faut aller à…

— Trehaug, dit Alise.

— Trehaug, ou peut-être Cassaric ; un long trajet dans les deux cas. À l'origine, j'avais prévu les provisions pour une expédition, non pour fonder une colonie. Et puis les gardiens ont perdu tant d'équipement,

129

de vêtements et de couvertures dans la crue qu'on ne peut pas continuer comme ça. L'hiver sera dur tant que je ne serai pas revenu avec du matériel et des vivres en plus.

— Je n'ai pas envie d'être séparée de toi, Leftrin, mais je vais rester ici pour continuer mon travail. Je veux en apprendre le plus possible sur la cité avant que les Marchands ne se jettent sur elle et ne la mettent en pièces. »

Avec un soupir, Leftrin l'attira contre lui. « Je te l'ai dit cent fois : on protégera cette ville. Personne d'autre que nous n'en connaît l'emplacement, et je n'ai pas l'intention de distribuer mes cartes à la ronde. S'il y en a pour tenter de me suivre à mon retour, ils s'apercevront que Mataf est capable de naviguer de nuit aussi bien que de jour ; et, même s'ils arrivent à nous filer jusqu'ici, ils auront autant de mal à s'amarrer que nous. Je les tiendrai à l'écart aussi longtemps que je pourrai, Alise.

— Je sais.

— Alors, on peut parler de la vraie raison pour laquelle tu ne veux pas retourner à Trehaug ? »

Elle secoua la tête, le visage contre son épaule, mais avoua : « Je n'ai envie d'aller nulle part qui me rappelle que j'ai été Alise Finbok ; je ne veux plus aucun contact avec cette ancienne vie. Mon existence, je veux qu'elle soit ici, avec toi.

— Et elle est ici avec moi, ma dame, ma chérie ; je ne laisserai personne t'enlever à moi. »

Elle s'écarta pour le regarder dans les yeux. « Une idée m'est venue aujourd'hui pendant que je travaillais :

130

et si tu annonçais ma mort quand tu arriveras ? Tu pourrais envoyer un oiseau à Hest et un autre à mes parents pour leur expliquer que je suis tombée par-dessus bord et que je me suis noyée ; avec ma réputation de maladroite et de tête en l'air, ils n'auraient aucun mal à le croire.

— Alise ! s'exclama-t-il, horrifié. Jamais je ne dirai une chose pareille, même pour mentir ! Et tes malheureux parents ! Tu ne peux pas leur faire ça !

— À mon avis, ils seraient soulagés, répondit-elle entre haut et bas, mais elle savait que cela ne les empêcherait pas de la pleurer.

— Et puis tu dois penser à ton travail ; comment veux-tu l'accomplir si tu es morte ?

— Pardon ? »

Il se recula. « Ton travail, ton étude des dragons et des Anciens ; tu t'es donné trop de mal là-dessus pour tout laisser tomber. Tu dois achever ce que tu as commencé, pour autant qu'il y ait un terme à ce genre d'entreprise. Garde tes journaux, continue à dessiner, parle avec Malta et Reyn les Anciens, dis-leur ce que tu as découvert, partage ce que tu sais avec le monde. Si tu te fais passer pour morte, tu pourras difficilement t'attribuer le mérite de tes découvertes, et encore moins les protéger. »

Elle ignorait le nom de l'émotion qui l'envahit ; elle avait du mal à croire qu'on pût parler ainsi d'elle. « Tu... tu comprends l'importance que ce travail a pour moi ? » Elle se détourna, soudain gênée. « Mes griffonnages, mes petits dessins ridicules, mes tentatives de traduction, mes...

131

— Assez ! » La réprimande de Leftrin se teintait d'outrage. « Alise, il n'y a rien de ridicule dans ce que tu fais, pas plus que dans mes relevés du fleuve du désert des Pluies ! Ne rabaisse pas ton travail ! Et ne dis plus jamais de mal de toi, surtout devant moi ! Je suis tombé amoureux d'une femme passionnée, avec ses carnets de croquis et ses journaux, et je me suis senti flatté qu'une dame avec autant d'instruction accepte de prendre le temps de m'expliquer ce qu'elle fait. Ton travail est important, pour les habitants du désert des Pluies, pour les dragons, pour l'histoire ! On est ici, on assiste à un événement entre les dragons et leurs gardiens : ces gamins sont en train de devenir des Anciens. D'abord les dragons et maintenant les Anciens réapparaissent dans notre monde ; pour l'instant, ça ne se passe qu'ici, mais, quand on regarde les dragons et leurs gardiens, on voit bien ce qui va suivre. Gringalette gagne chaque jour en force ; la plupart des autres dragons ont réussi à effectuer de petits vols, même si certains ont fini dans le fleuve ou dans les arbres. À la fin de l'hiver, je pense que la majorité sera capable de chasser et de voler, au moins un peu. Quant aux gardiens, aucun ne parle de retourner à Trehaug ni à Cassaric ; ils comptent rester, et certains se mettent en couple. Sâ nous aide ! C'est le début de quelque chose, Alise, et tu en fais déjà partie. Il est trop tard pour reculer, trop tard pour se cacher.

— Je n'ai pas vraiment envie de me cacher. » Elle se dirigea lentement vers la cheminée et s'agenouilla. À contrecœur, elle prit un des carreaux décorés posés par terre. « J'ai fait une promesse à Malta, et j'ai bien

132

l'intention de la tenir. » Elle examina le carreau ; des coups de pinceau délicats détouraient une marmite de soupe fumante, et une couronne d'herbes entourait le dessin. « Je te confierai ceci pour elle quand tu te mettras en route, avec un message pour lui faire savoir que nous avons bel et bien découvert Kelsingra, qu'il existe encore en ce monde un lieu pour les dragons et les Anciens.

— Tu pourrais m'accompagner et le lui dire toi-même. »

Alise secoua la tête d'un mouvement presque véhément. « Non, Leftrin ; je ne suis pas encore prête à affronter cette société ; je te remettrai des lettres à envoyer à mes parents, pour qu'ils sachent que je suis vivante et que je vais bien, mais je n'irai pas au-delà pour le moment. »

Elle regarda Leftrin par-dessus son épaule : il avait baissé les yeux, une moue déçue aux lèvres. Elle se releva et alla le rejoindre.

« Ne crois pas que je refuse d'affronter ce que je dois faire ; je me libérerai de Hest ; je veux me tenir librement à tes côtés, non comme une fuyarde, mais comme une femme libre de choisir la vie qui lui plaît. Hest a rompu notre contrat de mariage, et je ne suis plus liée à lui.

— Alors, transmets la nouvelle au Conseil de Terrilville. Répudie-le ; il a manqué à sa promesse, et votre contrat est nul. »

Elle soupira. Ils avaient déjà eu cette conversation. « Tu me reprochais à l'instant de vouloir feindre d'être morte, en disant que mes parents en souffriraient, mais

133

je ne vois pas comment forcer Hest à me rendre ma liberté sans faire souffrir encore plus de gens. Je peux prétendre qu'il était infidèle, mais je n'ai pas de témoin pour le confirmer ; je ne peux pas demander ce service à Sédric : l'humiliation de sa famille serait trop grande. Comme moi, il est en train de se construire une nouvelle vie ici, et je ne veux pas l'arracher à Carson pour le ramener à Terrilville et faire de lui un objet de scandale et de plaisanteries cruelles. Hest l'accuserait simplement de mensonge, et, quoi qu'il dît, il trouverait quantité d'amis prêts à soutenir ses propos. » Elle reprit son souffle. « Socialement, mes parents ne s'en remettraient pas, et ils n'occupent déjà pas une position dominante. Quant à moi, je serais obligée de reconnaître devant le Conseil tout entier que j'ai été stupide non seulement d'épouser Hest mais de rester avec lui toutes ces années que j'ai gâchées… »

Sa voix mourut, et une honte qui lui retournait l'estomac l'envahit. Chaque fois qu'elle croyait avoir remisé son humiliation derrière elle, les liens qui l'attachaient encore à Hest la ramenaient au premier plan. Depuis des années, elle se demandait pourquoi il la traitait si mal ; elle s'était abaissée à tâcher d'attirer son attention, mais elle n'y avait gagné que son mépris, et ce n'est qu'en quittant Terrilville pour étudier quelque temps ses dragons adorés dans le désert des Pluies qu'elle avait découvert la vérité sur son époux. Son mariage n'avait été qu'un stratagème pour dissimuler ses véritables penchants ; Sédric, ami d'enfance d'Alise et secrétaire de son mari, avait été pour lui bien plus qu'un assistant.

134

Et tous les amis de Hest le savaient.

Son ventre se crispa et sa gorge se noua. Comment avait-elle pu être aussi aveugle, aussi bête ? Aussi stupide, aussi béatement naïve ? Comment avait-elle pu passer des années sans s'interroger sur la façon singulière dont il se conduisait dans le lit conjugal, comment avait-elle pu supporter ses petites remarques méchantes et la façon dont il la rabaissait devant ses amis ? À toutes ces questions, elle n'avait qu'une réponse : elle était stupide. Stupide, stupide, stu…

« Cesse ! » Leftrin lui prit le bras et le serra légèrement en secouant la tête. « J'ai horreur de te voir te mettre dans des états pareils ; tu plisses les yeux, tu serres les dents, et je sais ce qui se passe dans ta tête. Arrête de te faire des reproches ; on t'a trompée, on t'a fait mal, mais tu n'as pas à en prendre la responsabilité. C'est celui qui commet la faute qui est en tort, non la victime. »

Elle soupira, mais le poids qui l'alourdissait ne la quitta pas. « Tu sais ce qu'on dit, Leftrin : tu m'y prends une fois, tu es une fripouille, tu m'y prends deux fois, je suis une andouille. Il m'y a pris mille fois, et, autour de lui, beaucoup ont dû bien s'amuser. Je ne veux jamais retourner à Terrilville ; jamais. Je ne veux plus jamais voir personne que j'y connaissais en me demandant qui savait que j'étais le dindon de la farce sans jamais me le dire.

— Assez, fit Leftrin d'un ton brusque mais sans méchanceté. Le jour baisse, et je sens qu'un gros orage se prépare ; il est temps de regagner l'autre rive. »

135

Alise jeta un coup d'œil à l'extérieur. « Oui, je n'ai pas envie de me faire surprendre ici par la nuit. » Elle regarda Leftrin et attendit un commentaire de sa part, mais il garda le silence, et elle l'imita. Il y avait des moments où elle se rendait compte que, malgré leur proximité, il restait originaire du désert des Pluies tandis qu'elle avait grandi à Terrilville, et qu'il y avait des sujets dont il ne parlait jamais. Mais cette fois, il fallait régler la question ; elle s'éclaircit la gorge. « Les voix paraissent gagner en force à mesure que la nuit approche. »

Leftrin se tourna vers elle. « Oui. » Il se dirigea vers la porte et parcourut la rue des yeux, comme inquiet d'un danger. Un frisson d'angoisse parcourut Alise ; s'attendait-il à voir quelque chose ? Un animal ? Un humain ? À mi-voix, il dit : « C'est pareil dans certaines zones de Trehaug et de Cassaric – je parle des ruines, pas des villes dans les arbres. Mais ce n'est pas l'obscurité qui les renforce : je pense que c'est quand on est seul, ou qu'on se sent seul ; on devient plus sensible. C'est plus fort à Kelsingra qu'ailleurs, mais ça reste supportable dans ce quartier où vivaient des gens simples ; dans les secteurs où on trouve des bâtiments majestueux et de larges avenues, j'entends les murmures presque tout le temps, pas fort, mais sans arrêt. Le mieux, c'est de faire comme s'ils n'existaient pas, de ne pas chercher à les écouter. »

Il jeta un regard à la jeune femme par-dessus son épaule, et elle eut le sentiment d'en avoir appris autant qu'elle désirait en savoir pour l'instant. Il eût pu lui

136

en dire davantage, elle le sentait, mais elle préférait garder ses questions pour un moment où ils se réchaufferaient près d'un bon feu dans une pièce bien éclairée – pas ici, dans une cité glaciale sur laquelle tombaient les ombres.

Elle rassembla ses affaires, y compris le carreau de la cheminée ; elle examina le dessin encore une fois puis le tendit à Leftrin. Il tira un mouchoir usé de sa poche et en enveloppa le précieux objet. « J'en prendrai soin », promit-il avant qu'Alise pût ouvrir la bouche. Elle passa son bras dans celui du capitaine et ils quittèrent la maison.

Le ciel couvert s'assombrissait sous l'effet des nuages qui s'amoncelaient et du soleil qui se couchait derrière les collines douces adossées aux falaises ; l'ombre des bâtiments obscurcissait les rues tortueuses. Alise et Leftrin pressèrent le pas, poussés par le vent froid. Comme ils laissaient derrière eux les modestes demeures que la jeune femme avait explorées et entraient dans le cœur de la cité, les murmures se firent plus perceptibles. Alise ne les entendait pas par les oreilles et n'arrivait pas à isoler une voix ni un propos complet ; elle avait plutôt l'impression que des pensées pesaient sur son esprit. Elle secoua la tête pour les chasser et poursuivit son chemin d'un pas rapide.

Elle n'avait jamais vu de cité semblable. Terrilville était une ville étendue et magnifique, construite pour impressionner, mais Kelsingra avait été bâtie selon des proportions qui réduisaient les humains à une taille minuscule ; les avenues de ce secteur étaient assez larges pour permettre à deux dragons de se

137

croiser ; les édifices en pierre noire et luisante étaient eux aussi conçus pour accueillir ces immenses créatures, avec des toits élevés et des portes de grandes dimensions ; quant aux escaliers, la partie centrale comportait toujours des marches profondes et basses, tout à fait inadaptées à l'enjambée humaine : il fallait deux pas pour franchir chaque degré puis un petit bond pour descendre au suivant. Sur les côtés, en parallèle, les marches présentaient des proportions propres aux humains.

Ils passèrent devant une fontaine à sec ; au milieu, un dragon grandeur nature, cabré, tenait un cerf entre ses mâchoires et ses pattes de devant. Au coin de rue suivant, Alise se trouva devant un monument représentant un élu des Anciens, un parchemin dans une longue main fine tandis que, de l'autre, il indiquait le ciel ; l'œuvre avait été taillée dans la même pierre noire veinée d'argent qui avait servi pour nombre d'édifices. À l'évidence, Anciens et dragons vivaient ensemble dans cette cité, et partageaient peut-être même certaines demeures. Alise songea aux gardiens, aux changements que leur faisaient subir leurs dragons, et se demanda si un jour Kelsingra abriterait à nouveau les mêmes habitants.

Ils tournèrent dans un large boulevard, et le vent rugit avec une force renouvelée. Alise tint fermé son pauvre manteau et courba la tête ; l'avenue menait droit au fleuve et aux vestiges des quais où accostaient jadis les bateaux. Quelques pierres des pilotis pointaient de l'eau. La jeune femme leva des yeux que la bise faisait pleurer, et, à travers ses larmes, elle

138

contempla la surface noire et brillante du courant. À l'horizon, le soleil sombrait derrière les collines boisées. « Où est Kanaï ? » Elle dut crier pour se faire entendre malgré le vent. « Il avait dit qu'il reviendrait avec Gringalette au coucher du soleil.

— Il va arriver ; il est un peu bizarre, mais c'est le plus responsable des gardiens quand il s'agit de tenir parole. Là ! Ils sont là-bas. »

Elle suivit la direction qu'il indiquait du doigt et les vit. La dragonne se tenait au bord d'une estrade en pierre qui surplombait le fleuve, au bout d'une rampe en ruine. Aux bas-reliefs qui la décoraient, Alise comprit qu'elle menait autrefois à une plate-forme de décollage pour les dragons ; les plus âgés et les plus lourds avaient peut-être besoin de s'élancer d'une hauteur pour arracher leur poids à la terre. Avant que la rampe n'eût cédé sous des dizaines d'années de crues hivernales, elle avait dû monter très haut, mais aujourd'hui elle s'interrompait juste après l'estrade.

Le gardien de Gringalette avait grimpé sur cette estrade et se tenait au pied d'une statue d'un couple d'Anciens beaucoup plus grande que nature ; l'homme, le bras tendu, faisait un large geste, tandis que le doigt pointé et l'inclinaison gracieuse de la tête de la femme indiquaient qu'elle suivait quelque chose du regard, peut-être un dragon en vol. Kanaï avait rejeté la tête en arrière et levait une main pour toucher la hanche d'un des personnages ; immobile, il contemplait les deux imposantes et magnifiques créatures comme s'il était hypnotisé.

139

Gringalette, sa dragonne, l'attendait en tournant comme un lion en cage ; elle avait sans doute déjà faim : ces derniers temps, elle ne faisait que chasser, manger et chasser encore, et elle avait deux fois la taille qu'elle avait quand Alise l'avait vue la première fois. Ce n'était plus la créature courtaude et râblée qu'elle était naguère : elle s'était allongée du corps et de la queue, sa peau et ses ailes à demi ouvertes avaient une teinte rouge vif et brillant qui reflétait les rayons du soleil couchant. Elle baissa soudain la tête et poussa un sifflement bas de mise en garde. Alise s'arrêta net. « Quelque chose ne va pas ? » cria-t-elle.

Le vent emporta ses paroles, et Kanaï ne répondit pas. La dragonne se déplaça nerveusement puis se dressa sur ses pattes arrière ; elle renifla le jeune homme puis lui donna un petit coup du mufle. Il céda sous la poussée mais ne manifesta en rien qu'il en eût conscience.

« Oh, non ! fit Leftrin. Par pitié, Sâ, non ! Laisse-lui encore une chance. » Le capitaine lâcha le bras de la jeune femme et se mit à courir.

La dragonne rejeta la tête en arrière et émit un sifflement sonore. Pendant un instant de terreur, Alise crut qu'elle allait attaquer Leftrin ou lui cracher de l'acide, mais elle poussa de nouveau Kanaï du mufle, sans plus de résultat. Alors elle se remit sur ses pattes et regarda les nouveaux venus, les yeux tournoyants ; quelque chose l'inquiétait visiblement, ce qui ne rassura pas Alise. Un dragon angoissé devenait dangereux.

140

« Kanaï ! Cesse de rêvasser et occupe-toi de Gringalette ! Kanaï ! » Elle s'efforça de combattre le bruit du vent.

Mais le jeune gardien ne bougeait pas plus que la statue qu'il touchait, et le jour déclinant scintillait sur les écailles rouges de ses mains et de son visage. Gringalette voulut barrer le passage à Leftrin, mais le capitaine l'évita adroitement. « Je vais l'aider, dragonne ; laisse-moi passer.

— Tout va bien, Gringalette. Écarte-toi, écarte-toi ! » Sans se soucier de sa propre sécurité, Alise fit son possible pour détourner l'attention de la créature inquiète tandis que Leftrin posait les mains à plat sur le piédestal, à hauteur de poitrine, puis s'y hissait d'un rétablissement. Il saisit Kanaï à bras-le-corps puis se détourna de la statue, détachant le jeune homme de la pierre. Le gardien poussa alors un cri inarticulé et retomba mollement dans les bras du capitaine ; ce dernier chancela sous son poids, et tous deux s'écroulèrent au pied de la statue.

Gringalette allait et venait, incapable de se calmer, agitant la tête d'avant en arrière. De tous les dragons, c'était le seul à n'avoir jamais parlé à Alise ; malgré le fait qu'elle fût la seule à savoir voler et chasser, elle n'avait jamais manifesté une intelligence supérieure, bien qu'elle partageât le tempérament heureux de son gardien. Alors que Leftrin tenait le jeune homme dans ses bras et s'adressait à lui d'un ton anxieux, la dragonne évoquait plus un chien inquiet qu'un grand prédateur.

141

Néanmoins, Alise la contourna de loin pour accéder à l'estrade, et il lui fallut beaucoup plus d'efforts qu'à Leftrin pour s'y hisser. Agenouillé sur la pierre, le capitaine tenait Kanaï dans ses bras. « Qu'a-t-il ? demanda-t-elle. Que lui est-il arrivé ?

— Il était en train de se noyer », répondit Leftrin d'une voix empreinte d'effroi.

Mais la tête du jeune homme roula vers elle, et elle ne vit sur ses traits qu'un sourire béatement idiot et des yeux mi-clos. Elle fronça les sourcils. « Se noyer ? Il m'a l'air plus ivre que noyé ! Mais où a-t-il trouvé de l'alcool ?

— Nulle part. » Leftrin secoua de nouveau le garçon. « Il n'est pas ivre. » Mais il parut démentir sa propre affirmation en secouant Kanaï de plus belle. « Réveille-toi, petit ; reviens dans ta vie. Il y a une dragonne qui a besoin de toi, et la nuit approche ; il y a aussi un orage qui s'amène. Si on veut retourner sur l'autre rive avant le noir, il faut que tu reviennes à toi. »

Il regarda Alise et redevint soudain le capitaine Leftrin face à une situation d'urgence.

« Descends du piédestal et attrape ses jambes quand je te le passerai », ordonna-t-il avec autorité, et elle obéit. Que ce garçon a donc grandi ! se dit-elle avec étonnement tandis que Leftrin laissait doucement descendre Kanaï entre ses bras. À leur première rencontre, il sortait tout juste de l'enfance, et paraissait plus jeune encore que ses camarades à cause de sa simplicité ; et puis sa dragonne et lui avaient disparu, et tous l'avaient cru mort. Depuis leur retour, la dra-

142

gonne avait démontré ses compétences de prédateur, et Kanaï paraissait à la fois plus âgé et plus éthéré, un moment Ancien empreint de spiritualité, l'instant d'après adolescent naïf. Comme tous les gardiens, sa proximité avec sa dragonne le changeait : son pantalon en lambeaux laissait voir les écailles rouges qui enveloppaient complètement ses pieds et ses mollets ; le spectacle évoquait à Alise la peau dure et orange qui couvre les pattes des poules. Et, semblable aussi en cela aux oiseaux, il pesait moins lourd qu'elle ne s'y attendait quand Leftrin le lâcha et qu'elle dut supporter tout son poids pour le maintenir debout. Il avait les yeux grands ouverts.

« Kanaï ? » fit-elle, mais il tomba, inerte, contre son épaule.

Avec un « han », Leftrin atterrit près d'elle. « Donne-le-moi », dit-il d'un ton bourru alors que Gringalette poussait à nouveau Kanaï du mufle et qu'Alise reculait en chancelant contre le piédestal. « Arrête, dragonne ! » lança-t-il, sévère ; mais, comme les yeux de la créature se mettaient à tournoyer, il ajouta d'un ton plus doux : « J'essaie de l'aider, Gringalette. Laisse-moi un peu de place. »

Comprit-elle ? En tout cas, elle s'écarta, et Leftrin put étendre le jeune homme sur la pierre. « Réveille-toi, petit ; reviens à toi. » Il lui donna de légères gifles, puis le saisit par les épaules, le redressa et le secoua. La tête de Kanaï partit en arrière, puis, comme elle revenait en avant, son visage s'anima. Son sourire affable qui ne disparaissait jamais longtemps fleurit sur ses lèvres, et il regarda l'homme et la femme d'un

143

air béat. « Habillé pour la fête, dit-il d'un ton joyeux, dans une robe en peau d'anguille teinte en rose pour aller avec les écailles de son front ; elle était plus délicate qu'un lézard miniature sur une fleur d'air, et ses lèvres étaient plus douces que les pétales d'une rose.

— Kanaï ! s'exclama Leftrin d'un ton impérieux. Reviens à toi tout de suite. Il fait froid, la nuit tombe, et la cité est morte depuis Sâ sait combien de temps ! Il n'y a pas de fête ni de femme avec une robe rose. Réveille-toi ! » Il prit le visage du jeune homme entre ses mains et le força à le regarder dans les yeux.

Au bout d'un long moment, Kanaï ramena brusquement ses genoux contre sa poitrine et se mit à trembler violemment. « Je meurs de froid ! fit-il, plaintif. Il faut retourner de l'autre côté nous réchauffer près d'un feu. Gringalette ! Gringalette, tu es où ? Il commence à faire noir ! Il faut que tu nous transportes sur l'autre rive ! »

Au son de sa voix, la dragonne enfonça la tête entre les humains groupés, écartant sans douceur Leftrin et Alise. Elle ouvrit grand la gueule pour goûter l'air tout autour de Kanaï tandis que celui-ci s'exclamait : « Bien sûr que je vais bien ! J'ai froid, c'est tout. Pourquoi on est restés si longtemps ? La nuit est presque tombée.

— Non, elle *est* tombée, rétorqua Leftrin, acerbe. Et on est restés aussi longtemps à cause de ton imprudence. Tu devais quand même bien savoir ce que tu risquais ! Mais on en parlera plus tard ; il faut regagner notre rive. »

144

Le jeune gardien reprenait peu à peu ses esprits ; il se redressa sur son séant puis se mit debout, chancelant, et se dirigea vers sa dragonne. Dès qu'il la toucha, tous deux parurent s'apaiser, et Gringalette cessa de s'agiter. Kanaï prit une longue inspiration puis se tourna vers ses compagnons ; ses traits calmés avaient retrouvé toute leur beauté. Il repoussa ses cheveux noirs de son visage et dit d'un ton presque accusateur : « La pauvre Gringalette volera dans le noir quand elle fera son troisième transport ; il faut s'y mettre tout de suite.

— Alise d'abord, répondit le capitaine ; ensuite toi, et enfin moi. Je veux qu'il y ait quelqu'un sur l'autre rive pour t'attendre, et je ne veux pas que tu restes ici tout seul dans le noir sans personne pour te surveiller.

— Me surveiller ?

— Tu sais de quoi je parle. On en discutera quand on sera en sécurité de l'autre côté, devant un feu. »

Kanaï lui adressa un regard meurtri, mais déclara seulement : « D'accord, Alise passe d'abord. »

Ce n'était pas la première fois qu'elle montait sur la dragonne, mais elle avait l'impression qu'elle ne s'y ferait jamais. Alise savait que les autres dragons réprouvaient la façon dont Gringalette laissait de simples humains grimper sur son dos comme si elle n'était qu'une bête de somme, et elle craignait que cela ne menât un jour à une confrontation entre les énormes créatures. Sintara en particulier, la plus grande des femelles, ne cachait pas ses sentiments sur ce sujet. Mais cette inquiétude ne comptait que pour une part réduite dans les émotions qui faisaient cogner son cœur dans sa poitrine. Gringalette ne portait nul harnais, ni même une liane à quoi se raccrocher. « À quoi ça te servirait ? » s'était exclamé Kanaï, l'air stupéfait, la première fois où il avait prié sa dragonne de transporter Alise de l'autre côté du fleuve et où la jeune femme avait demandé à quoi elle pouvait se tenir. « Elle sait où elle va ; assieds-toi les genoux serrés et elle t'amènera à bon port. »

Leftrin souleva Alise, et la dragonne se coucha, prévenante, mais la jeune femme eut quand même du mal à escalader l'épaule aux écailles lisses ; elle s'installa juste devant l'attache des ailes. Sa position manquait de dignité : par manque de prises à quoi se tenir, elle devait se pencher pour placer les mains à plat de part et d'autre du cou de la créature. Gringalette avait appris à s'envoler en courant puis en s'élevant d'un bond, selon la manière dont Kanaï imaginait la chose, mais les autres dragons n'étaient pas d'accord et disaient qu'elle devait seulement sauter en l'air puis battre des ailes pour prendre de l'altitude ; néanmoins, tous les vols de Gringalette commençaient par un galop le long de la pente en direction du fleuve, se poursuivaient par un bond violent accompagné du claquement de ses ailes qui se déployaient, et s'achevaient par le battement lourd et inégal de ses grandes ailes membraneuses. Alise n'était jamais certaine que la dragonne parviendrait à monter et encore moins à rester en l'air.

Mais, une fois en vol, le rythme des ailes de

146

Gringalette se stabilisa, et elle gagna en altitude. Le vent froid brûlait les joues d'Alise et s'infiltrait sous ses vêtements rapiécés. Elle se pencha sur la dragonne et serra les bras sur sa chair lisse, écailleuse et musclée ; si elle glissait, ce serait la chute mortelle dans l'eau glacée du fleuve. Nul ne pourrait se porter à son secours ; Gringalette avait une peur phobique de l'eau depuis que la crue l'avait emportée, et elle ne plongerait jamais dans l'onde glaciale pour rattraper un passager tombé de son dos. Alise chassa de son esprit ces pensées désespérantes. Elle ne tomberait pas, un point, c'est tout.

Les yeux plissés, elle se concentrait sur les petites lumières de l'autre côté du fleuve en souhaitant de toutes ses forces s'y trouver déjà. Il n'y avait guère de points lumineux ; les gardiens et l'équipage du bateau s'étaient installés dans les rares maisons et autres habitations aptes à être retapées, et ils avaient fait leur possible pour les rendre accueillantes et résistantes aux intempéries. Malgré tout, elles ne comptaient pas assez d'âmes pour former ne fût-ce qu'un village. *Mais d'autres viendront*, songea la jeune femme avec abattement, quand la nouvelle de la découverte se répandrait. D'autres viendraient, et ce serait peut-être la fin de Kelsingra.

Leftrin suivit du regard la dragonne rouge qui disparaissait au loin dans l'obscurité. « Que Sâ la protège », murmura-t-il avant qu'un sourire étonné ne naquît sur ses lèvres ; il n'avait nulle conscience religieuse avant l'entrée d'Alise dans sa vie, mais

147

aujourd'hui il se surprenait à prier chaque fois qu'elle tenait à prendre des risques : explorer des cités abandonnées, apprendre à chasser, monter des dragons volants… Il secoua la tête alors que la jeune femme s'évanouissait dans la nuit. Il tremblait pour elle, certes, mais c'était son tempérament aventureux qui l'avait attiré. La première fois où elle lui était apparue sur le quai, avec son chapeau à voilette et sa jupe à volants, il était resté pantois : une dame aussi raffinée, s'aventurer sur le dangereux fleuve du désert des Pluies, et sur sa gabare !

Elle avait à présent les mains rudes et les cheveux remontés sur la nuque, et ses voiles et ses rubans n'étaient plus que des souvenirs. Mais elle demeurait une dame raffinée, même malmenée par une vie rustique, tout comme un outil de qualité garde son intégrité même s'il est abîmé. Il n'y en avait pas deux comme son Alise : dure comme du bois-sorcier et fine comme de la dentelle.

Il ne voyait même plus la dragonne ; l'obscurité l'avait engloutie. Il continua pourtant de regarder dans sa direction en tendant sa volonté pour qu'elle effectuât un vol sans incident et qu'Alise parvînt sans dommage sur l'autre rive.

« Elles se sont posées », dit Kanaï à mi-voix.

Leftrin se tourna vers lui, étonné. « Tu vois aussi loin ? »

L'autre eut un sourire enjoué, et ses yeux prirent un éclat bleu dans la pénombre. « C'est ma dragonne qui me l'a dit ; elle est déjà en train de revenir.

— Ah oui, bien sûr. » Le capitaine soupira. Il était parfois facile d'oublier le lien qui unissait le jeune gardien à Gringalette, le côté gamin du jeune Ancien. Comme tous les adolescents, il jouait avec le danger, et il s'était montré imprudent ce soir ; même sa dragonne l'avait senti. Il ne fallait plus lui laisser prendre de pareils risques.

Leftrin s'éclaircit la gorge. « Tu n'as aucune excuse pour ce que tu faisais tout à l'heure, quand on t'a trouvé. Tu es né dans le désert des Pluies ; ne me dis pas que tu ne connaissais pas le danger. Qu'est-ce qui t'a pris ? Tu veux te noyer dans les souvenirs ? Te perdre définitivement ? »

Kanaï le regarda en face ; ses yeux luisaient d'un éclat bleu dans l'obscurité, aussi brillants que ceux d'un homme âgé dont les modifications remontent à des années. Avec un grand sourire, il répondit d'un ton plein d'allant : « À vrai dire, oui. »

Leftrin resta bouche bée. La réponse était choquante, mais Kanaï paraissait, non insolent, mais sincère. « Qu'est-ce que tu racontes ? Tu as envie de devenir un idiot qui bave partout ? De te balader éternellement dans des souvenirs d'Anciens pendant que tu perds toute maîtrise de ton corps ? D'être un fardeau décervelé pour tous ceux qui tiennent à toi, ou de mourir de faim au milieu de tes propres excréments quand tout le monde t'aura laissé tomber, dégoûté de ton égoïsme ? Parce que c'est ce qui arrivera, ne te fais pas d'illusions. »

Il peignait la mort d'un homme noyé dans les souvenirs sous la lumière la plus crue possible ; il fallait

149

dissuader le jeune gardien de se laisser sombrer dans les délices d'un passé qui n'était pas le sien. « Se noyer dans les souvenirs » était l'euphémisme employé dans le désert des Pluies pour décrire le phénomène ; c'était un accident plus rare qu'à l'époque de la découverte des premières cités des Anciens, mais il se produisait encore, et les jeunes comme Kanaï en étaient souvent les victimes. La tentation de rester en contact avec certains murs de pierre ou certaines statues était grande ; la vie dans le désert des Pluies était moins dure qu'autrefois, mais aucun de ses habitants ne jouissait de l'opulence ni du luxe que décrivaient les souvenirs enfermés dans les pierres de la cité. Certains, une fois qu'ils les avaient explorés, avaient peine à résister à l'envie de revenir à un rêve de banquets, de musique, d'histoires d'amour et de plaisirs ; laissés à eux-mêmes, ils se noyaient littéralement dans les souvenirs en oubliant leur propre vie et leurs besoins physiques pour s'abandonner aux plaisirs d'une cité et d'une civilisation qui n'existaient plus.

Leftrin comprenait cette attirance : tout jeune homme de tempérament aventureux avait goûté à la plongée dans les souvenirs au moins une fois, et le secret de l'emplacement des pierres de mémoire les meilleures et les plus intenses se transmettait discrètement de génération en génération. Il se remémora certaines sculptures qui se trouvaient dans un couloir peu fréquenté de la cité ancienne enfouie sous Trehaug ; d'un effleurement, on pouvait connaître les délices d'un magnifique banquet suivi d'un ravissant concert de musique ancienne ; on parlait aussi

150

d'une autre œuvre qui renfermait l'enregistrement des conquêtes sexuelles d'un Ancien influent. Des années plus tôt, le Conseil des Marchands du désert des Pluies en avait ordonné la destruction sous prétexte que trop de jeunes gens avaient péri à cause de l'attirance qu'elle exerçait sur eux. Pourtant, les rumeurs persistaient.

À présent, Leftrin se demandait ce que Kanaï avait vu en touchant la statue. Quels souvenirs renfermait-elle, et quel serait son attrait une fois que la nouvelle se répandrait parmi les gardiens ? Il s'imagina devant annoncer à Alise qu'il fallait la détruire, puis songea au travail considérable que représenterait une telle destruction : les Anciens bâtissaient pour longtemps, et rien de ce qu'ils créaient ne cédait facilement ni aux intempéries ni à l'homme ; démolir la statue prendrait des jours, voire des semaines, et ce serait une entreprise dangereuse : pour ceux qui y étaient sensibles, un simple contact avec la pierre de mémoire pouvait se révéler risqué. Même en respirer la poussière pouvait avoir de graves conséquences.

« Qu'as-tu trouvé dans cette statue, petit ? Est-ce que ça vaut le coup de renoncer à ta vie ? »

Un sourire radieux apparut de nouveau sur les lèvres de Kanaï. « Ne vous en faites pas tant, capitaine : je sais ce que je fais, et c'est ce que je dois faire, ce qu'ont toujours fait les Anciens. C'est pour ça qu'ils conservaient les souvenirs. Ça ne me fera pas de mal ; au contraire, ça fera de moi ce que je dois devenir. »

À chacune des affirmations du jeune homme, le cœur de Leftrin se serrait un peu plus. Déjà, il avait l'impression d'entendre un inconnu et non plus le Kanaï impétueux, imprévu de naguère. Comment avait-il pu s'éloigner si vite ? D'un ton grave, le capitaine dit : « C'est peut-être l'impression que tu as pour l'instant, gardien, comme beaucoup d'autres l'ont eue ; et puis, quand ils ont plongé et se sont perdus, il a été trop tard pour qu'ils réfléchissent. Je connais cette séduction, Kanaï ; j'ai été jeune moi aussi ; j'ai touché une pierre de mémoire et je me suis laissé emporter.

— Vraiment ? » Le jeune homme pencha la tête sans quitter Leftrin des yeux ; dans la lumière mourante du jour, le capitaine ne parvint pas à déchiffrer son expression. Scepticisme ? Condescendance, peut-être ? « C'est possible, poursuivit Kanaï d'une voix douce, mais ça n'a pas dû avoir la même portée pour vous que pour moi ; ça a dû être comme lire le journal intime de quelqu'un d'autre. » Il leva soudain les yeux, son sourire généreux sur les lèvres. « Et voilà ma beauté qui arrive, ma chérie, ma merveille rouge ! »

La dragonne, les ailes déployées, freina son vol et atterrit en glissant à une vingtaine de pas des deux humains, les yeux brillant et tournoyant de plaisir, flattée du compliment.

« À votre tour », dit le jeune gardien à Leftrin en souriant.

Ce dernier demeura impassible. « Non, tu y vas. Renvoie ta dragonne me chercher ; je ne veux pas te laisser seul avec la statue. »

152

Kanaï le regarda un long moment sans répondre puis haussa les épaules. « Comme vous voulez, capitaine ; mais, vous savez, je suis moins seul dans la cité que je ne l'ai jamais été ailleurs dans toute ma vie. » Les bras écartés comme pour la serrer sur son cœur, il se dirigea vers Gringalette. La petite reine rouge se cabra, retomba sur ses pattes puis avança la tête au bout de son long cou et fit un bruit à mi-chemin entre un grondement et un ronronnement quand Kanaï grimpa sur son épaule.

« Je vous la renverrai ! » promit-il, et la dragonne opéra un demi-tour sur les pattes arrière et s'élança dans la pente.

## CINQUIÈME JOUR DE LA LUNE DU CHANGEMENT

*Septième année de l'Alliance indépendante
des Marchands*

*De Reyall, Gardien remplaçant des Oiseaux, Terrilville,
à Detozi, Gardienne des Oiseaux, Trehaug*

*Ci-joint un avis des familles marchandes Meldar et Kincarron renouvelant leur offre d'une récompense substantielle en échange de tout renseignement sur la situation géographique et l'état de santé de Sédric Meldar et d'Alise Kincarron Finbok, avec demande que tous les placards soient remplacés à Trehaug et Cassaric et qu'on annonce le montant de la récompense à toute réunion des Marchands des deux villes, tous frais ayant été payés d'avance pour ces services.*

*Detozi, je rajoute un petit mot. Merci de vos conseils, et veuillez remercier aussi Erek de ma part ; j'ai gardé non sans mal le silence et n'ai rien dit contre Kim à propos du message qu'il m'a envoyé. À présent, plusieurs plaintes ont été déposées à cause de l'état dans lequel arrivent certains messages en provenance de Cassaric ; je resterai discret, comme il sied à quelqu'un d'aussi jeune que moi, et laisserai à d'autres le soin de se demander si l'on touche là-bas à certains courriers.*

# 5

## Un Marchand de Terrilville

La porte s'ouvrit sur la pénombre. Hest pénétra dans la pièce avec circonspection, le nez froncé à cause de l'odeur de parfum éventé et de renfermé ; le nettoyage avait été mal fait. Les restes d'un feu éteint depuis bien longtemps gisaient dans la petite cheminée et emplissaient l'air de l'effluve des cendres froides. En quelques longues enjambées, Hest se porta à la fenêtre ; il écarta les rideaux pour laisser entrer la maigre lumière grise de l'hiver, puis il débloqua les battants et les ouvrit en grand.

À l'origine, la pièce devait servir de salon de couture pour Alise ; la mère de Hest avait pris beaucoup de plaisir à l'arranger pour sa future épouse : elle avait choisi elle-même les fauteuils à installer près du feu, les tables raffinées, les tapisseries bleu marine et le tapis à motif floral. Mais, toujours contrariante, sa femme ne s'intéressait nullement à la couture ni à la broderie ; oh non, pas Alise ! Alors que d'autres épouses s'occupaient avec joie d'orner leurs nouveaux chapeaux ou de broder des devises sur des mouchoirs, la sienne parcourait les marchés et rapportait à la maison de vieux manuscrits qu'elle payait des prix exorbitants. Les étagères de la pièce, peintes en blanc et doré, et prévues pour des babioles, ployaient sous leur fardeau de parchemins, de livres et de liasses de notes. Le grand bureau en bois qui avait remplacé la délicate table de couture était nu. Hest devait reconnaître ce mérite à Alise : elle avait rangé sa pagaille avant de partir.

Et puis il se rendit compte qu'il n'y avait strictement rien sur le bureau. NON ! Elle n'avait pas pu l'emporter ! Elle ne pouvait quand même pas être obsédée au point de risquer le manuscrit ancien qu'il lui avait donné en guise de présent de fiançailles et qui lui avait coûté une somme monstrueuse. Connaissant sa valeur et sa fragilité, elle avait enfermé cette saleté dans un étui spécial pour le protéger de la poussière et des manipulations des curieux. Alise n'aurait jamais emporté un objet aussi précieux, aussi irremplaçable et d'une valeur aussi extrême sur un bateau pour remonter le fleuve du désert des Pluies ! N'est-ce pas ?

À l'époque où Hest courtisait Alise, c'était Sédric qui avait recherché le manuscrit, qui faisait partie des rares documents intacts retrouvés à Cassaric ; Sédric lui avait assuré que le manuscrit était inestimable, et que, malgré le prix exorbitant, il faisait quand même une affaire : non seulement il acquerrait un objet ancien unique, mais il obtiendrait du même coup le consentement d'Alise au mariage. C'était le rêve de

158

tout Marchand : un marché parfait où l'on donne quelque chose pour le récupérer aussitôt, et avec la femme en prime. Les deux hommes en avaient ri la veille du jour où Hest était allé offrir son présent à la petite créature sans élégance.

Il se rappela cette soirée avec un froncement de sourcils dédaigneux. Sédric, silencieux, se mordillait la lèvre, puis avait eu l'audace de lui demander : « Es-tu sûr de tes intentions ? C'est le cadeau parfait, et j'ai la certitude que, si rien d'autre ne marche, ce parchemin te vaudra l'estime d'Alise ; il t'ouvrira sa porte et tu pourras lui faire ta cour et l'épouser. Mais es-tu sûr, absolument sûr, que c'est ce que tu veux ?

— Mais non, bien évidemment ! » Ils buvaient un digestif dans le bureau de Hest en regardant une bûche de pommier toute tordue se consumer dans la cheminée. Le silence régnait dans la demeure, et les rideaux tirés empêchaient la nuit d'entrer. La guerre avec Chalcède était finie, et le monde retrouvait son cours normal ; vins de qualité, eaux-de-vie raffinées, chansons et divertissements avaient repris droit de cité à Terrilville ; auberges, tavernes et maisons de jeu étaient en cours de reconstruction, renaissant de leurs cendres pour atteindre à une splendeur que n'avait pas l'ancienne Terrilville avant les incendies et les pillages qui l'avaient ravagée. Il y avait des fortunes à gagner ; pour un jeune homme riche et sans attache, c'était une époque bénie.

Mais le père de Hest, mal avisé, avait tout gâché en exigeant que son fils se mariât et donnât un héritier à la famille, sous peine de renoncer à son droit d'être l'unique légataire de la fortune des Finbok. « Si ça ne dépendait que de moi, je vivrais ma vie tel que je suis ; j'ai des amis, des occupations, mes affaires se portent bien, et je t'invite dans mon lit quand j'ai envie de toi. Je n'ai surtout pas besoin d'une petite femelle trépidante qui encombre ma maison et qui exige tout mon temps et toute mon attention, et encore moins de nourrissons braillards et de gosses qui sèment la pagaille.

— Mais, tant que ton père est vivant, qu'il porte la robe de Marchand et tient non seulement le vote de la famille mais les cordons de la bourse de vos propriétés, tu dois te plier à ses demandes. »

À l'époque comme aujourd'hui, la réflexion de Sédric l'avait contrarié. « Erreur : je dois paraître me plier à ses demandes ; j'ai bien l'intention de continuer ma poursuite des plaisirs.

— Dans ce cas, avait dit Sédric, un peu éméché, en indiquant le manuscrit dans son antique étui décoré, c'est exactement de cet objet que tu as besoin. Je connais Alise depuis des années, et sa passion pour les Anciens et les dragons la consume. Tu es sûr de la conquérir avec un présent comme celui-ci. »

Il avait raison. Sur le moment, le prix exorbitant de ce fichu manuscrit lui avait paru en valoir la peine : Alise avait accepté de l'épouser. Dès lors, Hest avait suivi les coutumes de Terrilville pour lui faire la cour, avec la même aisance qu'il eût suivi une route sur une carte. Ils s'étaient mariés, la famille de Hest lui avait fourni une demeure neuve et confortable, une pension ajustée, et ils s'étaient installés. Certes, de

160

temps en temps, son père ou sa mère se plaignait que le ventre d'Alise ne s'arrondît pas, mais ce n'était pas la faute de Hest ; même si les femmes l'avaient attiré, il n'en eût sans doute pas choisi une qui ressemblait à Alise, avec sa tignasse rousse et ses taches de son grosses comme des marques de vérole sur la figure, les bras et les épaules ; c'était une petite créature solide qui eût dû concevoir facilement et lui donner un moutard sans tarder. Mais, même cela, elle n'y arrivait pas.

Et puis, alors qu'elle semblait s'être installée dans son rôle, l'envie aberrante l'avait prise d'aller dans le désert des Pluies pour étudier les dragons – et ce fichu Sédric qui l'avait soutenue ! Ils avaient eu le front de lui rappeler qu'il avait accepté l'idée d'un tel voyage dans un des termes du contrat de mariage ; c'était peut-être exact, mais une épouse digne de ce nom n'eût jamais exigé qu'on respectât une condition aussi ridicule. Exaspéré par l'un et l'autre, il les avait envoyés ensemble faire leur voyage ; que Sédric aille donc voir s'il appréciait les pleurnicheries incessantes et les habitudes agaçantes de sa « vieille amie » ! Qu'il se rende compte de ce que c'était de vivre dans le plus grand dénuement à bord d'un rafiot puant sur un fleuve pestilentiel ! Misérable ingrat ! Elle et lui n'étaient que de petites gens imbéciles, des ingrats et des égoïstes. Et il découvrait aujourd'hui qu'ils l'avaient dépouillé, qu'ils avaient dérobé le manuscrit le plus cher de toute la collection qu'avait amassée cette toupie rouquine ; c'était plus qu'il ne pouvait en supporter !

161

Il retourna à la porte de la pièce et passa la tête par l'encadrement. « Ched ! Ched, viens ici un moment !

— Tout de suite, monsieur ! » La voix du major-dome venait de loin, peut-être de la cave à vin. Bon à rien ! Il n'était jamais là quand Hest avait besoin de lui.

Hest fit les cent pas dans la pièce sans trouver le manuscrit. Cette garce l'avait volé ! Il serra les poings. Eh bien, elle s'apercevrait bientôt qu'il lui avait coupé les vivres et qu'elle n'avait plus un sou vaillant – Sédric aussi, le traître ! Quand Hest était rentré de son voyage d'affaires et avait constaté que sa femme et son secrétaire n'étaient toujours pas revenus de leur excursion malavisée dans le désert des Pluies, la fureur l'avait pris ; néanmoins, il l'avait contenue jusqu'au moment où les ignobles rumeurs selon lesquelles ils s'étaient enfuis ensemble avaient commencé à polluer sa position sociale. Le premier cercle de ses amis savait que c'était impossible, car Sédric n'était pas plus capable de partir avec une femme que d'acquérir de la personnalité et d'affirmer sa volonté ; mais d'autres, dans la bonne société terrilvillienne, y avaient cru et avaient eu l'audace de compatir au sort de Hest, de le regarder comme un mari cocu ! Ils le prenaient en pitié, et, lui supposant le cœur brisé, osaient lui donner des conseils sur la meilleure façon de reconquérir son épouse si jamais elle revenait ! Pire encore, d'ambitieuses matrones le poussaient à faire jouer la clause de dissolution de son contrat de mariage et à trouver une « épouse plus convenable et fertile » ;

162

toutes avaient une fille, une nièce ou une petite-fille apte à remplir admirablement ce rôle ; une veuve avait même eu l'aplomb de se proposer elle-même ! Ces offres importunes étaient humiliantes, mais pas autant que la pitié de certains ; ils paraissaient convaincus que l'absence de réaction de Hest devant la disparition d'Alise indiquait qu'il se consumait de désespoir pour sa mégère rousse !

C'est alors qu'il avait fait placarder des affiches dans toutes les grandes villes du fleuve du désert des Pluies, pour annoncer clairement que quiconque aurait l'inanité de faire crédit aux deux fuyards ne devait pas s'attendre à un remboursement de sa part. Alise et Sédric voulaient s'éloigner de lui ? Très bien ! On verrait comment ils se débrouilleraient sans sa for-tune ; en outre, ce serait une manière de faire savoir à tous qu'il se moquait de ce qui pouvait advenir des deux fugitifs.

Que faisait ce satané majordome ? Hest passa de nouveau la tête par la porte. « Ched ! » brailla-t-il, furieux à présent, et sa colère ne s'apaisa pas quand l'homme le fit sursauter en répondant « Je suis ici, monsieur », derrière lui dans le couloir.

« Où étiez-vous ? Quand je vous appelle, ça veut dire que j'ai besoin de vous sur-le-champ !

— Pardonnez-moi, monsieur, mais j'accueillais un visiteur et l'installais dans le salon. Il est très bien habillé, monsieur, et il est arrivé en calèche de loca-tion avec un attelage de la meilleure qualité. Il dit être venu de Chalcède par un bateau qui s'est amarré ce matin au quai, et il affirme que vous l'attendez.

163

— Quel est son nom ? » demanda Hest sèchement. Il avait beau fouiller ses souvenirs, il ne se rappelait pas avoir eu un rendez-vous ce matin.

— Monsieur, il a refusé obstinément de me donner son nom ; il prétend qu'il s'agit d'une affaire très délicate et qu'il apporte des messages et des présents non seulement pour vous mais aussi pour quelqu'un du nom de Begasti Cored. Et aussi que Sédric Meldar avait tout arrangé il y a plusieurs mois, que les cargaisons prévues n'étaient pas encore arrivées et que quelqu'un devait prendre en charge les frais dus au retard…

— Assez ! » Encore ce fichu Sédric ! Il en avait par-dessus la tête de penser à lui. L'avait-il abandonné en lui laissant à démêler l'écheveau d'un accord commercial ? Cela ne lui ressemblait pas ; Hest n'avait jamais connu personne d'aussi pointilleux sur les détails. Mais cela ne ressemblait pas non plus à ce petit parasite de se passer si longtemps de confort et de luxe – à moins que cela ne fît partie d'un complot inconnu contre Hest. L'idée était inquiétante ; Sédric et Alise étaient amis d'enfance : tous deux avaient-ils mis au point un stratagème pour le dépouiller de ses entreprises commerciales ? Était-ce pour cela qu'ils avaient disparu et n'étaient pas revenus ? Que négociaient-ils ? Hest se rappela soudain pourquoi il avait fait venir Ched. « Réfléchissez ; il y avait un manuscrit sur cette table, très précieux, dans un écrin en bois avec un couvercle de verre. Il était là, et il n'y est plus. Je veux qu'on le retrouve. »

L'imbécile incompétent hésita. « Je ne sais pas…

164

— Trouvez-le ! aboya Hest. Trouvez-le tout de suite, sans quoi je vous fais arrêter pour vol !

— Monsieur ! s'exclama le majordome, horrifié. J'ignore tout de ce que renferme cette pièce. Quand vous m'avez embauché, vous m'avez dit que c'était le domaine réservé des domestiques de madame, et puis, quand vous les avez renvoyées, je ne m'en suis pas occupé, puisque vous ne m'aviez pas dit…

— Trouvez ce manuscrit ! » hurla Hest. Il tourna le dos à l'homme et s'en alla à grands pas vers le salon. « Et faites-moi apporter des rafraîchissements pendant que j'essaie de savoir quelles autres sottises vous avez faites ! »

Il tirait une certaine satisfaction à crier, un petit soulagement aux tensions qui l'habitaient à pouvoir laisser le majordome tremblant et blême de peur à l'idée de perdre son gagne-pain. Évidemment, Hest eût préféré que l'homme lui eût rendu aussitôt le manuscrit, mais il finirait bien par y venir.

À moins qu'Alise et Sédric ne l'eussent volé. Et les autres documents d'une valeur exorbitante que cette femme sans grâce et son laquais avaient achetés au cours des ans ? Il s'arrêta net en se rappelant l'assiduité avec laquelle Sédric recherchait d'anciens et coûteux parchemins pour elle, et l'obstination avec laquelle il encourageait Hest à en faire l'achat sous prétexte de tenir Alise occupée. Peu avant son départ, Sédric avait même eu le front d'affirmer qu'elle « méritait » ces présents en dédommagement de son mariage arrangé ! Hest avait rétorqué qu'elle savait dans quoi elle s'engageait lorsqu'elle avait signé le

165

contrat ; il ne lui avait jamais caché qu'il s'agissait d'une union de pure apparence destinée à lui fournir un héritier. À présent, il se demandait, morose, ce qu'il avait dépensé de sa fortune pour des bouts de peau mangés aux mites et des bouquins moisis. Il devait bien y avoir des factures quelque part, un inventaire qui les recensait : Sédric était tatillon en matière de tenue de comptes. Mais où ? Et s'ils avaient emporté ces documents en même temps que les objets de valeur lors de leur fuite ?

Maudits soient-ils ! C'était l'évidence même. Tout devenait clair à présent : Sédric qui insistait pour qu'Alise pût entreprendre son périple inutile dans le désert des Pluies, sa dispute stupide avec Hest qui avait conduit ce dernier à lui ordonner d'accompagner son épouse… Naturellement ! Il crispa les mâchoires, furieux. Ils avaient œuvré ensemble contre lui, l'avaient ridiculisé sous son propre toit et avec son propre argent. Eh bien, ils verraient qu'on ne pouvait pas le traiter comme quantité négligeable ; il les traquerait, reprendrait son bien et les laisserait sans le sou et couverts de honte !

Il respirait fort et son cœur cognait dans sa poitrine. Par un effort de volonté, il demeura immobile, inspira plusieurs fois pour se calmer, puis prit le temps de rajuster sa veste et d'arranger son col et ses manchettes. Il ignorait qui était son visiteur chalcédien, mais peut-être faisait-il partie du complot de Sédric contre lui, et, dans ce cas, Hest comptait extirper tous les renseignements possibles de cet homme avant de le faire jeter dehors par Ched.

Calme et posé, du moins en apparence, il entra dans le salon avec un sourire poli plaqué sur les lèvres. Celui qui l'attendait était un jeune homme solidement charpenté, avec une veste en brocart par-dessus une chemise blanche bouffante, un pantalon ample en soie molletonnée et des bottines en cuir noir et luisant ; ce n'était ni une épée ni un poignard qui pendait à sa hanche mais une arme intermédiaire, à lame courbe et apparemment dangereuse, avec une poignée noire couverte de cuir, non décorative mais extrêmement fonctionnelle. Par terre, près du visiteur, était posée une besace qui portait l'emblème du duc de Chalcède. L'homme, qui était en train de fouiller les tiroirs du bureau de Hest, leva les yeux ; ses cheveux courts et sa barbe taillée ne dissimulaient pas la balafre rouge qui partait du coin de son œil gauche, traversait sa joue et lui barrait la bouche et le menton. La blessure avait l'air récente, et ses lèvres n'avaient pas bien guéri ; les bords de la cicatrice étaient gonflés et tendus, et, quand l'homme parla, il eut du mal à former ses mots.

« Où est la marchandise promise ? Vous n'aurez pas d'autre occasion de la livrer sans frais : chaque jour de retard vous coûtera. »

L'indignation qu'avait ressentie Hest en surprenant son visiteur occupé à fouiller son bureau se changea brusquement en peur quand l'homme posa la main sur la poignée de son arme. Ni l'un ni l'autre ne dit rien pendant un long moment, et, lorsque Hest retrouva sa voix, elle n'avait aucune force. « J'ignore de quoi vous parlez. Sortez de chez moi ou j'appelle la garde municipale ! »

L'autre le regarda de ses yeux gris calculateurs. Ni peur ni colère : rien qu'une froide évaluation. C'était effrayant.

« Sortez ! »

Le Chalcédien se détourna du bureau et de son contenu en pagaille. Comme l'homme passait près de lui, Hest lui désigna la porte entrouverte d'un doigt dédaigneux ; alors, d'un geste fluide, l'intrus saisit le poignet de Hest de la main gauche, dégaina son arme de la droite et entailla la paume prisonnière jusqu'à la pointe de l'index. Puis il lâcha le poignet et recula d'un bond.

Le sang se mit à sourdre de la longue coupure, accompagné d'une douleur extrême. Hest hurla de souffrance, plié en deux, tandis que le Chalcédien se dirigeait vers la fenêtre et essuyait sa lame sur le rideau comme si de rien n'était. Sans se soucier de la réaction de Hest, il dit par-dessus son épaule : « C'est pour vous rappeler de ne pas mentir ; si je dois vous rappeler de ne pas livrer les marchandises en retard, je me montrerai moins clément, à l'image de ce que m'a fait le spadassin du duc quand j'ai été contraint de reconnaître que je n'avais aucune nouvelle de Begasti Cored ni de Sédric de Terrilville. »

Hest se tenait le poignet serré dans l'espoir d'atténuer les terribles élancements qui lui remontaient dans le bras. Le sang coulait de sa paume le long de ses doigts et tombait sur les onéreux tapis de son bureau.

Il prit une grande inspiration. « Ched ! cria-t-il. Ched ! J'ai besoin d'aide ! Ched ! »

La porte commença de s'ouvrir, mais, prompt comme un félin, le Chalcédien bondit et la bloqua, puis il s'encadra dans l'ouverture. « Du thé et des biscuits ! Quelle prévenance ! Je vais les prendre ; veillez à ce qu'on ne nous dérange pas. Votre maître et moi sommes au milieu d'une discussion extrêmement confidentielle.

— Monsieur ? » Le ton geignard du majordome mit Hest hors de lui.

« Sauvez-moi ! » lança-t-il alors que le Chalcédien se retournait, un plateau garni entre les mains. Sans renverser une seule goutte, il posa le plateau à ses pieds puis se redressa, referma la porte et la verrouilla.

« Monsieur ? Tout va bien ? » La voix de Ched, perplexe, leur parvint à peine à travers l'épais battant.

« Non ! Il est fou, allez chercher du secours !

— Monsieur ? »

Avant que Hest eût le temps de reprendre son souffle, le Chalcédien surgit devant lui, et cette fois son arme menaçait la gorge du Marchand. Il sourit, ce qui tira sur sa balafre, si récente que le sang se mit à sourdre de sa lèvre inférieure ; d'une voix douce et posée, il dit : « Répondez à votre esclave que tout va bien, que nous avons besoin de calme et qu'il doit s'en aller. Tout de suite ! » La lame bougea légèrement et le col de Hest se défit tout à coup ; il sentit la piqûre de la peau entaillée et la tiédeur du sang qui coule un battement de cœur plus tard.

169

Avec un hoquet d'horreur, il s'apprêta à crier, mais l'homme le gifla violemment.

Le bouton de la porte tourna en vain. « Monsieur ? Dois-je aller chercher de l'aide, monsieur ? »

Le Chalcédien souriait, et son arme dansait devant les yeux de Hest. Il était d'une rapidité diabolique. « Non ! » cria Hest comme la lame lui tapotait le bout du nez, puis, alors qu'elle redescendait vers sa gorge, il poursuivit : « NON, Ched, non ! Vous m'avez mal compris ! Laissez-nous ! Qu'on ne nous dérange pas. Laissez-nous ! »

La poignée de la porte cessa de s'agiter. « Monsieur ? Vous êtes sûr, monsieur ?

— Laissez-nous ! brailla Hest alors que la pointe de l'arme remontait le long de sa gorge. Allez-vous-en !

— Comme vous voulez, monsieur. »

Et ce fut le silence. Mais la pointe de la lame resta sous le menton de Hest, l'obligeant à se dresser sur la pointe des pieds, la main lui brûlait et le sang gouttait de ses doigts. Une éternité passa dans ce supplice immobile avant que le Chalcédien n'écartât soudain son poignard ; en deux pas rapides, il retourna à la porte, et Hest songea avec espoir qu'il allait sortir, sa crise de folie derrière lui ; mais l'homme se baissa pour prendre le plateau, puis il se dirigea vers le bureau en enjambant sa besace, et repoussa négligemment les papiers qui recouvraient le meuble pour déposer l'objet qui lui encombrait les mains. Sans quitter Hest de son regard froid et gris, il déplia une serviette blanche et y essuya sa lame ; elle laissa une trace rouge sur le lin. L'homme la pointa brusquement vers Hest.

170

« Bandez-vous la main, et ensuite il sera temps que vous me remettiez la marchandise promise. »

Le Marchand enroula tant bien que mal une serviette autour de sa main blessée ; le contact du pansement sur l'entaille était à peine supportable, et le sang fleurit à travers le tissu. Hest prit une inspiration tremblante et se passa la manche sur le visage en feignant de sécher, non des larmes, mais la sueur qui lui coulait dans les yeux : il ne devait laisser transparaître nulle faiblesse. L'étranger était fou et capable de tout. Il vit du sang sur sa manche, et il comprit soudain. « Vous m'avez ouvert le nez ! Vous m'avez défiguré !

— Une coupure de rien du tout du bout de la lame. N'y faites pas attention. » Le Chalcédien versa le thé fumant dans une tasse, la huma d'un air pensif puis but une gorgée. « Des feuilles bouillies... Je ne comprends pas, mais ça n'a pas trop mauvais goût par une journée froide comme aujourd'hui. Et maintenant, la marchandise ; tout de suite. »

Hest recula, les jambes en coton. « Je vous jure, monsieur, que j'ignore de quoi vous parlez. »

L'homme le suivit, sa tasse dans une main, son arme dans l'autre, et repoussa Hest de la fenêtre aux rideaux épais pour l'acculer dans un angle de la pièce. Le cœur du Marchand tonnait à ses oreilles. Le Chalcédien but une nouvelle gorgée de thé puis sourit.

« J'écouterai pendant le temps qu'il me faudra pour terminer ma tasse, dit-il sur le ton de la conversation. Puis mon poignard et vous entamerez la danse de la vérité.

171

— Je ne peux rien vous dire ; je ne sais rien. » Hest ne reconnut pas sa propre voix, tant elle tremblait.

« Dans ce cas, faisons venir votre esclave, Sédric. C'est bien lui, n'est-ce pas, qui a conclu le marché avec Begasti Cored ? »

Hest fouilla ses souvenirs à toute allure. Un individu qui perdait ses cheveux, avec une haleine épouvantable… « J'ai traité avec Begasti Cored, mais c'était il y a longtemps ; quant à Sédric, ce n'est pas mon esclave, mais mon… assistant. Et… » La relation entre les noms se fit dans son esprit, et il comprit soudain quel était le problème. Il poursuivit en hâte sans quitter l'arme des yeux : « Et il m'a trahi ; il s'est enfui avec des manuscrits de très grande valeur. Il est dans le désert des Pluies. Il avait peut-être conclu un marché de son côté avec Begasti Cored ; c'est probable, connaissant ce petit traître. J'ai l'impression qu'il a fait pas mal d'affaires derrière mon dos. C'est à Sédric qu'il faut vous adresser pour cette marchandise manquante. » Des prélèvements de dragon ; c'était ce qu'attendait l'homme : du foie de dragon, du sang de dragon, de l'os, des dents, des écailles, destinés à concocter des médicaments pour soigner le duc de Chalcède âgé, souffrant et sans doute dément. Des éléments impossibles à obtenir et totalement illégaux. Dans quoi Sédric l'avait-il entraîné ?

L'homme termina son thé. Il resta un instant la tasse à la main, puis il la jeta négligemment par-dessus son épaule ; elle tomba sur le tapis et fit un demi-cercle en roulant sans se briser. Les oreilles de

172

Hest se mirent à bourdonner, et la pièce parut s'obscurcir à ses yeux. Quand le Chalcédien fit un geste avec son poignard affûté comme un rasoir, il ne put retenir un petit gémissement ; l'autre n'eut pas l'air de l'entendre ; il pencha la tête et sourit comme un serpent charmant sa proie. « Maintenant, vous allez vous asseoir à votre bureau, et nous allons tâcher d'en apprendre davantage ; je vois la vérité qui se cache au fond de vos yeux.

— Je ne la connais pas ; j'ai des soupçons et rien d'autre. » Mais ses soupçons s'emboîtaient rapidement les uns dans les autres pour former un ensemble logique : Alise et son obsession pour l'étude des dragons, Sédric qui la soutient brusquement dans sa volonté ridicule d'aller les voir dans le désert des Pluies... Il avait même mentionné Begasti Cored lors de leur dernière dispute, non ? Ou lors de la précédente ? Quelque ânerie à propos d'une fortune qui lui tendait les bras... Hest poussa un grognement de dégoût. Au cours des dernières années, Sédric avait observé la façon dont il manœuvrait dans le monde des affaires ; il faisait ses courses, lui apportait son thé, brossait ses vestes et réchauffait son lit. Mais à l'évidence il pensait valoir mieux que cela, et il s'était cru assez malin pour négocier sa petite affaire de son côté. Si les risques n'avaient été que pour lui et Alise, Hest eût pu s'amuser de l'histoire ; mais, alors qu'il traversait la pièce, les jambes tremblantes, et s'asseyait à son bureau, le sang dégouttant de son entaille au nez et de sa main balafrée, l'incompétence et la perfidie de Sédric ne lui inspiraient qu'une fureur noire.

173

Le Chalcédien s'installa sur le coin du meuble et regarda Hest de tout son haut ; il sourit. « Ah, je distingue un peu de colère maintenant ; vous êtes en train de vous dire : "C'est son sang qui devrait tacher cette serviette, non le mien." N'est-ce pas ? Eh bien, faites venir votre esclave, et distribuons la douleur à qui elle revient. »

Hest s'efforça de s'exprimer d'une voix ferme. « Je vous le répète : il s'est enfui ; il m'a volé un objet de valeur et a pris la poudre d'escampette. Je n'ai plus rien à voir avec lui ; s'il a passé un marché avec Begasti Cored, il l'a conclu de son côté, et ça ne me regarde pas. » Outré que Sédric pût précipiter un tel désastre, il retrouva soudain son courage ; il se pencha en avant et cria : « Vous avez commis une grave erreur, monsieur ! »

Le Chalcédien demeura impavide ; il inclina la tête et s'avança légèrement, un mince sourire aux lèvres ; mais il n'y avait aucun humour dans son regard. « Vraiment ? Moins grave que la vôtre, en tout cas : vous êtes responsable et on vous tiendra pour responsable. Ce que fait ou non un esclave se reflète sur son maître ; vous avez laissé l'un des vôtres s'enfuir, négocier des affaires, vous voler, et vous ne l'avez pas corrigé ; vous devez donc payer, comme si votre cheval s'était emballé au marché ou que votre chien ait mordu un enfant au visage. Connaissez-vous le dicton : "Quand un esclave ment avec votre langue, c'est dans votre bouche qu'on la tranche" ? Ce qu'il a fait en votre nom, c'est à vous d'en répondre ; peut-être avec un doigt, peut-être avec une main… peut-être

174

avec votre vie. Ce n'est pas à moi de décider de la lourdeur de votre peine, mais vous en répondrez, je vous l'assure.

— S'il a signé un contrat avec Begasti Cored, j'en ignore tout ; je ne suis pas légalement lié par cet accord. » Hest se donnait du mal pour conserver une voix posée.

« En Chalcède, nous ne nous soucions guère de ce qui est légal ou non à Terrilville. Tout ce qui nous intéresse, c'est que le duc, personnage auguste et sage, souffre d'une santé défaillante ; nous savons que l'administration de médicaments créés à partir d'extraits de dragon le guérirait. Begasti Cored est un de nos marchands de premier plan en denrées exotiques, et c'est l'un de ceux qui ont eu le privilège de recevoir la mission de se procurer les produits nécessaires. Afin de libérer son esprit de tout autre souci, le duc a pris sous sa protection la famille tout entière de Cored. Comme vous pouvez l'imaginer, c'est un grand honneur ainsi qu'une lourde responsabilité de se voir confier pareille entreprise. Néanmoins, pendant quelque temps, il n'y a guère eu de résultats, malgré les encouragements du duc et de ses nobles, et c'est donc avec satisfaction que nous avons appris que Begasti Cored avait enfin recruté un Marchand de Terrilville de grande réputation pour l'aider à obtenir la marchandise désirée. » Le Chalcédien s'approcha encore de Hest, l'arme toujours levée, et ajouta : « Il n'y a pas eu que le nom de ce Sédric qui a été mentionné, mais aussi le vôtre : le Marchand Hest Finbok. Beaucoup de nos propres négociants vous connaissent

175

très bien, qui tous vous décrivent comme un Marchand accompli et débrouillard, dur en affaires mais capable de se procurer la meilleure qualité. Alors, où est notre marchandise ? »

*Je n'en sais rien.* Hest se retint de prononcer ces mots : le Chalcédien risquait de réagir vivement en les entendant encore une fois. Il ferma les yeux un instant et s'efforça de trouver un moyen de se sortir de cette situation ; il se rabattit sur une vieille technique de Marchand : feindre de pouvoir répondre aux attentes du client. On pouvait toujours présenter des excuses plus tard, ou appeler la garde municipale.

« Voici ce que je sais », dit-il avec circonspection. Il leva sa main bandée pour essuyer le sang au bout de son nez, mais la croûte resta collée au tissu, et le sang se remit à couler ; alors il posa les mains sur le bureau et tâcha de ne pas prêter attention à sa blessure. « Sédric s'est rendu dans le désert des Pluies, et il a emmené une femme qui possède une grande connaissance des dragons. Je pense qu'il espère se servir d'elle pour aller au plus près des dragons. Pour ma part, j'avais un voyage d'affaires à effectuer ; à mon retour, je n'ai trouvé aucun message de sa part. Ce que j'avais appris du désert des Pluies, c'était que Sédric avait pris part à une expédition qui remontait le fleuve en compagnie des dragons. On n'en a aucune nouvelle ; les dragons et ceux qui les escortent ont peut-être péri.

— Peuh ! Vieilles lunes. Quand Begasti Cored l'a envoyé, votre Sédric n'était pas notre seul émissaire ; nos autres espions ont fait leurs rapports plus vite.

176

Nous nous sommes attelés à cette mission avec tous les moyens à notre disposition, et votre Sédric n'était qu'une des relations parmi les nombreuses que nous cultivions. Aussi, remisez vos mensonges ; nous en savons déjà très long. Croyez-vous que vous pouvez me donner des nouvelles poussiéreuses et que je m'en contenterai ? Croyez-vous pouvoir me distraire de ma tâche ? Croyez-vous que je n'aie pas de soucis personnels qui se rattachent à cette entreprise ? Dans ce cas, vous êtes un imbécile, et vous apprendrez que nous prendre, nous aussi, pour des idiots se paie très cher.

— Je ne sais rien de plus que ce que je vous ai dit, je vous le jure ! » La détresse perçait dans sa voix, alors qu'il était contraire à toutes les règles de bonne négociation, à tout ce qu'il avait appris sur la façon de traiter avec les Chalcédiens, de se trahir ainsi ; il ne fallait montrer nulle peur, nul doute, nulle faiblesse. Mais la douleur qui lui brûlait la main, l'odeur de son propre sang, et sa totale inexpérience de la situation le laissaient littéralement tremblant.

« Je vous crois », déclara soudain l'autre. Il descendit du bureau et se dirigea vers la fenêtre ; là, il essaya le fil de son arme sur les rideaux, qu'il découpa au passage. Il regardait au-dehors tout en parlant. « Je vous crois parce que nous avons un problème similaire : nous ignorons où se trouve Begasti Cored ; nous pensons que lui aussi s'est rendu dans le désert des Pluies, ce qui indique peut-être qu'il est tout près de se procurer la marchandise voulue. »

177

Hest quitta discrètement sa chaise. La porte n'était pas très loin, les tapis étaient épais ; parviendrait-il à gagner la sortie, à déverrouiller le battant et à s'enfuir avant que l'homme ne se rendît compte qu'il s'échappait ? S'il échouait à franchir la porte, il risquait de le payer de sa vie ; mais, s'il réussissait, où irait-il se réfugier ? À coup sûr, le Chalcédien le pourchasserait. La terreur lui donnait la nausée, et il se sentait faible et la tête légère.

« Vous savez naturellement combien il est difficile pour un Chalcédien d'accéder au fleuve du désert des Pluies ; le fait que Begasti ait réussi un tel exploit indique à quel point il est capable de se débrouiller. Nous pensons qu'il a été aidé par Sinad Arich, et ils travaillent peut-être tous deux à accomplir leur mission ; mais ça les place hors de notre portée, et c'est inacceptable ; c'est absolument inacceptable. »

Hest fit un pas en direction de la porte. Le Chalcédien lui tournait le dos. Un pas. L'homme passait son poignard le long des rideaux onéreux, comme s'il l'aiguisait sur le tissu ; Hest s'en moquait : si cela l'occupait, c'était parfait. Il se déplaça de nouveau d'un pas ; encore un, et il bondirait, tirerait le loquet, ouvrirait la porte et s'enfuirait comme un chat échaudé.

« Nous faisons donc ce que nous dictent les circonstances : nous faisons parvenir nos messages à celui que nous pouvons joindre, et lui, à son tour, les envoie là où nous ne pouvons aller nous-mêmes. Et il le fait très rapidement. »

178

L'homme se retourna. Il y eut un bruit soudain, comme si on avait toqué une fois, durement, à la porte ; Hest pivota, espérant que Ched était revenu, mais il découvrit un petit poignard avec une poignée voyante qui vibrait encore, planté dans le bois dur du battant. L'espace d'un instant, il ne comprit pas ce qu'il regardait, puis le Chalcédien toussota, et le Marchand leva les yeux vers lui ; un autre petit poignard, avec sur la poignée un gai motif rouge, bleu et vert, reposait dans sa main.

« Pouvez-vous battre un poignard à la course ? Avez-vous envie d'essayer ?

— Non ; je vous en supplie, non. Que voulez-vous de moi ? Dites-le clairement et, si je puis vous satisfaire, je le ferai. Désirez-vous de l'argent ? Désirez-vous...

— Chut. » Un mot doux prononcé avec dureté. Hest se tut. « C'est très simple : nous voulons la marchandise qu'on nous a promise. Des prélèvements de dragons, des écailles, du sang, des crocs, du foie. Nous nous moquons de savoir désormais qui opère la livraison du moment qu'elle ne tarde plus ; quand elle sera là, vous constaterez la générosité extrême du duc de Chalcède. Celui qui lui apportera ce qu'il demande sera richement récompensé en honneur comme en espèces sonnantes et trébuchantes ! Pour des générations à venir, votre maison sera portée au pinacle et respectée par tous ceux qui servent sa seigneurie. Vous allez donc commencer par trouver Sinad Arich et Begasti Cored ; il y a un coffret pour chacun d'eux, là, près de votre magnifique bureau ;

179

ils contiennent des présents de la part du duc, aux-quels ils accorderont plus de valeur qu'à leur propre vie. Ne les perdez pas, ils sont irremplaçables ; si vous les égarez, vous les paierez de votre tête. Quand vous les livrerez, rappelez à chacun que son fils aîné le salue et l'assure que son fils-héritier se porte bien sous la protection du duc. Toutes les familles ne peuvent pas en dire autant, mais cela reste vrai pour les fils aînés de ces deux hommes, et, s'ils veulent que cela continue, il leur suffit d'achever leur mis-sion. Nous sommes convaincus que, convenablement motivés, ils s'empresseront de vous aider à localiser votre esclave, et la marchandise qu'on nous a pro-mise. »

L'accablement de Hest s'était approfondi à mesure que l'homme parlait. Il fit un ultime effort. « Il n'est peut-être pas possible de se procurer ces prélève-ments. Les dragons ont quitté Cassaric, et leurs gar-diens aussi ; tous sont peut-être morts à l'heure qu'il est.

— Ma foi, vous n'avez plus qu'à espérer qu'il en reste un de vivant, et que votre esclave est en mesure de tenir sa part du marché qu'il a conclu en votre nom. Autrement... Nous ne tenons ni l'un ni l'autre à imaginer comment cela se terminerait. Et à présent je dois m'en aller. »

L'homme rengaina soudain son poignard brillant ; la petite arme de jet disparut on ne sait où. Sous le coup du soulagement, Hest sentit ses genoux fléchir, presque plus affaiblis que par la terreur.

« Je ferai ce que je pourrai. »

Il était prêt à dire n'importe quoi, à tout promettre au Chalcédien qui se dirigeait vers la porte. « Je sais », répondit ce dernier ; il s'arrêta, referma la main sur la poignée du couteau planté dans le panneau de bois, et il libéra l'arme d'un geste brusque. Il l'examina un instant. « Vos parents ont une demeure ravissante, fit-il. Et votre mère reste une femme très séduisante malgré son âge, ronde et jolie, sans une cicatrice. » Il sourit et fit disparaître son arme.

Puis il déverrouilla la porte et sortit. Hest bondit, claqua le battant et referma le verrou. Ses genoux fléchirent, il s'effondra sur le sol et se mit à respirer profondément, en tremblant, dans l'espoir de se calmer. « Je ne crains plus rien, dit-il tout haut. Je ne crains plus rien. » Mais c'étaient des mots creux ; la menace de l'homme à l'encontre de ses parents était claire : s'il jugeait que ses ordres n'étaient pas respectés, il tuerait sa mère et sans doute aussi son père – puis il s'en prendrait à Hest lui-même.

Non sans mal, il se releva, puis il gagna sa chaise d'un pas chancelant ; il n'osait pas encore ouvrir la porte pour appeler Ched : le Chalcédien rôdait peut-être encore dans la maison. Hest se versa une tasse de thé ; il y avait donc si peu de temps que cet imbécile de majordome avait apporté le plateau puis abandonné son maître aux griffes d'un assassin sadique ? Était-il possible qu'on fût encore le matin ? Il avait l'impression que des jours entiers étaient passés.

Il prit la tasse entre ses mains tremblantes et but une gorgée de liquide chaud pour se calmer. Son regard tomba sur la besace que l'homme avait laissée

181

près du bureau ; de facture chalcédienne, c'était un sac en tissu lâche, ouvert sur le dessus, dans lequel Hest trouva deux coffrets de bois avec des incrustations en émail ; l'emblème rouge et noir était celui du duc, une serre de rapace tendue ; les coffrets étaient cloutés sur les bords de perles et de petits rubis alternés. À eux seuls, ils valaient déjà une fortune. Que renfermaient-ils ? Quelque chose d'irremplaçable. Hest en tourna et en retourna un entre ses mains en quête d'un système de fermeture dissimulé ; le sang qui sourdait de sa paume bandée colora les perles en rose.

Le trésor que ces coffrets contenaient serait un juste dédommagement pour ce qu'il avait subi ce matin. Quelqu'un devait payer. La colère commençait à monter en lui. Il irait voir la garde municipale ; les Marchands de Terrilville n'avaient qu'une affection limitée pour les Chalcédiens, et, quand ils apprendraient qu'un assassin doublé d'un fou se promenait en liberté dans leur cité, ils le pourchasseraient comme un chien. Et si on apprenait que c'était la trahison de Sédric Meldar qui avait attiré un si noir personnage à Terrilville… ma foi, la réputation de Sédric et des siens ne regardait pas Hest ; il aurait dû y songer avant de dépouiller son employeur.

Des coups secs à la porte le firent sursauter ; il se leva en tremblant, sans plus penser au coffret entre ses mains. On frappa de nouveau, puis la voix de Ched se fit entendre.

« Monsieur ? Votre invité est parti. J'ai supposé que vous aimeriez savoir que j'ai retrouvé le manuscrit

182

dont vous parliez, celui qui était dans un présentoir en bois de rose avec un couvercle en verre. On l'avait rangé avec d'autres dans un des placards. Monsieur ? »

Hest s'approcha de la porte d'un pas maladroit, puis, de sa main libre, la déverrouilla. « Faites venir un guérisseur, crétin ! Vous m'avez laissé à la merci d'un dément ! Et allez tout de suite chercher la garde ! »

L'homme resta bouche bée devant lui, l'écrin qui contenait le précieux manuscrit entre les mains. Le coffret que tenait Hest émit un cliquetis : sans le faire exprès, il avait débloqué le système de fermeture dissimulé, et les deux moitiés du couvercle s'ouvrirent seules. Une odeur d'épice et de sel poussiéreux se répandit. Hest regarda dans la boîte.

La main qu'il vit à l'intérieur était menue mais bien conservée ; une main d'enfant, la paume en l'air, les doigts ouverts comme dans un geste de supplication. Le bracelet d'argent qui encerclait le moignon du poignet ne cachait pas les deux os qui en pointaient, d'inégale longueur, comme broyés au lieu d'avoir été tranchés.

« Doux Sâ, aie pitié de nous ! » s'exclama Ched, la respiration coupée ; il avait l'air sur le point de s'évanouir.

Hest retrouva assez de souffle pour dire : « Juste un guérisseur, Ched, et qui sait tenir sa langue.

— Pas la garde municipale, monsieur ? » Le majordome paraissait perdu.

« Non. Et pas un mot de tout ceci à quiconque. »

# DOUZIÈME JOUR DE LA LUNE DU CHANGEMENT

*Septième année de l'Alliance indépendante*
*des Marchands*

*De Detozi, Gardienne des Oiseaux, Trehaug,*
*à Reyall, Gardien remplaçant des Oiseaux, Terrilville*

*Reyall, je regrette de devoir t'informer que nous venons de recevoir une plainte à propos des messages. Malta Vestrit Khuprus a signalé aux gardiens des oiseaux de Trehaug que les deux derniers messages qu'elle a reçus de sa mère, Keffria Vestrit Haven de Terrilville, paraissent avoir été ouverts, lus et recachetés avec de la cire de qualité inférieure. Selon ses dires, les missives ne renfermaient nulle information sensible et ne traitaient que de nouvelles familiales et de la disparition de Selden Vestrit, mais les deux correspondantes craignent de voir se répéter ces problèmes de cachets abîmés et de parchemins mal roulés pour tous leurs échanges par pigeon voyageur. C'est l'intégrité des gardiens des oiseaux qui est en jeu. Je n'ai pas besoin de te rappeler que notre capacité à assurer le secret des communications d'affaires des Marchands et la protection de leurs missives personnelles est le seul rempart qui évite à notre Guilde la concurrence privée. Si les Marchands perdent confiance dans notre honnêteté, nous risquons tous de perdre notre travail. Je suis bien certaine qu'il y aura des discussions officielles à tous les niveaux de la Guilde, mais je te prie de ne communiquer avec Erek et moi que sur des questions professionnelles et de garder les yeux ouverts pour repérer toute anomalie ; note soigneusement tout ce que tu remarqueras, et tiens-nous au courant de toutes tes observations sur les oiseaux, les cylindres à messages, les cachets en cire et en plomb, et l'état des missives reçues. Nous sommes très inquiets.*

*Detozi et Erek*

# 6

## La marque du désert des Pluies

« Vous faites vos bagages. »

Malta sentit que Jani tâchait de ne pas prendre un ton accusateur. Elle posa le pinceau avec lequel elle se poudrait le visage et répondit d'un ton dégagé : « Oui ; je vais à Cassaric avec Reyn. » Elle regarda Jani dans le miroir dressé devant elle. Seul un coup léger à la porte l'avait avertie de l'entrée de sa belle-mère. Malta réprima un froncement de sourcils ; elle faisait des essais avec ses produits de maquillage pour camoufler les cernes qui se creusaient sous ses yeux. Les fines écailles qui lui couvraient le visage compliquaient nettement plus l'application de poudre et de couleurs qu'au temps où elle était une jeune femme à la peau lisse.

« Ne croyez-vous pas qu'il pourrait s'y rendre seul ? Il ne s'agit que d'un démêlé avec les fouilleurs, or Reyn en sait davantage que vous ou moi sur les problèmes liés aux excavations.

— Évidemment. » Malta avait toujours tiré fierté des compétences de son époux dans ce domaine

187

complexe. « Mais je veux l'accompagner : il y aura peut-être des nouvelles de l'expédition du *Mataf*, même s'il ne s'agit que de rumeurs. Cassaric n'est qu'à une journée de voyage d'ici, en amont du fleuve, et je ne pense pas que nous resterons plus de deux semaines. »

Elle reprit son pinceau et se le passa rapidement une dernière fois sur la nuque ; ses cheveux relevés laissaient voir la marque gris argenté qui s'y dessinait, souvenir d'une rencontre très étrange bien des années plus tôt ; la cicatrice était anormalement sensible, et un baiser de Reyn à cet endroit était presque aussi sensuel qu'un effleurement de la couronne des Anciens qui avait poussé sur son front. Comme Malta se levait de son siège pour continuer à empaqueter ses affaires, Jani s'avança dans la pièce et referma la porte derrière elle, barrant la route au vent d'une nouvelle tempête hivernale.

L'arrivée impromptue de la mère de son mari n'avait rien d'inhabituel, et, au cours des années, Malta s'y était faite. Sa chambre était indépendante, mais elle faisait partie de la demeure ancestrale de Reyn : toutes les pièces de l'arbre appartenaient à la « maison » de Jani Khuprus, tout comme la chambre de Malta à Terrilville était incluse dans la résidence de sa mère. Pour Jani, il ne s'agissait pas d'une visite, mais d'une promenade dans un couloir, même si ce couloir était un passage aérien qui suivait la longueur d'une branche immense.

Des générations plus tôt, quand le Gouverneur de Jamaillia avait commencé à exiler les « criminels » dans le désert des Pluies, les aïeux de Reyn avaient

188

choisi cet arbre ; les solides basses branches qui accueillaient jadis leurs premières habitations supportaient désormais leurs bureaux de comptes et leurs magasins de commerce, les boutiques où les objets anciens étaient nettoyés puis étudiés pour en découvrir la magie, les zones artisanales où les scieurs débitaient autrefois les billes de bois-sorcier en planches, et les entrepôts où, aujourd'hui encore, on exposait les marchandises en attendant les acheteurs. Sur l'étage supérieur des branches se trouvaient les pièces à vivre de la famille : un grand salon de réception en bois massif qui entourait tout le tronc, aussi solidement bâti qu'une résidence de Terrilville, et, au-delà, rayonnant depuis l'arbre central, des bureaux et des petits salons, des chambres et des salles de couture, des chambres pour les invités, des salles de bains et des salons de jeu. Chaque pièce était indépendante des autres, certaines construites sur la fourche d'une branche, d'autres accrochées comme des cages à oiseaux pour capter le soleil et la brise, toutes reliées par des voies qui suivaient les membres des arbres ou des passerelles et des chariots suspendus.

À mesure que les ans s'écoulaient et que l'arbre comme la famille gagnait de nouvelles branches et de nouveaux rameaux, les Khuprus avaient ajouté de nouvelles pièces qui s'aventuraient toujours plus haut le long du tronc familial. Malta et Reyn habitaient dans un joli ensemble de pièces bâties près du tronc et à un seul étage d'écart avec Jani. Même selon les critères de Terrilville, leurs appartements étaient vastes et bien aménagés ; certes, en guise de couloirs pour desservir les différentes chambres et salons, ils n'avaient que les voies et les passerelles qui suivaient les branches ou s'étiraient de l'une à l'autre, mais Malta s'y était habituée. Elle s'y sentait chez elle, et même les passages imprévus des parents de Reyn lui paraissaient normaux.

Jani avait haussé les sourcils en voyant le coffre de voyage débordant de sa belle-fille. « Tout ça pour un déplacement de quelques jours ? »

Malta eut un petit rire gêné. « Je ne sais pas voyager léger, et ça exaspère Reyn, j'en ai conscience ; mais j'ignore toujours comment je devrai me vêtir, d'autant plus que nous participerons au Conseil des Marchands de Cassaric. J'irai peut-être à certaines des réunions auxquelles il devra assister, et il faudra que je me présente sous l'aspect qu'il attendra de moi. J'ignore si je devrai avoir un air royal et intimidant ou bien simple et accessible.

— Royal et intimidant, déclara Jani. Tous les membres de ce Conseil sont des parvenus pleins d'eux-mêmes. Le Conseil du désert des Pluies a commis une bêtise en autorisant les habitants de Cassaric à former le leur : ça leur a donné un sentiment erroné de leur propre importance. Si vous accompagnez Reyn à leurs réunions, ne vous laissez pas impressionner : écrasez-les d'entrée et ne leur permettez pas d'oser vous dicter leurs conditions. Prenez le pouvoir et gardez-le du début jusqu'à la fin.

— J'ai bien peur que vous n'ayez raison ; ils sont tellement avides de faire du profit qu'ils en oublient que les traditions des Marchands privilégient la franchise et l'équité.

— Portez vos pierres de feu, et de façon ostentatoire, ainsi que votre manteau d'Ancien. Rappelez-leur que vous descendez d'une des premières familles Marchandes du désert des Pluies, exigez qu'ils vous traitent avec respect, Reyn et vous, et, en ce qui concerne les fouilles, qu'ils se souviennent que nous avons été parmi les premiers à risquer nos vies dans les excavations de Trehaug. Nous avons payé notre écot, et nous avons le droit de réclamer ce que nous demandons. Qu'ils n'oublient pas qu'ils ont passé un accord avec Tintaglia et qu'un jour la reine dragon pourrait bien exiger de leur part des comptes sur ce qu'ils ont fait pour ses congénères.

— Ou ce qu'ils n'ont pas fait. Je m'inquiète que nous n'ayons aucune nouvelle du *Mataf*. J'ai fait parvenir un message au Conseil pour demander s'il comptait envoyer un autre bateau pour découvrir ce que devenait l'expédition, mais on m'a répondu qu'il n'y avait pour le moment aucun navire disponible pour cette mission. » Malta poussa un grand soupir et se laissa tomber sur le lit. Reyn avait surélevé le châlit de façon qu'elle pût s'asseoir et se relever plus facilement ; elle resta un moment ainsi à reprendre son souffle tandis que Jani la regardait sans rien dire. Malta sourit. « Vous n'allez pas me rappeler que je suis enceinte ? Ni me demander pourquoi je choisis précisément cette époque de l'année pour voyager ? »

Jani lui rendit son sourire, et les fines écailles de son visage se plissèrent. « Je connais vos réponses

191

aussi bien que vous connaissez mes questions. Plus votre terme approche, plus vous souhaitez rester près de Reyn, et j'en suis heureuse ; cependant, vous savez comme moi que vous prenez un risque ; nous avons toutes deux connu l'expérience des fausses couches à plusieurs reprises, et nous savons qu'elles se produisent de façon imprévisible. Nous avons vu des femmes qui s'alitaient dès le premier mois et ne bougaient pas plus que des gangues de dragons dans l'espoir de préserver ce qui grandissait en elles. » Jani soupira soudain. « Et nous les avons vues perdre leur enfant malgré tout, ou donner le jour à un être si faible ou si marqué par le désert des Pluies qu'il était impossible de lui permettre de vivre. Vous avez le choix, comme je l'avais, de continuer à mener une existence active, de vous déplacer, de travailler, sans aucune garantie que votre enfant sera robuste ; mais je sais pour l'avoir vécu que cela vaut mieux qu'attendre immobile dans une chambre plongée dans la pénombre en se rongeant les sangs pendant de longs mois. »

Elle se tut comme si elle venait de se rendre compte que ni Malta ni elle n'avaient envie de songer de nouveau aux aspects les plus sombres d'une grossesse, et elle changea brusquement de sujet. « Ainsi, vous allez à Cassaric avec Reyn ; il m'a dit vouloir s'entretenir avec les Vargus sur leur façon de fouiller notre site : il a entendu des rumeurs selon lesquelles ils vont trop vite, sans prendre le temps de renforcer les tunnels, et il craint qu'ils ne placent un profit rapide au-dessus de la vie humaine ; ce n'était pas l'accord que nous avions passé en nous associant avec eux.

— C'est encore pire, confirma Malta, heureuse de parler d'autre chose. D'après Reyn, ils se servent de Tatoués pour creuser ; ils les paient mal et ne se préoccupent pas autant de leur sécurité que s'ils étaient nés dans le désert des Pluies ; ils ne touchent rien sur leurs trouvailles, si précieuses soient-elles, ni aucune prime pour les dangers qu'ils courent ; ils ne comprennent pas qu'une cité ancienne renferme des menaces plus étranges et plus grandes que les éboulements et les inondations. Les Marchands Vargus les envoient là où seuls doivent se rendre des fouilleurs aguerris, qui connaissent à la fois le travail d'excavation et les dangers de la cité.

— J'en ai entendu parler, fit Jani, l'air mal à l'aise. Cela pousse les ouvriers au vol et à la négligence ; s'ils ne touchent que leur salaire de la journée comme récompense pour une salle bien déblayée, pourquoi avanceraient-ils avec précaution et noteraient-ils méticuleusement ce qu'ils trouvent ? Si les Marchands Vargus les traitent à peine mieux que des esclaves, pourquoi se comporteraient-ils mieux que des esclaves ? Mais j'ai aussi entendu ce que disent les Tatoués. Nous leur avons promis que nous les accueillerions, que nous les intégrerions, qu'ils ne seraient pas des citoyens de seconde classe, qu'ils pourraient vivre parmi nous, se marier parmi nous, et, du moins l'espérions-nous, avoir des enfants sains qui repeupleraient nos villes. » Elle hocha la tête, une expression amère sur les traits. « Nous voyons aujourd'hui où cela nous a menés. Certains Marchands comme les Vargus les traitent mal et ne les emploient que

193

pour les travaux physiques ; du coup, beaucoup de Tatoués restent entre eux, dans leurs propres quartiers de la ville, et ne participent pas à l'entretien des voies et des passerelles publiques ; ils se marient entre eux et produisent quantité d'enfants tandis que notre population continue à décroître. Ils ont une espérance de vie supérieure à la nôtre de plusieurs décennies, et ils ne respectent pas nos coutumes. Cela n'aboutit qu'à exacerber les rancœurs, car les familles établies du désert des Pluies redoutent que ces nouveaux venus ne les déplacent. » Elle soupira de nouveau, plus profondément, puis poursuivit : « C'est moi qui suis à l'origine de leur immigration. À l'époque sombre de la guerre avec Chalcède, l'idée a paru excellente, et tout le monde devait en tirer profit ; quand j'ai dit aux arrivants qu'ils pouvaient vivre parmi nous, et que leurs tatouages ne seraient plus une marque d'infamie mais un simple dessin sur leur peau, j'ai cru qu'ils accepteraient aussi les changements que le désert des Pluies provoque chez nous, qu'ils comprendraient que ces phénomènes, comme chez eux, ne touchent que notre apparence.

— Mais ça ne s'est pas passé exactement comme prévu », enchaîna Malta. Elle percevait le sentiment de culpabilité qui perçait dans la voix de Jani ; c'était une conversation qu'elles avaient déjà eue à plusieurs reprises, où sa belle-mère revenait sur les tractations qu'elle avait menées et se demandait où elle s'était fourvoyée. Malta tendit la main pour prendre une paire de bas, qu'elle roula lentement en boule. « Jani, ce n'est pas votre faute. À l'époque, c'était une solu-

194

tion qui paraissait parfaite pour eux comme pour nous. Vous avez négocié de bonne foi, et nul ne peut vous reprocher que ça n'ait pas tourné comme vous l'entendiez. Nous ne pouvons pas les obliger à s'intégrer à nous, mais ils finiront par y venir, nous le savons tous ; déjà, le désert des Pluies en a marqué certains, même si ce n'est pas aussi visible que chez nos premiers colons. Parmi les Tatoués qui sont arrivés ici adultes, quelques-uns ont commencé à se couvrir d'écailles le temps passant, et le phénomène s'est accentué chez leurs enfants, qui naissent avec des éclats cuivrés dans les yeux et une luisance de la peau qui annonce un granité plus tard dans leur vie. Ils appartiendront au désert des Pluies, qu'ils le veuillent ou non. » Malta posa les pieds par terre et se leva. Ses reins protestèrent, et, par réflexe, elle plaça les mains sous son ventre pour le soutenir.

Jani sourit. « Votre enfant aussi, Malta Vestrit Khuprus. »

Le sourire de sa belle-fille fut plus mince. Elle se détourna en hâte et laissa tomber les bas roulés en boule dans son coffre, puis revint à sa garde-robe et chercha un manteau d'hiver pour compléter ses bagages. Les larmes lui piquaient les yeux, et elle ne voulait pas que la mère de Reyn les vît.

Celle-ci dit doucement : « Parfois, se confier d'une peur ou d'une peine permet de l'atténuer.

— Bah ! fit Malta en s'efforçant de s'exprimer d'un ton dégagé, ce que lui interdit sa gorge nouée. C'est seulement ce qu'a dit la sage-femme hier quand je suis allée la voir.

195

— Koli est une de nos meilleures sages-femmes ; il y a des années qu'elle aide nos femmes à accoucher.

— Je sais ; c'est seulement qu'elle s'exprime parfois brutalement sur nos chances de survie, sur ce qu'elle pense de notre volonté d'avoir des enfants. » Malta fouilla la garde-robe et trouva le manteau qu'elle cherchait, rouge, bordé d'argent et doux sur la peau. Elle le porta à sa joue. « Elle dit qu'on peut espérer le meilleur, mais qu'il faut se préparer au pire, que nous devons dès maintenant décider de ce que nous ferons si l'enfant vit mais qu'il est si marqué que sa survie est improbable. » Elle tâcha de prendre une voix plus égale. « Si on le souhaite, elle peut étouffer ou noyer l'enfant dans de l'eau tiède avant de l'abandonner aux animaux sauvages ; elle peut nous le montrer mort pour lui dire adieu, ou bien on peut la laisser le faire disparaître comme elle l'entend et ne plus jamais en parler. Si on choisit cette solution, on n'a pas à savoir s'il respirait à la naissance ou s'il était mort-né. » Malgré sa résolution, sa voix tremblait. « Elle affirme que seule la mère peut faire ce choix, mais je ne peux pas, Jani ; je ne peux pas. Chaque fois que je la vois, elle me presse de répondre. » Malta serrait le manteau contre elle comme si c'était un enfant qu'on voulait lui arracher des bras. « Mais je ne peux pas.

— C'est son travail, murmura sa belle-mère. À force de le faire pendant des années, ça l'a endurcie par certains côtés. Ne prêtez pas attention à ce qu'elle dit : c'est pour ses mains et son talent que nous la paierons, non pour ses opinions.

— Je sais. » Malta avait répondu d'une voix à peine audible. Elle ne voulait pas songer aux autres propos de la vieille pessimiste ; elle était peut-être douée comme sage-femme, mais c'était une vieille aigrie et méchante sans rejeton vivant à elle, et elle avait des mots si durs que Malta se refusait à les répéter à son mari ou à sa belle-mère. « Vous n'avez pas le droit d'essayer d'avoir un enfant ; son frère Bendir a déjà un héritier. Pourquoi en faire un autre ? Vous savez que ce sera un monstre ; toutes les fausses couches et tous les enfants mort-nés que vous avez eus étaient des monstres. » Il était difficile de faire la sourde oreille quand les accusations portées étaient si vraies.

Malta étouffa un sanglot. *Cesse de te conduire comme une idiote ! Tout le monde disait qu'être enceinte rend les femmes sensibles aux émotions. Concentre-toi sur ce que tu fais : tes bagages.* Elle allait se rendre à Cassaric avec son époux, dont la sœur, Tillamon, les accompagnerait pour passer voir une de ses amies d'enfance qui avait déménagé. Ce serait un trajet agréable d'un après-midi sur le fleuve, l'occasion de sortir de la maison et de jouir de la présence de Reyn pendant une journée entière. *Choisis un manteau chaud : il fera froid et pluvieux sur le fleuve.*

À côté du manteau rouge en pendait un autre, un de ses préférés, noir avec des dragons en vol brodés en fil vert, bleu et rouge. C'était un cadeau d'un tisserand de Jamaillia à l'époque où Reyn et elle étaient les invités du Gouverneur, qui les gratifiait des titres de « roi » et « reine » des Anciens ; Tintaglia elle

197

aussi les désignait comme « Anciens », mais les dragons n'étaient pas plus sincères que les humains et ne rechignaient pas à leur dire ce qui leur faisait plaisir. Certains jours, Malta doutait de son statut d'Ancienne ; peut-être Reyn, elle-même, voire Selden subissaient-ils simplement les changements du désert des Pluies et avaient-ils la chance que ces modifications leur eussent donné une beauté exotique. Alors, Anciens, peut-être ; mais ils n'avaient jamais été les souverains de rien, sinon dans les fantasmes adolescents du Gouverneur.

Après leur « grande aventure » dans les îles Pirates, après qu'elle avait sauvé la triste vie du Gouverneur si souvent qu'elle en avait perdu le compte, il avait pris plaisir à les présenter, Reyn et elle, à sa cour comme des souverains Anciens ; à l'époque, elle avait apprécié les attentions et le luxe dont ils jouissaient : après plusieurs années de privations, Malta rêvait de jolies babioles, de beaux vêtements et de fêtes extravagantes. Mais l'hommage que leur rendait le Gouverneur allait bien au-delà : la noblesse jamaillienne les avait inondés de louanges et de présents, on avait composé des chansons en leur honneur, on avait créé des tapisseries et des vitraux pour commémorer leur visite, et on avait inventé des plats exotiques, de prétendues friandises anciennes. Ce n'était qu'une illusion, une bulle de savon, quelques mois de la vie qu'elle avait imaginé pouvoir vivre : bals, dîners, bijoux, banquets, parfums et pièces de théâtre… Elle s'étonnait encore que Reyn et elle eussent pu finir par s'en lasser et avoir envie de rentrer chez eux pour se marier et commencer leur vie ensemble. Elle décrocha le man-

198

teau de son cintre et le posa délicatement sur son bras ; le parfum éteint d'un bal d'autrefois monta de ses plis, l'emportant dans le souvenir d'une danse tournoyante entre les bras du beau jeune homme qui devait devenir son époux.

Les larmes qui la menaçaient un moment plus tôt s'étaient taries.

« Ah ! Voilà le sourire qui a conquis le cœur de mon garçon ! dit Jani avec affection.

— Que je me sens bête ! Un instant, les larmes me piquent les yeux, et le suivant je nage dans le bonheur ! »

Sa belle-mère éclata de rire. « Vous êtes enceinte, mon enfant, c'est tout !

— C'est tout ? » lança Reyn d'un ton faussement outré en entrant dans la pièce, accompagné d'une rafale de vent. Il referma la porte sur la poussée glaciale de l'hiver. « C'est tout, mère ? Comment pouvez-vous dire ça alors que nous entendons depuis des années : "Il n'y a rien de plus important ! Faites-nous un autre petit Khuprus, ma chère Malta ! Remplis-sez les coffres de la famille avec un ou deux héritiers !"

— Allons, je ne suis pas si mauvaise mère que ça ! s'exclama Jani Khuprus.

— À t'écouter, j'ai l'impression d'être une vache gravide ! fit Malta.

— Ah, mais quelle jolie petite vache ! Une petite vache qui va finir par nous mettre en retard si elle ne finit pas tout de suite ses bagages et ne m'accom-pagne pas au bateau.

— Monsieur, vous êtes un rustre ! » Le ton outragé de Malta fut gâché par son rire.

199

« Cet enfant n'a aucune éducation ! » dit Jani tout en donnant une tape affectueuse à son fils. « Cesse de la taquiner. Elle a un beau ventre, dont tu devrais être fier !

— Mais j'en suis fier », affirma-t-il en appliquant les mains de part et d'autre du ventre de Malta ; ses yeux brillaient d'une telle tendresse qu'elle sentit le rouge lui monter aux joues, et que Jani se détourna discrètement comme si ce qui se passait entre les deux jeunes gens était trop intime pour qu'elle pût en être le témoin.

« Je trouverai quelqu'un pour transporter vos coffres au bateau. Veille sur Malta, mon fils, et pas seulement le temps de descendre jusqu'aux quais.

— C'est promis ; je veille toujours sur elle », répondit-il, et c'est à peine si lui ou Malta remarquèrent que la porte se refermait sur Jani. Néanmoins, dès qu'il entendit la clenche tomber, Reyn se pencha par-dessus le ventre de Malta pour poser doucement ses lèvres sur celles de sa femme et il l'embrassa longuement, aussi tendre et passionné qu'un nouveau marié, jusqu'au moment où elle rompit le baiser et plaça la tête sur la poitrine de Reyn. Il caressa ses cheveux d'or puis laissa sa main descendre sur son front, où ses doigts effleurèrent la couronne rouge qui la désignait comme Ancienne. Elle frémit à son contact, et, avec un doux reproche, s'écarta.

« Je sais. » Il soupira. « Pas tant que ça risque de faire du mal à l'enfant ou de précipiter sa naissance. J'attendrai ; mais je ne veux pas que tu croies que j'attends avec patience ! »

Elle rit tout bas et quitta ses bras. « Alors sois patient aujourd'hui et laisse-moi choisir ce que je dois emporter.

— Pas le temps. » Il s'approcha de la garde-robe, en examina le contenu puis, d'un geste vif, saisit une brassée de vêtements et les déposa dans le coffre de voyage. Comme Malta poussait une vaine protestation, il les enfonça et ferma le couvercle. « Là ! Fini ! Et maintenant, je t'enlève ; nous emprunterons les monte-charge plutôt que les escaliers, or tu sais comme ils sont lents.

— Je pourrais me débrouiller dans les escaliers », dit Malta d'un ton vexé, mais elle était secrètement soulagée de sa sollicitude. Elle se sentait malhabile, et elle avait souvent les pieds gonflés et sensibles.

« Allons-y. Je suis sûr d'avoir emporté assez d'habits différents, et, sinon, il y a toujours le premier coffre qui a été transporté sur le bateau ce matin.

— Il ne contient que les affaires du bébé, au cas où il arriverait par surprise à Cassaric. Et Tillamon ? A-t-elle fini ses bagages ?

— Ma sœur nous attend au monte-charge. »

Malta jeta un regard nostalgique à sa garde-robe, mais Reyn lui prit la main, la lui passa fermement dans le creux de son bras, et ouvrit la porte. Devant le pli grave de sa bouche, Malta jugea qu'il était temps de jouer l'épouse soumise. Elle n'attrapa au vol qu'un manteau supplémentaire qu'elle mit sur ses épaules tandis que son époux la conduisait dehors.

Même par beau temps, la lumière du soleil ne parvenait guère jusqu'au niveau d'habitation de l'arbre

201

familial ; les jours gris d'hiver comme aujourd'hui, c'était le crépuscule qui régnait. Dans les hauts sommets, le vent agitait la forêt, mais Malta le savait seulement à cause des nuées de feuilles et d'aiguilles qui tombaient de temps en temps. La plupart des arbres caduques étaient déjà nus, mais cette région du désert des Pluies comptait assez de conifères pour abriter les habitants de la ville de tout sauf des orages les plus torrentiels.

Les monte-charge étaient des plates-formes avec des flancs en osier tressé qui se déplaçaient verticalement entre la voûte des arbres et le sol, manœuvrées par des hommes solidement musclés grâce à un système de cordes, de poulies et de contrepoids. Malta n'aimait pas s'en servir, mais elle ne redoutait plus d'y monter comme jadis ; et, à vrai dire, elle avait craint de devoir emprunter les escaliers qui descendaient en spirale le long des troncs et qui représentaient le seul autre moyen de gagner le plancher de la forêt.

Tillamon, vêtue d'un manteau, le visage dissimulé derrière un épais voile, les attendait. Malta se demanda pourquoi mais garda sa question pour elle ; Reyn, frère typique, ne fut pas aussi discret. « Pourquoi t'es-tu voilée comme pour un voyage à Terrilville ? »

L'intéressée le regarda à travers un masque de dentelle. « Descendre aux niveaux inférieurs, c'est presque comme se rendre à Terrilville, avec tous ces étrangers prêts à dévisager les gens ; et nous n'avons pas tous la chance, petit frère, d'être devenus plus beaux grâce à nos changements. »

Malta savait que la réprimande s'adressait à Reyn, non à elle, mais elle ne put s'empêcher de se sentir gênée. Depuis peu, elle avait pris conscience qu'elle possédait tout ce dont Tillamon rêvait ; elle avait un époux, elle attendait un enfant, et elle était indéniablement belle. Les métamorphoses que le désert des Pluies lui avait imposées avaient été clémentes : les fines écailles qui couvraient son visage étaient souples, avec des couleurs flatteuses ; elle avait acquis une taille qu'elle n'espérait pas, et des mains et des doigts longs et gracieux. Quand elle comparait ses traits avec le visage grenu de Tillamon et les multiples excroissances qui pendaient à sa mâchoire et à ses oreilles, elle avait peine à ne pas se sentir coupable de sa bonne fortune, même si les sœurs de Reyn ne lui en manifestaient aucune rancœur.

Elle prit place sur le monte-charge à la suite de sa belle-sœur et attendit que Reyn les rejoignît. Il tira sur la corde, et, très loin au-dessus d'eux, un préposé agita une clochette en réponse ; aussitôt monta d'en bas le sifflet de son équipier. Un court moment, la plate-forme demeura immobile en l'air, puis, avec un petit à-coup qui glaça le cœur de Malta, ils se mirent à descendre.

L'appareil filait trop vite au goût de la jeune femme ; par réflexe, elle agrippa le bras de son mari, et ce lui fut un soulagement quand ils parvinrent au bout de la première section de la descente et quittèrent la plateforme pour embarquer sur la suivante. « Moins vite, je vous prie », demanda Reyn au préposé d'un ton grave, et l'homme acquiesça de la tête. Malta nota

203

que c'était un Tatoué et que son regard s'attardait avec curiosité sur le voile de Tillamon ; celle-ci s'en aperçut aussi, car elle se détourna pour contempler la forêt, et attendit qu'ils fussent à nouveau en mouvement pour dire : « Parfois, j'ai l'impression que c'est moi l'étrangère ici, quand on me dévisage ainsi.

— Il est ignorant ; il apprendra, répondit Reyn.

— Quand ? lança sa sœur d'un ton acerbe.

— Peut-être quand il aura un enfant marqué par le désert des Pluies », murmura Malta.

Son mari la regarda, étonné, mais Tillamon partit d'un rire amer. « Et qu'apprendra-t-il ? À tuer les enfants qui n'ont aucun espoir de devenir beaux ? Mais j'étais belle à la naissance, moi ! Mes changements sont survenus très tôt, et aujourd'hui je marche dans la mort : il n'y aura jamais de mariage pour moi, jamais d'enfant. Cet homme me regarde grossièrement, mais mes compatriotes détournent les yeux. Je devrais peut-être me réjouir que quelqu'un, au moins, me voie.

— Tillamon ! Mais je te vois ! Je t'aime ! » Reyn était atterré. Il posa une main sur l'épaule de sa sœur, mais elle ne réagit pas. Sa voix était étouffée par son voile.

« Tu m'aimes, petit frère, mais me vois-tu vraiment ? Vois-tu ce que je deviens ?

— Je ne sais pas ce... » Reyn s'interrompit : le monte-charge était arrivé à l'arrêt suivant, et Tillamon avait levé une main gantée pour intimer le silence à son frère.

Malta sentit une vague de désespoir l'envahir : elle ignorait quoi dire à sa belle-sœur, mais, comme ils passaient à la plate-forme suivante, elle lui prit la main sans un mot.

Alors que le monte-charge s'ébranlait, Reyn déclara : « Tillamon, je… » Mais sa sœur le coupa. « Tu devrais éviter de parler de sujets inquiétants, tu sais. Tant que Malta est enceinte, elle ne doit entretenir que des pensées calmes et plaisantes. » Et elle pressa doucement la main de la jeune femme avant de la relâcher.

À l'évidence, elle souhaitait changer de conversation, et Malta ne fut que trop heureuse d'aller dans son sens. « Regardez, en bas des arbres ; est-ce notre bateau ? » C'était un navire long et étroit, avec de nombreux rameurs, conçu pour trancher le courant contraire du fleuve. À l'arrière se dressait une petite cabine pour les passagers, et tout le milieu était occupé par un pont allongé pour le fret. À la poupe, un individu solidement bâti s'accoudait, l'air oisif, sur l'aviron qui servait de gouvernail au bateau. Il avait l'air de s'ennuyer.

« C'est le *Serpent du Fleuve*, et il nous attend, en effet. » Il y avait du soulagement dans la voix de Reyn : lui aussi préférait penser à des choses agréables. Peut-être sa sœur le lui permettrait-elle pendant quelque temps.

Tillamon demanda : « S'agit-il d'un de ces nouveaux bateaux dont on m'a parlé ? Ces modèles de Terrilville capables de supporter l'eau du fleuve aussi bien que les vivenefs ?

205

— Non, il a été fabriqué ici et il a un équipage du désert des Pluies ; mais tu verras peut-être un des navires de Terrilville avant notre retour. J'ai entendu dire que l'un d'eux fait le tour des cités du désert des Pluies pour montrer qu'il est parfaitement étanche à l'acide et qu'il peut se déplacer rapidement même dans les chenaux les moins profonds. C'est ainsi que le constructeur jamaillien l'appelle : le bateau étanche. Celui dont je parle doit s'arrêter à Trehaug puis continuer sur Cassaric. Tu le sais, ce passage est un goulot d'étranglement pour les mouvements de marchandises ; les écluses que nous avions fabriquées pour aider les serpents à gagner Cassaric sont presque complètement détruites aujourd'hui, emportées par les crues d'hiver, et les vivenefs à grand tirant d'eau ne peuvent pas franchir ce secteur du fleuve. Un transport de fret capable de passer les hauts-fonds sans s'émietter au bout de cinq ou six trajets révolutionnerait le commerce le long du fleuve.

— Et il est fabriqué à Terrilville ?

— Oui ; enfin, celui dont il est question. C'est un type des îles Pirates qui a inventé la formule pour le revêtement de la coque, si bien que l'entreprise se fera en collaboration ; il paraît que c'est un constructeur naval de Jamaillia qui la finance.

— Ah ! » La voix de Tillamon devint atone. « Donc, quand ces navires sillonneront nos eaux, il y aura plus de Terrilvilliens, de Tatoués et de Jamailliens que jamais dans le désert des Pluies. »

Reyn eut l'air saisi. « Euh… oui, sans doute.

— Ce n'est pas une amélioration », dit la jeune femme d'un ton catégorique, et elle quitta le monte-charge d'un pas vif quand il s'arrêta au palier suivant.

Une dernière descente les amena jusqu'au sol et les déposa sur un trottoir en bois. Malta éprouvait une impression curieuse à marcher sur une surface stable, même si elle se réjouissait d'avoir quitté la plate-forme élévatrice. Reyn lui prit le bras et la mena vers le bateau, Tillamon sur leurs talons. Malta entendit un choc sourd derrière elle ; elle se retourna et vit un monte-charge rapide arriver avec son coffre. Le domestique qui l'accompagnait le chargea sur son épaule et suivit le trio. « J'espère qu'on aura gardé de la place sur le pont », dit-elle, et Reyn répondit : « Nous sommes les seuls passagers aujourd'hui, et le navire n'embarque pas une grosse cargaison ; il y aura toute la place voulue. »

Pour Malta, quitter l'ombre éternelle de la forêt pour entrer dans l'éclat du soleil fut un choc presque aussi violent que poser le pied sur la terre ferme. *Je deviens en tout une véritable habitante du désert des Pluies*, se dit-elle. Elle examina la peau finement écailleuse de sa main. *En tout*. La brise du fleuve la toucha, et elle resserra son manteau sur elle.

Le capitaine du *Serpent du Fleuve* avait du fret à livrer, et il était pressé de se mettre en route. Malta, Reyn et Tillamon eurent à peine le temps de pénétrer dans la cabine qu'il donna l'ordre à l'équipage de larguer les amarres ; en quelques instants, les rameurs dégagèrent le bateau et le lancèrent dans le courant. Malta s'assit avec soulagement sur un des bancs

207

capitonnés, le long des cloisons de la cabine, mais Tillamon resta debout près du hublot d'arrière et regarda dehors avec une mine nostalgique. « Il y a si longtemps que je n'ai pas quitté la maison, une éternité que je n'ai pas senti le soleil sur mon visage.

— Tu n'as pas besoin de ma permission, dit Reyn.

— Je n'en ai jamais eu besoin ; il faut seulement que je trouve le courage d'agir, c'est tout. »

Malta suivit son regard. Au bout du pont se situait la zone d'opération du timonier ; l'homme faisait décrire de grands arcs réguliers à sa godille, l'immobilisant quand le capitaine demandait une correction de cap. Il y avait une étrange beauté dans ses gestes, dans leur force et leur assurance. On ne sait comment, il s'aperçut que les deux femmes l'observaient, et il se tourna vers la cabine ; il avait le visage grenu, si bien que son front surplombait ses yeux, et un chapelet d'excroissances courait le long de sa mâchoire, semblable aux barbes d'un poisson. « Je crois que je vais sortir », dit brusquement Tillamon. Elle souleva sa voilette, ôta le chapeau auquel elle était fixée, puis retira les longs gants qui lui couvraient les mains et les bras. Sans un mot, elle posa le tout sur le bac à côté de Malta et ouvrit la petite porte pour gagner le pont. Une rafale de vent froid l'accueillit, mais cela ne la détourna pas de son but, et elle alla aussitôt s'accouder au bastingage, le visage levé vers le soleil qui brillait dans une trouée des nuages.

Reyn écarta le chapeau, la voilette et les gants de sa sœur pour s'asseoir près de Malta. Elle posa la tête sur son épaule et savoura un instant de bonheur.

Le soleil dessinait un carré éclatant sur le plancher de la cabine ; les seuls bruits étaient ceux du bateau, le craquement des rames qui frappaient l'eau en rythme, et, de temps en temps, les ordres que criait le capitaine au timonier. Elle bâilla, prise d'une soudaine envie de dormir.

« Qu'est-ce donc que je ne vois pas chez ma sœur ? » demanda Reyn d'un ton plaintif. Il montra le chapeau et sa voilette. « Est-ce si terrible ? Quand je suis allé à Terrilville te faire la cour, je portais un voile tout aussi épais ; c'était la tradition.

— Une tradition née de la gêne, répondit Malta : on jugeait les ressortissants du désert des Pluies horribles à regarder, et c'est toujours le cas. Je vis parmi vous et je suis devenue l'une d'entre vous, mais je sais ce que sait Tillamon : si elle se promenait à visage découvert à Terrilville, les gens se retourneraient sur elle, et certains, même parmi les natifs de Terrilville, tiendraient des propos méchants ou moqueurs, ou se détourneraient avec horreur. Ils désirent les trésors du désert des Pluies mais ne veulent pas voir le prix qu'il en coûte pour ceux qui les leur fournissent.

— Tu me trouvais monstrueux la première fois que tu m'as vu, alors que j'allais voilé ? »

Elle rit tout bas. « J'étais une petite écervelée, à cette époque, la tête pleine d'histoires bizarres sur le désert des Pluies, et j'avais la conviction que ma mère, dans sa cruauté, m'avait vendue à une créature effrayante ; et puis je me suis aperçue que la créature effrayante était incroyablement riche, qu'elle m'apportait des centaines de jolis cadeaux, et qu'elle connaissait

209

quantité de compliments que j'avais hâte d'entendre. Du coup, tu es devenu mystérieux, inconnaissable et dangereusement désirable. »

Elle sourit et eut un petit mouvement spasmodique quand un frisson lui parcourut le dos.

« Qu'y a-t-il ? » demanda Reyn. Il reposa le chapeau de sa sœur et prit la main de Malta.

Elle éclata de rire, un peu embarrassée. « Je pensais à la première fois où tu m'as embrassée. Ma mère avait quitté la pièce, et les seuls domestiques présents étaient les tiens, tous voilés et occupés à diverses tâches. Tu t'es penché vers moi, et j'ai cru que tu voulais me dire un secret, mais tu m'as embrassée ; j'ai senti tes lèvres à travers la dentelle de ton voile, et, m'a-t-il semblé, le bout de ta langue. C'était… » Elle s'interrompit, surprise de se sentir rougir.

À mi-voix, Reyn acheva la phrase à sa place : « Très érotique. » Un sourire s'épanouit lentement sur ses lèvres, et ses yeux brillèrent du plaisir qu'il se remémorait. « Je voulais seulement te voler un baiser pendant que ta mère était absente ; je n'avais pas prévu que la barrière qui nous empêchait de nous toucher ne ferait qu'intensifier cet instant.

— Tu t'es conduit comme un malappris : tu n'avais pas le droit de m'embrasser. » Malta s'efforça de prendre un ton indigné, mais en vain, et elle sourit à son tour, avec une légère tristesse en songeant à la bécasse qu'elle était alors.

Reyn plaça la voilette de sa sœur devant son visage, et Malta ne distingua plus qu'à peine ses traits à travers les épaisseurs de dentelle noire. « Et

210

aujourd'hui, j'en ai le droit. Veux-tu que nous essayions à nouveau ?

— Reyn ! » s'exclama-t-elle, mais il se pencha vers elle, toujours dissimulé.

« C'est la plus belle voilette de Tillamon ! » objecta Malta. À cet instant, la dentelle lui effleura les lèvres, et elle ferma les yeux tandis que Reyn lui donnait un baiser, qui, tout chaste qu'il fût, la remporta dans le souvenir de leur prime passion.

Quand il s'écarta, il murmura d'une voix rauque : « Pourquoi l'interdit ajoute-t-il toujours une séduction supplémentaire ?

— Je ne sais pas, mais c'est vrai. » Elle posa la tête sur sa poitrine et demanda d'un ton espiègle : « Cela veut-il dire que, maintenant que tu as le droit de m'embrasser, je suis moins attirante ? »

Il rit. « Non. »

Ils restèrent un moment silencieux, heureux d'être ensemble. Les rameurs luttaient contre le courant, et le bateau roulait un peu. Malta regarda par le hublot : à l'arrière, le fleuve s'étendait, sa teinte grise devenue argent brillant sous le soleil. Tillamon était appuyée au bastingage, perdue dans ses pensées ; le vent faisait danser ses cheveux. De dos, on eût pu la prendre pour une simple jeune femme absorbée dans ses rêves ; mais de quoi rêvait-elle ? Que lui promettait l'avenir ? Que promettrait-il à l'enfant de Malta s'il était victime des mêmes métamorphoses ?

« Voilà que tu soupires à nouveau. Tu n'es pas bien ? » Reyn posa doucement la paume sur le ventre

211

de son épouse, et elle la recouvrit de ses mains. L'heure était venue, même si elle la redoutait.

« Il y a certains sujets difficiles qu'il faut que nous abordions, mon amour, des sujets dont nous n'avons envie de parler ni l'un ni l'autre. Mais il le faut. » Elle prit une grande inspiration, et puis, très vite, comme si elle arrachait un pansement d'une blessure, elle lui expliqua que la sage-femme exigeait qu'ils prissent une décision.

Il recula avec une expression d'horreur, qui fit rapidement place à de l'indignation. « Mais comment peut-elle te dire des choses pareilles ? Comment ose-t-elle ?

— Reyn ! » La colère qu'elle lisait dans ses yeux était à la fois rassurante et effrayante. « Ces questions, elle doit les poser ; mes autres grossesses n'ont pas tenu longtemps, tu te rappelles ? Elle savait qu'elles n'aboutiraient pas, je pense. Mais cette fois nous sentons l'enfant bouger, et chaque jour nous nous rapprochons d'une naissance. Cette décision, tous les parents du désert des Pluies et de Terrilville doivent l'affronter ; si dure qu'elle paraisse, elle s'est imposée à des générations d'habitants du désert des Pluies. » Elle reprit son souffle. « Alors, que dois-je lui répondre ? »

Reyn respirait fort, comme s'il s'apprêtait à un combat. « Ce que tu dois lui répondre ? Que je me moque pas mal de la tradition et du décorum ! Que je ne te quitterai pas un instant et que, dès que l'enfant sera né, je le prendrai dans mes bras et que je le garderai en sécurité. Et, si d'aventure Sâ devait nous le retirer,

212

je le pleurerai ; mais si quelqu'un d'autre le menace d'aucune façon, je tuerai celui ou celle qui voudra lui faire du mal. Voilà ce que tu peux lui répondre. Non : c'est ce que *je* vais lui répondre, à cette vieille sorcière qui se mêle de ce qui ne la regarde pas ! »

Il se leva brusquement et fit le tour de la petite pièce avant de s'arrêter devant le hublot, sans voir les arbres qui passaient au-dehors. « Tu doutais que je veuille protéger notre enfant ? » demanda-t-il à mi-voix. Il y avait de la peine dans ses yeux quand il se retourna vers elle. « Ou bien n'est-ce pas… » Il hésita. « N'est-ce pas ce que tu souhaites ? Si notre enfant naît changé, souhaites-tu le… l'écarter ? Le… » Sa voix mourut.

Malta était effarée. Le silence perdura, et la peine qu'exprimaient les traits de Reyn s'accrut. « Je ne pensais pas avoir le choix », dit-elle enfin. Les larmes lui étaient montées aux yeux, mais ne coulaient pas. « Ça se fait, même à Terrilville ; on en parle rare-ment. Quand j'étais petite, une femme enceinte dis-paraissait quelque temps puis elle revenait parfois avec un enfant, et parfois seule. Je ne me rappelle même pas à quel moment j'ai compris qu'on ne gar-dait pas tous les nouveau-nés ; toutes les filles l'apprenaient en grandissant, voilà tout. Quand les femmes en parlent, la plupart disent que c'est une bonne chose, que ça se passe très vite, avant que la mère ait eu le temps de connaître l'enfant et de s'y attacher. Mais… » Elle posa les mains sur son ventre et sentit le bébé qui s'agitait, comme s'il avait compris que ses parents décidaient de son sort.

213

« Mais mon petit, je le connais déjà ; je l'aime déjà, et je ne pense pas que le fait qu'il ait des écailles sur le front ou les ongles noirs me gênera. » Elle voulut sourire, mais les larmes jaillirent soudain de ses yeux. « J'ai si peur, Reyn ! Une nuit, j'ai rêvé que lorsque le travail commençait je m'enfuyais dans la forêt pour donner le jour à notre bébé, pour le garder en sécurité : à mon réveil, je me suis dit que c'était peut-être ce que je devais faire, et puis je me suis demandé ce que tu penserais de moi si je te ramenais un enfant changé et que je refuse de l'abandonner – ou bien ce que penserait ta mère. »

Elle renifla, et Reyn se précipita à ses côtés. Elle trouva un mouchoir dans sa poche et s'essuya les yeux. « J'ai vu certains gardiens des dragons : ce n'étaient que des enfants, et chacun d'eux ou presque était si marqué par le désert des Pluies que j'ai compris qu'ils avaient dû tous naître changés ; leurs parents les avaient gardés. Ils ont grandi et ils ont survécu ; ils ne peuvent peut-être pas se marier ni avoir d'enfants eux-mêmes, mais je me suis dit en les voyant : « Leur vie n'est pas inutile, et leurs parents ont bien fait de les garder, en dépit des réflexions des voisins. » Mais aujourd'hui je vois Tillamon malheureuse, je vois qu'on se retourne sur elle, et je sais que parfois des ignorants lui lancent des moqueries. Elle ne sort quasiment plus de la maison, pas même pour aller au marché, et elle va rarement chez ses amies. Elle n'est pas née changée, et elle n'a jamais rien fait pour mériter une punition ; et pourtant elle est punie. »

Le silence tomba ; tous deux regardaient la sœur de Reyn. Les nuages commençaient à recouvrir le soleil, et le jour s'assombrit soudain ; mais Tillamon resserra son manteau sur elle et offrit son visage au vent, comme si elle s'en désaltérait.

« Notre enfant naîtra peut-être sans aucune marque ; ou bien, étant donné que nous sommes devenus des Anciens, peut-être en sera-ce un aussi, avec des changements qui seront… »

Il hésita, et Malta enchaîna : « Beaux. Beaux et exotiques, comme les nôtres. La chance a voulu que les nôtres fassent sourire les gens – du moins naguère ; aujourd'hui, je lis autre chose sur leurs traits : de la rancœur. Les rumeurs disent que nous nous donnons des airs, que nous nous croyons supérieurs parce qu'un dragon a décidé de nous rendre avenants. Les Marchands n'aiment pas qu'une personne se veuille au-dessus des autres, Reyn ; certes, ils se verront toujours supérieurs aux Tatoués ou aux immigrants de Trois-Noues, et bien plus encore aux brutes de Chalcède ou aux barbares des Six-Duchés, mais beaucoup ont été irrités par le fait que le Gouverneur nous nomme "roi" et "reine". Ils ont alors dit que nous prenions au nom des Marchands des décisions que nous n'avions aucun droit de prendre, même si le Conseil les ratifiait par la suite. Certains nous en veulent, Reyn, tandis que d'autres aimeraient profiter de nous, tu le sais.

— Oui. » Il passa son bras sur les épaules de sa femme et l'attira contre lui. « Je n'ai pas dû réfléchir assez sur l'impact que ça aurait sur notre enfant. S'il naît marqué et que nous exigions de le garder, ça peut susciter des tensions dans la famille Khuprus, et il risque d'avoir du mal à trouver des camarades de jeu ; mais je ne me vois pas l'abandonnant à quelqu'un d'autre, ou le noyant moi-même. »

À ces mots, Malta réprima un sanglot.

Reyn se pencha vers elle. « N'aie pas peur, ma chérie. Quoi qu'il arrive, nous y ferons face ensemble ; je ne laisserai pas la tradition me prendre cet enfant. Si Sâ veut qu'il respire, il respirera, et nul n'éteindra son souffle, sinon Sâ lui-même ; je t'en fais la promesse. »

Malta ravala ses larmes. « Et moi aussi je t'en fais la promesse », dit-elle. Puis elle ferma les yeux en formant le vœu d'être capable de la tenir.

# Vingtième jour de la Lune du Changement

*Septième année de l'Alliance indépendante
des Marchands*

*De Detozi, Gardienne des Oiseaux, Trehaug,
à Reyall, Gardien remplaçant des Oiseaux, Terrilville*

*J'envoie cet oiseau seul afin de minimiser les risques. Le temps pluvieux et froid est plus rude que d'habitude, et nos pigeons tombent malades à une fréquence inquiétante. Veuille appliquer tout de suite des mesures de quarantaine à tous les oiseaux qui arrivent dans tes pigeonniers comme nous l'avons déjà fait ici. J'en ai choisi un apparemment en bonne santé pour porter le présent message ; certains de ceux qui sont malades ont l'air de souffrir d'une forme inhabituelle de poux rouges. Examine tes oiseaux et, si tu en trouves, mets aussitôt ceux qui en sont atteints à l'isolement.*

*Ce temps exécrable ne cessera-t-il donc jamais ?*

*Erek ronge son frein, car cette épidémie se produit alors qu'il est bloqué ici, à Trehaug, pour les préparatifs de notre mariage, et je compatis à son exaspération. Fais ton possible pour conserver ses pigeonniers et ses oiseaux en bon état jusqu'à son retour – car nous avons désormais le projet de nous installer à Terrilville, même si j'ai beaucoup de craintes sur l'accueil qui m'y sera réservé. Erek ne voit pas mes défauts ni les lourds stigmates que je porte du désert des Pluies. Quel homme !*

# 7

## Rêves de dragons

Sintara volait sans effort. Ses ailes rouges prenaient la chaleur qui montait des vastes champs de céréales et la soulevaient dans le ciel. En dessous d'elle, des moutons blancs et gras tondaient l'herbe d'une pâture ; comme l'ombre de la dragonne passait sur eux, ils s'égaillèrent, effrayés. Stupides créatures ! Elle ne voulait pas de leur laine collante entre ses crocs ; rares étaient ses congénères qui appréciaient de s'en repaître, sauf quand ils n'avaient pas envie de chasser, et Sintara suspectait que c'était la raison pour laquelle les humains élevaient tant d'ovins : les bovins étaient beaucoup plus appétissants aux yeux des dragons. Mais, pour une vraie chasseuse comme elle, fondre sur une proie enfermée dans un enclos n'offrait guère de satisfaction ; elle préférait de loin chercher son repas, quelque créature à cornes et de grande taille qui lui opposerait une vraie résistance, voire un combat avant que la reine n'emportât son repas.

219

Mais pas aujourd'hui. Elle s'était gorgée de viande la veille, et elle avait dormi longuement, tout un après-midi et une nuit ; à présent, c'était sa soif qu'elle voulait étancher, et ce n'était pas de sang ni de l'eau insipide du fleuve qu'elle avait envie. Elle vira et retourna survoler Kelsingra ; la place d'Argent était déserte, du moins d'autres dragons : elle s'y poserait, ce qui lui éviterait de devoir attendre son tour pour qu'un Ancien… fît quoi ? Quelque chose qu'elle voulait, qu'elle désirait ardemment mais qui lui échappait. Quelque chose de secret. Elle s'agita.

Elle n'était pas Sintara ; tout au fond de son sommeil, elle se cachait de sa faim grondante et de sa chair frigorifiée dans le souvenir d'un autre temps : une de ses ancêtres, rouge, avait tournoyé au-dessus de Kelsingra en cette époque d'abondance, par une journée ensoleillée ; elle connaissait non seulement la liberté de voler mais aussi l'amitié des Anciens à une période où ils vivaient en symbiose avec les dragons. C'était une ère de bonheur pour les deux espèces. Elle ne savait pas exactement ce qui y avait mis fin ; dans ses rêves, elle s'échappait d'un présent insatisfaisant pour explorer le passé en quête d'indications sur la façon de rétablir l'avenir tel qu'il devait être.

Une soudaine rafale de vent chargée de pluie la frappa et brisa son rêve. Elle ouvrit les yeux et se retrouva au milieu d'un orage, en pleine nuit ; Thymara lui avait bâti un abri fragile, sorte d'appentis en bouts de bois avec un toit en branches, et elle lui avait fabriqué une couche épaisse avec des rameaux de conifère qui l'isolait du sol, mais guère. La dragonne

220

avait grandi depuis la construction, et elle se trouvait désormais à l'étroit quand elle s'y blottissait ; sa gardienne eût dû voir plus grand, avec des murs plus consistants, peut-être couverts de boue, et une couverture plus étanche. Sintara le lui avait dit, mais la jeune fille avait réagi avec agacement et lui avait demandé combien de temps la dragonne tenait à se serrer la ceinture pendant qu'elle s'occupait de lui créer un abri. Au souvenir de cette réponse, Sintara sentit son irritation renaître : Thymara ne faisait jamais rien de bien, et obligeait la reine à mourir de froid dans un appentis mal construit pendant que la faim lui fouaillait les entrailles. Il n'y avait aucun plaisir dans son existence, rien que la faim, l'inconfort et des rêves frustrants.

Sintara sortit en rampant de l'abri. Il pleuvait ; elle avait l'impression qu'il pleuvait tout le temps. Les nuages couvraient la lune et les étoiles, mais elle agrandit les yeux et put y voir sans difficulté ; dans la forêt clairsemée, les gardiens avaient construit un village de refuges pour les dragons – comme s'ils étaient des humains qui doivent toujours s'agglutiner entre eux ! Les abris n'étaient ni solides ni destinés à durer, et le sien n'était pas pire que les autres, plutôt supérieur à la plupart, mais il lui évoquait une étable ou un chenil, gîtes qui convenaient à des bêtes et non aux seigneurs des trois règnes.

Certes, les gardiens n'étaient guère mieux lotis : ils s'étaient installés dans les ruines des habitations que fermiers et bergers avaient bâties autrefois sur la rive du fleuve ; il ne restait de certaines que des pans de

221

murs, mais les jeunes gens avaient réussi à les rendre à peu près logeables. Sintara les avaient entendus réfléchir et discuter ; ils pensaient trouver des logements plus confortables à Kelsingra, là où la cité avait résisté au temps et aux intempéries, à condition de parvenir à franchir le cours d'eau qui les en séparait. Ils eussent pu y aller l'un après l'autre, transportés par cette idiote de Gringalette qui paraissait se voir plus comme un cheval de trait que comme une dragonne, mais ils eussent dû pour cela abandonner les dragons.

Et ils ne l'avaient pas fait.

Elle s'en voulait du mince filet de reconnaissance qu'elle en éprouvait, émotion peu familière, qui la mettait mal à l'aise, et malvenue chez un dragon, surtout envers un humain. La reconnaissance impliquait une dette, or comment un dragon pouvait-il devoir quoi que ce fût à un humain ? Autant avoir une dette envers un pigeon ou un bout de viande.

Elle se protégea les yeux contre la pluie et chassa ses réflexions de son esprit tout en s'ébrouant pour faire tomber les gouttes d'eau de ses ailes. Il était temps ; le vent avait cessé, il faisait nuit et tout le monde dormait. Elle se déplaça sans bruit sur le tapis de feuilles mouillées et d'humus et descendit le versant pour se rendre sur une prairie face au fleuve.

Parvenue à destination, elle parcourut les environs d'un regard qui lui dévoilait la nuit ; rien ne bougeait. Le gibier d'une taille utile avait fui la région depuis des semaines, à l'arrivée des dragons et des gardiens : les créatures qui d'abord les suivaient des yeux avec

222

étonnement avaient vite appris que la peur était la réaction qui convenait. Elle avait la prairie pour elle seule ; loin en contrebas, le fleuve roulait un courant rapide, alimenté par les pluies, et son bruit emplissait la nuit malgré la distance ; large, noir, froid et profond, il était assez puissant pour entraîner une dragonne au fond et la noyer. Dans des souvenirs anciens, elle se voyait se poser dans ce même fleuve, et le choc de l'eau froide sur son corps chaud de soleil était presque bienvenu ; elle se rappelait l'eau qui amortissait l'impact, et elle-même qui se laissait couler, les ailes plaquées sur ses flancs, jusqu'au moment où elle sentait le sable et le gravier sous ses pattes ; alors, naseaux fermés, elle luttait contre le courant pour sortir des hauts-fonds et prendre pied sur la rive, ses écailles scintillantes de gouttes d'eau.

Mais c'étaient des souvenirs anciens ; aujourd'hui, d'après ce que rapportaient les gardiens, il ne restait rien de la berge sableuse, remplacée par une descente brutale dans une eau profonde au ras de la cité. Si elle tentait de s'envoler et chutait accidentellement dans le fleuve, elle risquait d'être prise dans le courant violent et de ne jamais en ressortir. Elle parcourut de nouveau les environs du regard : seuls parlaient le fleuve, le vent et la pluie. Elle était seule, sans témoin pour rire d'un échec.

Elle déploya ses ailes et les agita ; elles claquèrent avec un bruit humide, comme des voiles de bateau dans une tempête. L'espace d'un instant, elle se demanda comment elle savait cela, puis abandonna la recherche d'un renseignement aussi futile : tous les

223

souvenirs ne méritaient pas qu'on les préservât, et pourtant ils étaient là. Elle fit bouger lentement ses ailes, les étira, éprouva chacune de leurs nervures terminées par des griffes, puis elle les leva pour sentir la pression du vent contre elles. La droite était plus petite que la gauche, et plus faible. Comment voler avec une aile moins développée que l'autre ?

En compensant ; en renforçant les muscles ; en feignant qu'il s'agît d'une blessure reçue lors d'un combat ou à la chasse plutôt que d'un défaut dont elle souffrait depuis sa sortie du cocon.

Elle ouvrit ses ailes et les referma plusieurs fois de suite, puis les agita aussi énergiquement qu'elle le put sans heurter le sol. Dommage qu'elle ne disposât pas d'une falaise pour se lancer, ou au moins d'une hauteur dégagée ! Mais elle devrait se contenter de la prairie avec ses hautes herbes trempées. Elle repéra la direction du vent et entama une course maladroite dans la pente.

Ce n'était pas ainsi qu'un dragon apprenait à voler ! Si elle était née en bon état, elle eût effectué son premier vol dès cette époque, alors qu'elle était légère et mince et ses ailes trop grandes pour elle ; au lieu de cela, elle courait lourdement comme une vache en fuite, le corps pesant, avec des muscles adaptés à la marche, non au vol, et des ailes insuffisamment développées pour soulever sa masse. Profitant d'une rafale de vent, elle bondit en l'air en battant vigoureusement des ailes, mais elle n'avait pas assez d'altitude, et l'extrémité de son aile gauche se prit dans l'herbe haute, la faisant pivoter. Éperdument, elle s'efforça

224

de corriger sa trajectoire, mais ne parvint qu'à heurter le sol ; elle atterrit sur ses pattes, ébranlée et frustrée.

Et furieuse.

Elle fit demi-tour et remonta péniblement la pente. Elle allait essayer et réessayer jusqu'à ce que l'aube grisaillât le ciel et qu'il fût temps de regagner l'étable. Elle n'avait pas le choix.

*Quelque part*, songeait Alise, *il y a du ciel bleu, et une brise tiède.* Elle resserra son manteau élimé sur elle en regardant Gringalette se détourner d'elle et foncer dans l'avenue avant de s'élancer en l'air, ses grandes ailes rouges paraissant lutter contre la pluie du matin. La jeune femme se dit que la dragonne gagnait en grâce et en efficacité pour s'envoler ; elle grossissait aussi de jour en jour, et, de ce fait, devenait de plus en plus difficile à chevaucher. Il allait falloir convaincre Kanaï qu'il devait fabriquer un harnais pour sa dragonne, ou Alise devrait bientôt renoncer à visiter Kelsingra.

Une bourrasque de vent la poussa par-derrière, accompagnée d'une brusque averse de gouttes de pluie. Pluie, pluie, pluie ! Parfois, Alise avait l'impression que l'été et les jours chauds et secs n'existaient que dans son imagination. Mais rester plantée là à regarder la dragonne disparaître ne la réchaufferait pas et ne ferait pas avancer son travail ; elle tourna le dos au fleuve pour contempler sa cité.

Elle s'attendait à éprouver l'exaltation habituelle que lui procurait cette vue ; quand Gringalette la déposait et que la jeune femme voyait Kelsingra

225

étendue devant elle, elle ressentait un grand plaisir à l'idée du travail en perspective, et elle se répétait qu'elle ferait une découverte clé, elle exhumerait un objet qui lui donnerait un point de vue inédit sur les Anciens. Mais, aujourd'hui, nul plaisir anticipé. Elle regarda la large avenue qui filait devant elle, puis leva les yeux pour voir la cité tout entière ; mais, au lieu de caresser les hauts édifices, son regard s'accrochait aux dômes fracturés et aux murs écroulés. La ville antique était immense, et la mission qu'elle s'était donnée et qu'elle accomplissait avec ordre et discipline était désespérée. Elle ne l'achèverait pas, même si elle avait dix ans devant elle ; or elle ne les avait pas.

Mataf et le capitaine Leftrin naviguaient vers Cassaric ; une fois que le capitaine se serait présenté au Conseil, que la nouvelle de leur découverte se serait répandue du désert des Pluies à Terrilville, la cavalcade démarrerait : chasseurs de trésors, fils cadets, riches souhaitant s'enrichir davantage, pauvres espérant faire fortune, tous suivraient son retour. Rien n'arrêterait ce raz de marée, et, dès que les nouveaux venus poseraient le pied sur la berge, la cité commencerait à disparaître. Submergée par une vague de désespoir, elle les imagina, des pioches et des barres à mine sur l'épaule, des tonneaux et des caisses destinés à recevoir leurs trésors entassés sur la rive du fleuve. La vieille cité se réveillerait ; l'attraction du butin amènerait l'argent nécessaire pour reconstruire les quais et faire venir bateaux et commerçants. Une parodie de vie qui précéderait sa destruction.

226

Elle prit une grande inspiration et soupira. Elle ne pouvait pas sauver la cité ; elle pouvait seulement tâcher de la décrire telle qu'elle l'avait découverte.

Soudain, elle ressentit l'absence de Leftrin comme un vide effrayant, pire que celui de la faim. Il était parti depuis plus d'un mois, et nul ne savait quand il reviendrait ; il ne changerait rien à ce qui devait arriver, mais il avait passé du temps avec elle dans la cité, il avait vécu l'extraordinaire silence de la ville où rien ne bougeait, il avait foulé avec elle des rues où nul n'avait marché depuis l'époque des Anciens, et sa présence avait donné de la réalité à ce qu'Alise voyait. Depuis son départ, ce qu'elle découvrait, observait, notait lui paraissait moins substantiel, comme s'il manquait l'intérêt de Leftrin pour en confirmer la valeur.

Alise s'apprêta à tourner à gauche dans une rue plus étroite qui devait lui permettre de reprendre sa cartographie méticuleuse et son exploration de la ville à sa façon mécanique habituelle, et puis elle s'arrêta. Non, si elle allait par là, elle ne pénétrerait jamais dans les édifices les plus majestueux avant qu'on ne les pillât. Donc, changement de plan ; elle ne prendrait pas de notes et ne ferait pas de dessins aujourd'hui ; elle se contenterait d'explorer et irait là où son regard l'attirerait.

Elle retourna dans la grande avenue qui partait du fleuve et filait tout droit vers les lointaines montagnes. Elle avait le vent dans le dos, et la pluie lui faisait plisser les yeux ; tout en marchant, elle regardait à droite et à gauche, et elle s'interrompait à chaque

227

carrefour : il y avait tant de choses à explorer, à cataloguer, à enregistrer ! Parvenue au sommet d'une légère éminence, elle réfléchit et prit à droite.

Le long de cette large rue, les bâtiments étaient beaucoup plus imposants que les humbles demeures et les petites boutiques qu'elle avait visitées près du fleuve. La pluie rendait luisante la pierre noire dont ils étaient en grande partie constitués, et leurs veines d'argent brillaient ; nombre des linteaux et des colonnes étaient décorés ; ici, des piliers s'ornaient de plantes grimpantes sculptées, derrière lesquelles apparaissaient des animaux ; là, une entrée s'abritait sous une arche de pierre artistiquement ciselée en treille végétalisée.

L'édifice suivant avait un porche sous lequel elle s'abrita de la violence croissante de l'averse. Les colonnes étaient sculptées en forme de deux acrobates l'un sur les épaules de l'autre et soutenant le plafond ; de hautes portes au bois argenté et craquelé empêchaient Alise d'entrer ; elle exerça une légère poussée sur l'une d'elles en se demandant si quelque antique verrou la maintenait fermée, mais sa main traversa le bois pourri. Surprise, elle la retira puis se pencha pour regarder par le trou ; elle vit une antichambre close à son tour par une nouvelle double porte. Elle agrippa la poignée et tira, mais le lourd bouton en bronze s'arracha en partie du panneau ; épouvantée par les dégâts, elle le lâcha, et le bloc de métal tomba à ses pieds avec un tintement sonore. *Ah, bravo, Alise !* se dit-elle, acerbe.

Puis, comme le vent chargé de pluie hurlait de plus belle, elle se mit à détacher des blocs de bois de la porte jusqu'à ce qu'elle obtînt une ouverture assez large pour lui permettre de s'y introduire. De l'autre côté, elle se redressa et parcourut la salle du regard. Elle n'entendait plus la pluie, et le vent n'était plus qu'un chuchotement lointain ; la lumière du jour tombait en rectangles aux arêtes floues par les hautes fenêtres. Un tapis se désintégra sous ses pieds quand elle gagna le centre de l'antichambre. Elle leva les yeux : le plafond pullulait de dragons peints, certains avec des paniers ornés de rubans entre les serres, et, dans les paniers, des personnages aux vêtements colorés.

La double porte au fond de la pièce attira son attention ; elle se dirigea vers elle et la trouva en bien meilleur état que la précédente. Elle tourna la poignée en bronze brillant, et le battant pivota sans heurt, avec seulement un léger couinement.

La salle ainsi révélée présentait un sol en pente douce qui descendait vers une grande scène au centre d'une sorte d'amphithéâtre, comme une île entourée d'un espace désert, puis de bancs en gradins et enfin de chaises garnies de fantômes de coussins poussiéreux. Plus haut, des boxes à rideaux surplombaient majestueusement la scène ; la lumière tombait d'un dôme en verre épais, et la poussière accumulée depuis des siècles atténuait l'éclat du ciel couvert, incapable de dissiper les ombres figées dans les pourtours de la salle, comme des spectateurs indistincts qui se fussent pétrifiés à l'entrée d'Alise.

La jeune femme reprit son souffle et leva une main pour essuyer les gouttes de pluie qui alourdissaient ses cils. Elle savait que les silhouettes finiraient par disparaître ; elle comprenait peu à peu qu'il s'agissait d'une illusion créée par la pierre noire : parfois elle murmurait, parfois elle chantait tout haut, et d'autres fois encore, quand Alise tournait l'angle d'un couloir rapidement ou effleurait de la main un pan de mur, elle distinguait des gens, des chevaux, des carrioles, toute la vie que la cité se rappelait. Elle se frotta longuement les yeux puis parcourut de nouveau la salle du regard.

Les spectateurs l'observaient toujours dans l'ombre, la tête tournée vers elle. Leur tenue bigarrée proclamait leur profession : c'étaient des acrobates, des funambules, des jongleurs, des artistes comme on eût pu en trouver dans une troupe de la Fête de l'Été, ou se donnant en spectacle seuls lors du Grand Marché de Terrilville et rétribués par les pièces que leur jetaient les badauds. Ils se tenaient parfaitement immobiles, et, même quand elle se fut rendu compte que c'étaient des statues, elle leur adressa néanmoins un salut de la main. « Ohé ? »

L'écho de sa voix lui revint du fond de la salle. À l'autre bout de l'amphithéâtre, des rideaux qui dissimulaient un coffre cédèrent soudain et tombèrent au sol avec un bruit étouffé en une cascade de fils, de particules légères et de poussière. Alise sursauta, effrayée, puis resta tremblante, les mains serrées, à regarder les grains de poussière danser dans la maigre lumière. « Des statues, dit-elle tout haut. Rien que des statues. »

Avec un effort, elle se détourna et parcourut l'allée qui courait le long des sièges pour parvenir à la première des statues.

Elle avait cru que, de près, elles lui paraîtraient moins inquiétantes, mais elle se trompait. Chacune était sculptée et peinte de manière exquise ; un jongleur en bleu et vert avait été pris, deux balles dans une main et trois dans l'autre, la tête penchée, l'air étonné, ses yeux vert cuivre plissés par un début de sourire. Deux pas derrière lui, un acrobate était arrêté, une main tendue vers son acolyte, le menton contre la poitrine, et le regard tourné, curieux, vers les sièges vides ; sa partenaire, en habit à rayures jaunes et blanches comme lui, arborait une tignasse noire et bouclée, et ses lèvres dessinaient un sourire malicieux. Derrière le couple, un marcheur sur échasses était descendu de ses instruments de travail et les avait appuyés sur son épaule pour contempler la salle déserte ; il portait un masque d'oiseau et une coiffe élégante qui imitait une aigrette en plumes.

Alise continua d'avancer ; il n'y avait pas deux statues semblables. Ici, un mince adolescent posait le pied sur le genou de son partenaire pour monter sur ses épaules, là, un homme portait une flûte à ses lèvres, trois petits chiens noirs à ses pieds, tous debout sur les pattes arrière et prêts à danser. À côté se trouvait une jeune fille au visage et aux bras peints en blanc, dans une robe ornée de traits dorés à l'imitation de fils d'or ; dorée aussi était sa couronne de plumes

231

et de têtes de coqs, et elle tenait dans sa main un sceptre qui évoquait plutôt un plumeau. Derrière elle, des jumelles, aussi fines et musclées que des furets et vêtues seulement d'une jupe courte et colorée et d'un bandeau de tissu qui leur couvrait à peine la poitrine ; sur leurs bras, leur ventre et leurs jambes étaient peintes d'extravagantes figures convolutées bleues, rouges et or. Alise s'arrêta devant elles en se demandant si leurs motifs étaient tatoués ou s'il fallait les redessiner à chaque prestation ; elle n'avait aucun doute que chaque statue représentait un membre bien réel d'une troupe de saltimbanques qui s'était produite en spectacle dans l'amphithéâtre.

Achevant sa lente déambulation autour de la salle, elle se retrouva à son point de départ, au-dessus de la scène. Comment décrire ce qu'elle voyait, comment l'expliquer ? Et pourquoi se donner tout ce mal ? D'ici un an ou deux, toutes ces statues auraient disparu, emportées à Terrilville pour y être vendues au plus offrant. Alise secoua la tête, mais ne put chasser de son esprit l'affreuse image. « Je regrette, leur dit-elle à mi-voix. Je regrette tellement ! »

Comme elle s'apprêtait à faire demi-tour, elle remarqua un scintillement par terre ; elle frotta le sol du bout de sa botte enveloppée de tissu et découvrit une veine argentée aussi large que sa main. Elle s'agenouilla, ôta son gant usé, et, de la paume, épousseta la pierre ; au contact de sa peau, la rayure argentée s'éveilla aussitôt. Un éclat irradia dans toutes les directions en rubans qui émanaient du sol, illuminant les allées et fusant le long des murs pour encadrer le

232

dôme transparent dans un écheveau complexe de lumière argentée.

« De la jizdine, dit Alise tout bas, presque avec calme. J'ai déjà vu ça, ce métal qui s'illumine quand on le touche ; on en voyait souvent à Trehaug naguère. » Mais il ne devait pas ressembler à ce qu'elle avait sous les yeux : celui-ci était absolument intact et fonctionnel. Elle resta à genoux, la main sur la veine, émerveillée par la lumière argentée qui rendait toute sa gaieté à la salle antique ; elle s'attendait presque à entendre la mélodie annonçant la pause avant le début du numéro suivant.

Tous les poils de son corps se dressèrent quand une musique spectrale se mit à jouer. Lointaine et difficilement audible, elle était pourtant clairement enjouée ; un cor sonna joyeusement, et un instrument à cordes le suivit note pour note. Et puis les statues commencèrent à bouger ; les têtes s'agitèrent au rythme de la musique, le plumeau devint la baguette d'un chef d'orchestre, les jumelles se déplacèrent à l'unisson, un pas en avant, un pas en arrière. Alise laissa échapper un hoquet de terreur. Elle voulut se relever, mais ne réussit qu'à tomber assise. « Non ! » souffla-t-elle, éperdue de peur.

Mais les statues ne s'approchèrent pas davantage ; la musique continuait, et elles marquaient le temps de la tête en agitant doucement les mains, souriantes, mais les yeux aveugles. Soudain la mélodie hésita, les gestes des statues devinrent sporadiques, puis, comme les notes s'espaçaient et se brisaient, elles se figèrent peu à peu. La musique se tut, et l'éclat argenté de la jizdine s'éteignit lentement ; quelques instants plus tard, seule demeura dans la grande salle la lumière qui tombait du dôme de verre, et les statues reprirent leur immobilité.

Alise resta assise par terre et se balança doucement. « Je l'ai vu ; ça s'est vraiment passé », se répétait-elle, et elle savait qu'elle serait la dernière personne au monde à avoir observé cette magie des Anciens.

Dehors, la pluie avait cessé. Le vent était froid, mais il écartait les nuages du soleil, et la lumière accrue était la bienvenue. Alise resserra son manteau humide sur elle, mais la bise trouvait toutes les ouvertures et s'y introduisait pour la toucher de ses doigts glacés. La jeune femme pressa le pas et tourna dans une ruelle pour échapper à la pression directe du vent. Elle sursauta quand un corbeau poussa un soudain croassement et s'envola de l'avancée d'un bâtiment pour s'éloigner à tire-d'aile. Si elle rasait les murs de façade, elle était à l'abri, et la maigre lumière du soleil distribuait même une légère chaleur. Elle remit ses gants ; depuis quand n'avait-elle pas eu chaud partout ? La réponse lui vint aussitôt : depuis la veille du jour où Leftrin était parti pour Cassaric. Où se trouvait-il aujourd'hui ? Les orages ralentissaient-ils son voyage ? Il lui avait assuré que le trajet vers l'aval serait beaucoup plus rapide que l'aller, et que les hauts-fonds qui les avaient ralentis et égarés pendant des jours avaient disparu.

« On n'aura qu'à suivre le courant le plus fort ; ça n'a rien de sorcier. Et, en cas d'incertitude, ma foi, je laisserai simplement Mataf décider, et il nous trouvera un passage. Fais-moi confiance, et, si tu ne peux pas, fais confiance à mon bateau ! Ça fait des générations qu'il protège ma famille du fleuve. »

Alise avait confiance, tant dans le bateau que dans son capitaine ; mais elle regrettait l'absence de Leftrin. Elle attendait son retour autant qu'elle le redoutait, car alors les jours de sa cité intacte seraient comptés. Elle fut brusquement envahie d'un sentiment de culpabilité : il y avait encore du travail, beaucoup de travail, or la brève journée d'hiver s'avançait rapidement, et elle devait être au rendez-vous avec la dragonne avant le coucher du soleil.

Elle laissa derrière elle deux édifices victimes du temps ou du tremblement de terre, ou peut-être des deux ; la façade de l'un d'eux s'était effondrée en un tas de déblais qui mangeait la rue et révélait l'intérieur désert. Comme elle gravissait l'amoncellement de gravats, elle remarqua que le bâtiment voisin s'appuyait au premier ; des fractures couraient le long des fondations de pierre noire. Elle changea de trottoir et hâta le pas.

Frissonnant de froid à présent, et affamée, elle décida de trouver un abri pour y prendre son déjeuner ; elle avait un paquet qui contenait des lamelles de viande séchée et fumée, et une petite bouteille d'eau ; c'était un repas simple, mais sa faim la faisait saliver d'avance. Néanmoins, elle eût tout donné pour une tasse de thé brûlant avec de la cannelle et du miel, accompagnée de quelques saucisses en croûte qu'offraient les vendeurs en plein air de Terrilville,

235

tube de pâte craquante, huileuse et brunie au four, fourrée d'une saucisse aux épices, d'oignon et de sauge.

Ne pense pas à cela ; ne pense pas à des plats chauds et dégoulinants de sauce, ni à des bas de laine, ni à ton épais manteau d'hiver à col et à capuche de renard qui gît, inutile, plié sur une étagère chez Hest. Qu'elle eût aimé sentir son poids sur ses épaules !

Au bout de la rue, une place immense, toute pavée de pierre blanche, brillait au soleil, éblouissante. On l'eût dite tracée pour des géants. Dans une énorme fontaine sèche se dressait la statue d'un dragon vert qui griffait le ciel, ses ailes luisantes à demi déployées ; l'avait-on sculpté plus grand que nature, ou bien ces créatures pouvaient-elles vraiment atteindre de pareilles proportions ? Elle la regarda bouche bée : cette gorge avalerait tout rond un cheval.

Derrière la fontaine, une large volée de marches menait à un édifice gigantesque ; des personnages tout aussi gigantesques, taillés en bas-relief dans une pierre blanche, ornaient les murs noirs : une femme labourait un champ derrière un attelage de bœufs ; elle portait une couronne de fleurs, et ses robes, dont l'artiste avait parfaitement su rendre l'aspect diaphane, flottaient derrière elle dans le vent ; ses petits pieds étaient nus. Alise ne put s'empêcher de sourire en songeant à quoi la femme ressemblerait après avoir tracé un seul sillon, sans parler de parcourir le champ tout entier. Quelqu'un avait vu la scène d'un œil particulièrement artiste !

236

Alise leva les yeux pour observer la tour qui pointait de l'énorme bâtiment ; un dôme constitué de panneaux de verre courbes la coiffait. D'un coup d'œil autour d'elle, la jeune femme comprit qu'elle se trouvait devant le plus haut édifice de la colline, voire de toute la cité. Son regard tomba sur une inscription gravée au-dessus de l'entrée ; les caractères anciens dansaient et se tordaient, alléchants dans leur familiarité alors même que leur sens lui échappait. Des lions montaient la garde de part et d'autre de la porte.

Très bien : elle entrerait, prendrait son repas puis verrait si les marches qui conduisaient à la tour étaient intactes ; si c'était le cas, elle profiterait du point de vue pour dessiner un large panorama de la cité, ce qu'elle eût sans doute dû faire dès son arrivée ! Elle entreprit la longue montée qui menait à l'entrée sur les degrés profonds et peu élevés. « Quelle conception agaçante ! » marmonna-t-elle avant d'éclater de rire : agaçante pour des humains, mais parfaite pour des dragons. Elle leva les yeux vers la béance noire et inquiétante de l'entrée ; les grandes portes en bois s'étaient effondrées depuis longtemps, et leurs éclats jonchaient les marches. Parvenue à l'encadrement, Alise enjamba les tas de bois pourri et de morceaux de bronze pour pénétrer dans l'édifice.

Une quantité surprenante de lumière inondait la salle ; l'immense sol de marbre était couvert de vestiges de meubles – des bureaux ? Des tables ? Ceci était-il jadis un banc ? Les tapisseries qui ornaient autrefois les murs entre les fenêtres pendaient en lambeaux. La jeune femme s'avança dans le crissement

237

des morceaux de bois desséchés qui s'écrasaient sous ses pieds.

Il y avait des bancs de pierre dans les alcôves des fenêtres, et Alise s'installa sur l'un d'eux pour prendre son déjeuner. Sur la pierre glacée, elle remonta ses genoux contre sa poitrine et referma soigneusement son manteau humide pour garder la chaleur de son corps. Elle songea à la robe ancienne que Leftrin lui avait donnée ; si elle l'avait mise ce matin, elle aurait chaud à présent. Mais, malgré l'apparente solidité du tissu, elle préférait ne pas la porter à l'extérieur : elle était aussi irremplaçable que tous les objets de Kelsingra, et il valait mieux la préserver et l'étudier que s'en servir comme d'une simple pièce d'habillement.

Elle sortit de sa besace son paquet de viande fumée et décrocha sa gourde en cuir de son épaule ; les bâtons de viande, vrillés et rougeâtres, étaient durs, mais la fumée d'aune les avait rendus goûteux. Elle mastiqua chaque bouchée avec obstination et la fit descendre avec une gorgée d'eau ; l'eau n'était que de l'eau, son repas était simple et frugal, et elle l'eut achevé bientôt, mais elle fit un effort pour s'en satisfaire. Tout en se restaurant, elle regardait la lumière décliner par la porte brisée ; les jours d'hiver étaient si brefs ! Elle monterait le plus haut possible dans le bâtiment, contemplerait la cité, et en ferait une ébauche avant de retourner aux quais pour attendre Gringalette.

En face de l'entrée, à l'autre bout de la salle, un large escalier se perdait dans les ombres. Alise se leva, reprit sa gourde en bandoulière et se dirigea vers les marches ; on eût planté un verger de belle superficie sur l'espace qu'occupait le dallage de marbre. Comme elle s'éloignait des portes effondrées, l'immensité de la salle lui donna l'impression d'être soudain plus petite et plus vulnérable. Les murmures lointains des habitants fantômes de la cité devinrent plus audibles, et, plus elle s'enfonçait dans l'édifice, plus la présence des Anciens occupait l'espace. Elle crut apercevoir un mouvement du coin de l'œil, mais il n'y avait personne ; elle rassembla son courage et poursuivit son exploration.

Sa peur était vaine, elle le savait ; que craignait-elle ? Des souvenirs entreposés dans de la pierre ? Ils ne pouvaient pas lui faire de mal, sauf si elle les laissait la dominer et l'entraîner dans leurs sortilèges ; or elle s'y refuserait absolument : elle avait du travail. Elle accéléra le pas sans se retourner alors que les murmures grandissaient. Les marches étaient plus raides que celles de l'escalier extérieur : ces degrés-ci étaient conçus pour des humains. Elle posa la main sur la rampe pour continuer son ascension.

Un tumulte éclata soudain ; trois jeunes pages la dépassèrent en courant et en s'accusant mutuellement de quelque faute qu'ils avaient sans doute commise tous ensemble ; descendant l'escalier, l'air sévère, venait une dizaine de grands personnages vêtus de robes jaunes ; leurs yeux brillaient, cuivre, argent et or, et, quand une femme fit un geste d'une main aux doigts effilés, Alise recula pour éviter un contact spectral qui ne l'atteignit pas. Elle ôta vivement la main de la rampe, et la cage d'escalier frémit ; mais, une

239

fois éveillés à ses sens, les fantômes paraissaient avoir gagné en substance, et le murmure de leur activité refluait à ses oreilles. Elle les voyait moins clairement, les mains serrées devant elle, mais elle percevait toujours leur présence.

Parvenue au palier, Alise parcourut l'immense salle des yeux. Des fantômes de bancs et de bureaux se dressaient au-dessus de leurs propres vestiges ; elle entendit une clochette qu'on agitait impatiemment, et, non loin d'elle, distingua un page en courte tunique jaune et collants bleus qui se précipitait pour répondre à l'appel ; elle se détourna. Sans doute s'agissait-il d'affaires gouvernementales ; elle se trouvait peut-être dans un bâtiment d'archives ou de rédaction des lois.

Elle continua de monter. Seules éclairaient l'escalier les hautes fenêtres placées à chaque étage, malgré les épaisses traces de pluie sur les vitres ; la première ne laissait voir que les édifices alentour ; de la seconde, elle aperçut des toits, mais les vastes degrés n'allaient pas plus haut. Elle traversa une pièce spacieuse et découvrit à l'autre bout un escalier de dimensions plus réduites. Mais, au palier suivant, ses espoirs d'une vue dégagée sur la cité furent anéantis par un vitrail opulent ; la lumière du jour était trop faible pour lui rendre justice, mais Alise discerna une Ancienne aux cheveux noirs et aux yeux sombres plongée dans une intense conversation avec un dragon cuivré. Le palier s'ouvrait sur une espèce de vaste galerie, dont les hautes fenêtres laissaient entrer plus de lumière qu'il n'y en avait dans les étages inférieurs. Entre elles, les murs s'ornaient de frises représentant

240

des Anciens en train de labourer, de récolter… et de se préparer pour la guerre ?

Elle pénétra dans la galerie pour examiner les frises de plus près. Sur l'une d'elles, un Ancien puissamment musclé faisait jaillir des étincelles d'une épée rougeoyante à grands coups de marteau ; sur une autre, un dragon vert et souple se cabrait près d'une Ancienne aux cheveux roux ; elle se tenait les poings sur les hanches, au-dessus de sa ceinture d'épée ; ses bras ronds étaient musclés, ses jambes protégées par une sorte d'armure flexible apparemment composée d'écailles argentées. Un dragon bleu portait un harnais à piques et regardait Alise d'un œil rouge et menaçant.

Elle parcourut lentement la galerie en s'efforçant de mémoriser chacune des images. Les Anciens et les dragons qu'elle voyait étaient des individus qui avaient existé, elle en avait la conviction ; elle parvenait presque à déchiffrer les inscriptions qui brillaient sous chaque image. Elle s'arrêta devant l'une d'elles où apparaissait un dragon rouge et argent ; l'Ancien qui se tenait à ses côtés était rouge et argent lui aussi, et leurs armures assorties étaient cloutées de piques noires. L'homme brandissait un arc étrange, court et muni d'une poulie ; le harnais de son compagnon était hérissé de piques et de carquois remplis de flèches. Sur son dos était fixée une espèce de trône à haut dossier muni de sangles pendantes, sur lequel le guerrier avait dû aller au combat. Donc, en dépit du dénigrement dont Sintara accablait Gringalette parce qu'elle laissait Kanaï la chevaucher, les Anciens d'autrefois montaient bel et bien leurs dragons. Mais

241

qui était leur ennemi ? Des hommes ? D'autres Anciens ? D'autres dragons ? Sa perception de cette époque antique, formée depuis longtemps, se craquela puis se recomposa : elle croyait les Anciens pacifiques et sages, trop pour se livrer à la guerre. Elle soupira.

Elle avait passé trop de temps dans la galerie ; les images de plus en plus difficiles à discerner lui dirent que le bref jour d'hiver cédait la place au soir. Il était temps de se remettre en route si elle voulait achever le tour du bâtiment. L'escalier suivant était en colimaçon : Alise avait dû parvenir au pied de la tour qu'elle avait vue de la rue ; son chemin suivait le mur extérieur, éclairé par de hautes ouvertures étroites qui ne montraient que de minces tranches de la cité. Elle arriva devant une porte, mais elle était verrouillée, tout comme la suivante, ainsi que la troisième ; nul ne fermerait à clé une porte qui ne donnait que sur une salle vide. On ne savait ce qui avait provoqué l'évacuation de la cité, mais des gens avaient dû laisser quelque chose derrière ces portes qui méritait qu'on le protégeât. Elle voyait d'ici des étagères remplies de manuscrits ou des bibliothèques pleines de livres ; peut-être s'agissait-il du bâtiment des finances de la cité, et ces battants de bois dissimulaient-ils des monnaies frappées et d'autres trésors ?

Comme elle poursuivait son ascension, elle passa devant d'autres portes, toutes fermées à clé, une sur chaque palier. Elle les essaya toutes, rassemblant son courage chaque fois qu'elle touchait les poignées de bronze aux inserts de pierre noire ; toujours, c'était comme un éclair qui gravait brièvement au fer rouge une image d'activité et de vie dans ses yeux avant qu'elle eût le temps de retirer sa main et de rendre la tour au silence et à l'ombre. À chaque étage, les marches devenaient plus étroites et plus raides.

Soudain, elle déboucha dans une salle beaucoup plus vaste qu'elle ne s'y attendait. Le sommet de la tour ressemblait au chapeau d'un champignon, surmonté d'un dôme en verre épais. La pluie avait repris, et elle coulait sur le verre sale en petits ruisseaux qui donnaient à la jeune femme l'impression d'observer des serpents par en dessous. Les murs de la pièce se composaient de panneaux alternés de verre et de pierre, dont l'un était brisé, elle s'en rendit compte avec surprise. D'un pas hésitant, elle contourna une table effondrée au milieu du dallage. Comme elle s'approchait du panneau, elle plissa le front : quelqu'un avait fait du feu ! Et on avait cassé la fenêtre volontairement : il y avait des éclats à la fois par terre et sur le parapet qui ceignait l'extérieur de la tour. Une empreinte de main se dessinait clairement dans la suie qui couvrait le mur près de la fenêtre.

Elle se sentit outrée. Mais qu'est-ce qui avait donc pris à Kanaï ? Car c'était lui le coupable, très probablement : il avait passé plus de temps que quiconque dans la cité, manifesté le plus de curiosité pour son exploration, et c'était le seul, à sa connaissance, d'un tempérament assez impulsif pour commettre un tel sacrilège dans l'unique but d'avoir une vue dégagée sur le panorama.

Et elle-même subissait à présent la même tentation. Elle se pencha brièvement par la fenêtre pour confirmer ce qu'elle savait déjà : le soleil se couchait, et la pluie était revenue ; puis, la peur au ventre, elle franchit les éclats de verre qui demeuraient accrochés à l'encadrement et se risqua sur le parapet. Une bise glacée l'accueillit, et les morceaux de vitres brisées crissèrent sous ses bottes. Le chemin qui ceinturait la tour était étroit, et son garde-corps affreusement bas.

Plaquée au mur, elle suivit prudemment la courbure du bâtiment en examinant la cité et ses alentours entre les gouttes de pluie ; la brume et le crépuscule qui tombait l'empêchaient de bien voir la ville étendue, conglomérat d'édifices difficiles à percevoir. De l'autre côté du fleuve noir qui brillait, elle distinguait les petites lumières du village des gardiens, mais la grandiose Kelsingra dormait dans la pénombre. Alise allait achever son circuit quand elle remarqua un portail étroit inséré dans la balustrade ; tremblante, elle se força à s'approcher du bord et à regarder dans le vide. Oui, le portillon donnait sur une échelle qui descendait jusqu'à un autre balcon qui courait lui aussi tout autour de la tour. Elle en devina l'objet aussitôt : il s'agissait d'un accès pour permettre le nettoyage des vitres. Elle s'agrippa des deux mains au garde-corps et se pencha. L'échelle descendait sur plusieurs étages ; les pièces closes devant lesquelles elle était passée en montant avaient donc des fenêtres. S'il avait fait beau, elle se fût aventurée à voir si elle pouvait entrer dans ces pièces par ce moyen ; mais seule, avec un vent humide et la lumière du jour qui baissait, elle n'avait pas envie de risquer une chute. Elle rentra dans

244

la salle en battant des paupières pour faire tomber les gouttes de pluie de ses cils.

Le tas de gravats au milieu de la pièce attira son attention, et elle s'accroupit pour l'examiner. Il y avait là jadis une grande table ronde, qui s'était effondrée ; mais il y avait aussi quelque chose sur la table, et elle le regarda un moment avant de comprendre de quoi il s'agissait : c'était la maquette d'une cité, de la cité de Kelsingra ! Ici, le port sur le fleuve, là les quais, un peu abîmés par la pluie qui était tombée par la fenêtre brisée, mais le reste de la représentation en relief était remarquablement intact ; la tour dans laquelle se trouvait Alise paraissait occuper le centre de la cité, ce qui faisait des panneaux de verre les points de vue correspondant à la carte elle-même.

Si seulement elle avait une torche ! L'éclat du jour baissait trop vite ; il faudrait qu'elle revînt le lendemain à la première heure avec de quoi dessiner. Et il fallait préserver cette carte extraordinaire ! Le vandalisme et la négligence de Kanaï avaient mis la précieuse maquette en danger ; elle devrait lui parler ce soir afin qu'il mesurât bien les dégâts qu'il avait provoqués. Elle espérait qu'il n'en avait pas causé ailleurs. Mais à quoi pensait-il donc ?

Elle se redressa avec un grand soupir ; elle répugnait à quitter la merveilleuse carte, mais aussi à devoir redescendre les escaliers dans l'obscurité croissante. Elle jeta un dernier regard à la maquette et se figea soudain, le souffle court. Un pont ? Il y avait un pont sur le fleuve ? Mais c'était impossible ! Personne ne pouvait construire un pont aussi long

245

par-dessus un fleuve bouillonnant. Pourtant, il était là, miniature noire qui enjambait le large lit du cours d'eau. Alise prit ses repères puis se risqua de nouveau sur le parapet que l'humidité rendait glissant et scruta la brume et la pluie ; mais elle ne vit rien : le pont avait dû s'écrouler depuis bien longtemps.

Elle rentra dans la tour et entama la longue descente ; elle avait l'impression de s'enfoncer dans un puits. Elle parvint au bout de la première volée avant que l'obscurité ne la vainquît, et elle dut dès lors plaquer la main sur la pierre noire pour éviter de trébucher dans les marches. À son grand étonnement, au lieu du simple soutien auquel elle s'attendait, le contact déclencha l'illumination de la tour, car ses doigts s'étaient posés sur une bande de jizdine incrustée dans le mur au-dessus de la rampe. La lumière courait devant elle, sans éclat mais assurément préférable aux ténèbres, et suffisante pour la guider. Il y avait moins de fantômes d'Anciens dans les marches, cette fois-ci, et ceux qu'elle vit portaient des balais et des plumeaux. À un moment, elle aperçut un personnage d'apparence officielle, vêtu de robes jaunes, avec des décorations à l'épaule pour indiquer son importance, qui sortait d'une des pièces fermées à clé, une brassée de manuscrits sous le coude, et qui entreprenait de descendre l'escalier d'un pas lourd. Il fallut deux paliers à la jeune femme avant de trouver le courage d'accélérer et de traverser la vision sans substance pour la doubler. Elle lui jeta un coup d'œil par-dessus son épaule, mais l'Ancien ne lui prêtait nulle attention, la mine préoccupée, comme si c'était elle le fantôme.

246

Elle eut du mal à franchir les salles dépourvues de lumière, et, quand elle arriva enfin au rez-de-chaussée et distingua l'éclat gris du soir par les portes disparues, elle se mit à courir pour sortir plus vite du bâtiment. Ses pas éveillèrent des échos dans la salle ; la terreur qu'elle tenait jusque-là en respect l'envahit soudain, et elle quitta aussi vite qu'elle le put l'édifice Ancien, jaillit à l'extérieur et dévala les rues pour se rendre au point de rendez-vous où Gringalette devait l'attendre.

# VINGT-CINQUIÈME JOUR DE LA LUNE DU CHANGEMENT

*Septième année de l'Alliance indépendante des Marchands*

*De Kim, Gardien des Oiseaux, Cassaric, à Detozi, Gardienne des Oiseaux, Trehaug*

*De quel droit osez-vous laisser entendre que je suis à l'origine du problème de poux ? Tout aussi vraisemblablement, les oiseaux ont pu être infectés en passant la nuit dans une forêt lors d'un de leurs vols. Vous pouvez vous cacher derrière les inspecteurs de la Guilde, je sais qui a déposé cette plainte et déclenché ces contrôles injustifiés et inopportuns de mes soupentes et de mes pigeonniers ! Vos parents et vous n'avez jamais digéré le fait qu'un Tatoué entre dans vos rangs et s'élève par sa diligence et son travail jusqu'à devenir gardien des oiseaux. C'est ainsi que vous nous accueillez dans le désert des Pluies et sa prétendue « égalité », par des mensonges et des accusations par en dessous ! Espèce de lézarde écailleuse à la poitrine plate ! Je présenterai mes propres doléances au Conseil, en commençant par la façon dont Erek, votre neveu et vous-même conspirez contre moi et me diffamez depuis mon entrée en fonction ! Vous vous imaginez peut-être pouvoir clore cette vendetta ainsi, mais, moi, je n'en aurai fini avec vous que le jour où vos nichoirs seront vides et où on vous aura retiré vos licences de gardiens d'oiseaux !*

# 8

## D'autres vies

C'était le deuxième jour sans pluie, mais Leftrin eût encore plus apprécié un peu de chaleur. Ils supportaient des averses glacées presque tous les jours à présent, et le capitaine s'était demandé tout haut une fois : « Mais pourquoi donc est-ce que les Anciens se sont installés ici ? Pourquoi créer une cité dans une région aussi pluvieuse au lieu de choisir un bord de mer sous le soleil ? Les dragons adorent la chaleur. Pourquoi s'être établis ici ? »

Carson l'avait regardé d'un œil perçant. « Très bonne question. Parfois, quand Crache rêve et que ses pensées s'infiltrent dans ma tête, j'ai l'impression d'être sur le point de comprendre. Il y avait évidemment une raison, et une excellente, pour construire Kelsingra précisément là, je le sens dans ses souvenirs. Les dragons qui y venaient étaient pleins d'enthousiasme, je le perçois dans ses rêves, et je sais presque pourquoi, mais ça m'échappe toujours. N'empêche, je me pose la même question. »

Maigre consolation ; mais, au moins, aujourd'hui il ne pleuvait pas. Sédric s'efforça d'y puiser quelque soulagement, mais c'était difficile. Les jours où la pluie ne tombait pas, Carson se levait encore plus tôt que d'habitude pour profiter du temps plus clément. Ce matin-là, Sédric s'était réveillé au son d'un marteau qui tapait doucement à l'extérieur de la maison, près du lit. Il leva les yeux vers l'ouverture dans le mur, au-dessus de sa tête ; le bruit venait de là.

Jadis, il y avait des vitres aux fenêtres de la maison, et peut-être même des volets. Les murs de pierre étaient bien montés, tout comme la cheminée ; en revanche, le toit avait disparu depuis bien longtemps, et Carson l'avait rebâti avec des poutres dégrossies pour le soutenir et des branches et des bottes d'herbe prélevées dans la prairie en guise de chaume. À leur installation, ils avaient bouché les ouvertures avec des couvertures en surplus prélevées dans le bateau ; mais, à mesure que les jours et les nuits se rafraîchissaient, ils avaient récupéré les couvertures pour leur lit, et Carson les avait remplacées par des peaux fixées par des chevilles, ce qui les protégeait de la pluie et du vent, mais empêchait aussi la lumière d'entrer. En outre, le cuir grossièrement tanné contribuait à l'odeur permanente d'animal mort qui faisait partie intégrante de la vie de Sédric. Carson avait promis à plusieurs reprises de tâcher de trouver une meilleure solution, et, aujourd'hui, la peau raide s'agitait au rythme des coups de marteau. Pourquoi Carson devait s'occuper de cela au petit matin, Sédric n'en avait aucune idée.

Quittant la paillasse qu'ils partageaient, il se dirigea vers l'âtre ; il n'y restait plus que des braises, et il y ajouta deux bûches, bien que cela l'obligeât à aller plus tard ramasser du bois ; puis il tâta les vêtements qu'ils avaient lavés et étendus, non pas la veille, mais deux jours plus tôt : les chemises étaient sèches, mais les ourlets et la taille des pantalons restaient très humides. Il était quasiment impossible de faire sécher quoi que ce fût alors qu'il pleuvait pratiquement tout le temps. Avec un soupir, il prit les habits les plus secs qu'il trouva puis redisposa les autres sur le fil en espérant pouvoir les ranger le soir. Vivre dans une cahute qui sentait la peau mal tannée et l'obligeait à éviter à chaque pas les chaussettes qui pendaient au plafond commençait à lui peser ; il avait envie d'ordre et de propreté, et il avait du mal à se sentir serein au milieu de la pagaille. Il avait toujours été ainsi ; il avait toujours dû ranger son bureau avant de pouvoir s'atteler à son travail. Les coups de l'autre côté de la fenêtre continuaient et s'accentuaient.

*Faim.* Sa dragonne imposa sa plainte dans son esprit et en chassa du même coup toute autre pensée.

— *Je sais, ma beauté ; j'y remédierai dès que possible. Laisse-moi juste le temps de me réveiller.*

— *Faim toute la nuit, faim aujourd'hui. Tu dors trop.*

— *Tu as raison, petite reine. Je m'amenderai.* Il était parfois plus simple de tomber d'accord avec Relpda que de discuter avec elle ; la dragonne cuivrée avait un tempérament exigeant, impérieux, et aussi peu de considération qu'un enfant pour les besoins des autres.

Elle éprouvait aussi pour Sédric une vénération et une dépendance qu'il n'avait jamais connues, et il était tombé amoureux de la petite créature jalouse, égoïste et rancunière. « Petite », répéta-t-il tout haut en boutonnant sa chemise, et il éclata d'un rire de dérision ; petite à côté des autres, mais il devenait quasi impossible de lui fournir assez à manger, et il avait de la chance que le piège à poissons de Carson continuât de donner régulièrement des prises ; sans cette part de poissons tous les matins, il savait que Relpda lui eût mené la vie dure. Il sentait déjà les douleurs de la faim de la dragonne en plus des siennes propres.

Il se tourna vers l'âtre ; au-dessus des flammes pendaient plusieurs filets de poissons rouge vif, que la fumée cuisait et conservait à la fois ; elle ajoutait aussi sa note aromatique aux divers effluves de la maison. Sédric en avait plus qu'assez de ces odeurs. Il décrocha son manteau usé de la patère près de la porte et le secoua avant de se le jeter sur les épaules ; il était temps de commencer la journée, et il y avait du pain sur la planche : aller chercher de l'eau pour la toilette et la cuisine, nourrir la dragonne, prendre lui-même son petit déjeuner. Mais d'abord il voulait savoir à quoi travaillait Carson ; le tapotis du marteau était devenu une suite de coups irréguliers.

Il tourna le coin de la maison et trouva son compagnon en train de batailler avec un cadre de bois grossier ; il y avait tendu une pièce de cuir en l'accrochant à des chevilles fixées sur les côtés. C'était cette « fenêtre » qu'il s'évertuait à faire entrer de force dans

254

l'encadrement. Comme Sédric s'approchait, la peau sèche et cassante se fendit. « Saleté de poisse ! » s'exclama le chasseur, et il jeta cadre et cuir par terre.

Sédric regarda son compagnon qui donnait un coup de pied à son bricolage imparfait, et il demanda d'un ton hésitant : « Carson ? »

Le chasseur se tourna brusquement vers lui, les joues empourprées. « Pas maintenant, Sédric, pas maintenant ! » Et il s'éloigna à grands pas, laissant Sédric bouche bée ; ce dernier ne l'avait jamais vu s'énerver à ce point, et surtout pas exprimer son agacement de façon aussi puérile. Cela lui rappelait de désagréables souvenirs de Hest. *Oui, mais Hest, lui, s'en serait pris à moi et ne se serait pas éloigné pour bouder*, se dit-il. *Il m'aurait accusé de son échec parce que je lui avais adressé la parole.*

Il alla ramasser le cadre abandonné, constata que le coup de pied ne l'avait guère abîmé, puis examina la peau tendue d'un œil pensif ; un sentiment de culpabilité le saisit soudain quand il comprit ce qu'il voyait : du cuir gratté jusqu'à une finesse telle qu'il laissait entrer la lumière tout en bloquant la pluie et le vent, du cuir débarrassé de ses poils et séché de façon à en éliminer toute l'odeur possible. C'était la réponse de Carson à son compagnon qui se plaignait du manque de fenêtres. Sédric réfléchit en grattant sa barbe naissante ; il avait récriminé sans songer que le chasseur pût y voir une critique ni se donner tant de mal pour y remédier.

Le cadre entre les mains, il entendit des pas derrière lui. Carson prit la fenêtre et dit d'un ton bourru : « En

255

principe, elle devait se mettre en place en douceur, de manière que la lumière du jour te réveille, mais l'ouverture est complètement de travers. Je voulais te faire une surprise, mais ça ne marche pas ; je sais comment m'y prendre, mais je n'ai pas les bons outils, je regrette.

— Non, c'est moi qui regrette ; je n'aurais pas dû râler sans arrêt.

— Tu es habitué à de meilleures conditions de vie, bien meilleures. »

L'argument était incontestable. « Mais ce n'est pas ta faute, Carson ; et, quand je me plains, ma foi, je ne fais que me plaindre ; je ne cherche pas à te faire comprendre que c'est à toi d'améliorer la situation. C'est que…

— Tu n'es pas à ton aise ici, je le sais. Tu as l'habitude de mieux, Sédric ; tu mérites mieux, mais je ne vois pas ce que je peux y faire. »

Son compagnon se retint d'éclater de rire. « Carson, personne n'a la vie facile ici ; quand le bateau reviendra, ça ira mieux.

— Mais un peu seulement. Je t'observe, Sédric, et je vois bien que tu en as assez de cette existence. Et ça me tracasse.

— Pourquoi donc ? »

Carson lui adressa un regard étrange. « Peut-être parce que j'étais là quand tu as fait ton premier effort sincère pour prendre ta vie en main ; peut-être parce que je m'inquiète que, la prochaine fois, je ne sois pas là et que tu réussisses. »

256

Sédric en resta pantois. « Mais je ne suis plus le même ! Je suis plus fort que ça. » La réponse de Carson l'avait vexé, sans qu'il sût pourtant pourquoi. Et puis il comprit soudain. « Tu me crois faible », lança-t-il avant même de se rendre compte de ce qu'il disait.

Le chasseur baissa les yeux et secoua sa tignasse. Il répondit à contrecœur : « Pas faible, Sédric, mais… pas assez résistant, dans le sens de quelqu'un qui pourrait affronter des privations qui durent à l'infini. Ça ne fait pas de toi quelqu'un d'incapable, seulement de…

— De faible », poursuivit Sédric à sa place. Il s'en voulait de réagir si mal aux paroles de Carson, et encore plus de sentir les yeux le piquer. Non, pas question de pleurer : cela ne ferait que confirmer que son compagnon avait raison. « Je dois aller au piège à poissons chercher de quoi manger pour Relpda ; elle a faim.

— Je sais ; Crache aussi. » Carson secoua la tête, comme s'il était harcelé par des moucherons. « Je crois que c'est également pour ça que je suis de mauvais poil aujourd'hui. Ce n'est pas à cause de toi, Sédric, tu le sais bien. » Il s'exprimait d'un ton presque implorant, et il secoua de nouveau la tête. « Fichu Crache ! Il peut me faire ressentir sa faim, et il en a bien conscience ; il me l'impose sans arrêt, et ça me met sur les nerfs ; j'ai du mal à réfléchir, et encore plus à garder mon calme devant les tâches les plus simples. » Il leva soudain la tête et planta un regard décidé dans celui de Sédric. « Mais je ne vais pas lui apporter tout de suite à manger ; je dois le

257

laisser sur sa faim, de façon qu'il tâche de se prendre en charge. Il devrait s'efforcer d'apprendre à voler, mais c'est un gros flemmard, et, tant que je serai là pour lui donner à manger chaque fois qu'il a faim, il n'essaiera pas vraiment. Je dois le laisser souffrir un peu, sans quoi il n'apprendra jamais à se débrouiller seul. »

Sédric réfléchit. « Tu crois que je dois en faire autant avec Relpda ? La laisser le ventre vide ? » À cet instant, il sentit la dragonne capter ses pensées.

*Non ! Je n'aime pas avoir faim. Pas être méchant !*

« Ça paraît dur, je sais, dit Carson comme s'il avait perçu la réflexion de Relpda, mais il faut faire quelque chose, Sédric ; ça ne peut pas continuer comme ça. Même si je passais mes journées à chasser et que je rapporte du gibier à chaque fois, ça ne suffirait pas à nourrir tous les dragons ; ils ont tous faim, tout le temps, certains plus que d'autres, mais il y a une limite à ce que peuvent faire les gardiens. Il faut que les dragons fassent l'effort d'apprendre à voler et à se nourrir seuls, et ils doivent le faire maintenant, avant qu'il soit trop tard.

— Trop tard ? »

Carson avait la mine sombre. « Regarde-les, Sédric. Ce devrait être des créatures des airs, mais elles vivent comme des animaux terrestres ; elles ne grandissent pas comme il faut ; leurs ailes sont faibles, et carrément trop petites chez certaines. Kanaï a fait ce qu'il fallait : dès qu'il a pris Gringalette en charge, il l'a obligée tous les jours à essayer de voler. Regarde-la et compare ses lignes à celles de ses congénères,

258

observe où les muscles sont développés et où ils ne le sont pas. » Il secoua la tête. « J'ai du mal à pousser Crache à s'exercer à battre des ailes ; il est têtu et il sait très bien qu'il est plus grand et plus fort que moi. Le seul moyen que j'ai pour le tenir, c'est la nourriture. Il connaît la règle que je lui impose : il essaie de voler, et ensuite seulement je lui donne à manger ; il doit essayer tous les jours, et c'est valable aussi pour tous les autres dragons. Mais, à mon avis, ils ne feront rien tant qu'on ne les forcera pas. »

— *J'aime pas Carson.*

— *Mais tu sais bien qu'il a raison, Relpda. Tu es trop grande pour que je te nourrisse convenablement ; je sais que tu as souvent très faim, mais, quand je t'apporte à manger, ce n'est jamais assez. Ça ne suffira jamais tant que tu n'apprendras pas à voler et à attraper toi-même ton gibier. Tu le sais aussi bien que moi.*

— *Tomber, ça fait mal.*

— *Avoir faim aussi, et tout le temps, alors que tu ne te feras plus mal en tombant quand tu auras appris à voler. Sinon, tu n'arrêteras jamais de souffrir de la faim. Il faut que tu essaies ; Carson a raison. Tu dois faire plus d'efforts, et tous les jours.*

— *Maintenant, c'est toi que j'aime pas.*

Sédric s'efforça de cacher sa peine.

— *Je ne cherche pas à te faire du mal, Relpda, mais à t'inciter à faire ce qu'il faut pour que... euh, que tu deviennes un vrai dragon.*

— *Je SUIS un vrai dragon !* La pensée furieuse faillit jeter Sédric à genoux. *Je suis un dragon et tu es mon gardien. Apporte-moi à manger !*

259

*Dans un moment.* Il espéra qu'elle ne se rendait pas compte qu'il la faisait attendre exprès. Son ventre se mit à gronder.

Carson lui jeta un regard en coin. « Tu devrais avaler quelque chose.

— Je me sentirais coupable de manger alors que je ne lui donne rien. »

L'autre soupira. « Ça ne sera pas facile, mais je réfléchis au problème depuis quelques jours. Laissés à eux-mêmes, les dragons ne font pas assez d'efforts pour apprendre. Pour le moment, on attrape assez de poisson dans les pièges pour les empêcher de mourir de faim, et on a eu quelques coups de chance, comme Gringalette qui accepte de rabattre le gibier. Mais on ne peut pas compter là-dessus éternellement ; le poisson peut diminuer ou disparaître complètement, et, plus on chasse dans la région, plus Gringalette chasse près du camp, moins on trouvera de proies. Les dragons sont de grands prédateurs avec un gros appétit ; ils doivent étendre leur territoire de chasse et ils doivent être capables de se nourrir seuls, sinon ce secteur deviendra pour eux un second Cassaric. Je n'ai pas fait tout ce chemin pour en arriver là. »

Sédric l'écoutait, saisi d'une consternation glacée. Maintenant que Carson exposait la situation avec tant de clarté, il s'étonnait de ne pas l'avoir perçue lui-même. *C'est parce que je me comportais comme les dragons*, se dit-il ; *je croyais que tout continuerait comme avant et que les gardiens trouveraient toujours de quoi manger quoi qu'il arrive.*

Son estomac gronda de nouveau, et Carson éclata de rire, son naturel presque retrouvé. « Va manger un morceau ; le poisson fumé devrait être prêt. Et apporte quelque chose pour Relpda.

— Tu vas en faire autant pour Crache ? »

Carson secoua la tête, non en signe de dénégation, mais par reproche envers lui-même. « Oui, je finirai par y venir ; mais d'abord je dois lui montrer que ce n'est pas lui qui commande. Il n'a pas le même caractère que Relpda ; ce petit argenté a un côté hargneux et rancunier que n'a pas ta cuivrée ; il n'en veut pas seulement aux autres dragons, mais aux gardiens aussi, et à tous ceux qui sont valides et en bonne santé, au contraire de lui. »

« Je croyais qu'elle ne pouvait prendre qu'un passager à la fois. » Thymara s'interrogeait encore sur la prudence de l'entreprise.

Kanaï, assis sur les épaules de Gringalette, la regarda. « Elle grandit, elle devient plus forte, et ses ailes, surtout, se développent. Elle dit qu'elle en est capable. Allez, monte ! » Il se pencha et tendit la main vers elle avec un sourire manifestement provocateur. Elle ne pouvait pas reculer. Elle lui saisit le poignet et il en fit autant ; elle n'avait rien d'autre à quoi s'accrocher : Gringalette était tout en écailles rouges, brillantes, plus lisses que de la pierre polie. Elle grimpa à quatre pattes sur l'épaule de la dragonne, inquiète de l'offenser en montant sur son dos de façon aussi inélégante. Une fois installée derrière Kanaï, à

261

cheval sur la large masse de la dragonne, elle demanda : « À quoi est-ce que je me tiens ? »

Il lui jeta un regard par-dessus son épaule. « À moi ! » Puis il se pencha en avant et murmura à Gringalette. « On est prêts.

— Non, pas moi ! » s'exclama Thymara, mais il était trop tard, trop tard pour juger qu'elle ne voulait pas risquer sa vie en traversant un fleuve à dos de dragon, trop tard même pour resserrer son manteau autour d'elle ou s'assurer de son assiette. Gringalette s'ébranla et se mit à dévaler la prairie pentue. Thymara éprouva un instant de gêne en sentant les regards des autres gardiens qui observaient leur décollage ; mais aussitôt, alors que la dragonne bondissait en l'air, retombait lourdement puis s'élançait de nouveau en déployant brusquement les ailes, elle ne pensa plus qu'à s'accrocher de toutes ses forces au manteau dépenaillé de Kanaï, en tâchant de ne pas songer à l'image qu'elle donnait d'elle-même ; elle se plaqua contre le dos de son camarade, la tête de côté et les yeux fermés à cause des bourrasques d'air glacé que lui envoyaient les ailes de la dragonne. Elle ne sentait que trop les muscles de Gringalette qui bougeaient sous ses cuisses et se bandaient puissamment, et tout à coup la course heurtée cessa, et ils s'élevèrent tandis que le rythme des ailes de Gringalette passait du volettement éperdu d'un moineau aux lents coups réguliers d'un grand oiseau de proie.

Thymara se risqua à ouvrir les yeux. Elle ne vit tout d'abord que la nuque de Kanaï, puis, trouvant le courage de tourner la tête, elle découvrit le panorama du fleuve qui s'étendait à l'infini. Elle s'inclina légèrement pour regarder en dessous d'elle, mais la prudence lui interdit de se pencher excessivement, et elle ne distingua que son propre flanc puis le vaste poitrail de la dragonne.

« Desserre les bras, je n'arrive plus à respirer ! » cria Kanaï pour se faire entendre par-dessus le bruit du vent.

Thymara tenta de lui obéir, mais en vain : elle avait beau vouloir, ses bras ne réagissaient pas. Elle trouva un compromis en changeant légèrement de prise, mais ses mains restèrent fermement agrippées à la chemise du garçon. Elle regrettait vraiment d'avoir accepté ce trajet, à présent ; à quoi pensait-elle donc ? Si elle glissait du dos de Gringalette, c'était la mort assurée dans les eaux rapides et froides du fleuve. Pourquoi avait-elle eu l'impression d'une invitation à une aventure passionnante et audacieuse plutôt que d'une occasion irréfléchie de risquer sa vie ? Ils devaient certainement approcher de l'autre rive, maintenant ! Puis elle se rendit compte qu'en atterrissant à Kelsingra, elle s'exposait à braver un nouveau vol, de retour cette fois-ci, et tout courage l'abandonna tandis qu'une terreur absolue l'enserrait. Ce n'était ni un amusement ni une aventure, mais une mise en danger stupide.

Elle tâcha de se reprendre. Qu'avait-elle donc ? Elle ne s'effrayait pas facilement, d'habitude ; elle savait ce qu'elle faisait, elle était solide, elle n'avait besoin de personne.

Mais pas dans une telle situation, où ses compétences ne servaient à rien et où elle n'avait aucune maîtrise des risques. Elle comprit brusquement que c'était ce qu'elle n'aimait pas dans l'affaire : elle n'avait aucun moyen de faire face au danger ; elle dépendait entièrement du bon sens de Kanaï et des talents aériens de Gringalette pour sa sécurité, or elle n'avait qu'une confiance relative dans l'un et l'autre. Elle se pencha pour parler à l'oreille du jeune homme.

« Kanaï ! Je veux rentrer ! Tout de suite !

— Mais on n'est pas encore à Kelsingra ; je ne t'ai pas encore montré la cité. » À l'évidence, il ne comprenait pas l'attitude de Thymara.

« J'attendrai ; je la verrai en même temps que les autres, quand on aura réparé les quais de façon que Mataf puisse s'y amarrer.

— Non, il n'y a aucune raison ; c'est trop important ! Il y a quelque chose que je veux te montrer aujourd'hui même, parce que tu es la seule qui comprendra tout de suite. Alise Finbok ne comprend pas, je le sais ; elle prend la cité pour un grand truc mort qu'il faut conserver en l'état, mais elle se trompe. Et d'ailleurs Kelsingra n'est pas pour elle : elle est pour nous ; elle nous attend. »

Ces mots la détournèrent de sa terreur. « La cité n'est pas pour Alise ? C'est de la folie ! Elle nous a accompagnés dans le seul but de nous aider à la trouver, et elle en sait déjà très long sur elle. Elle adore Kelsingra, et elle veut la protéger. C'est pour ça qu'elle t'en voulait d'avoir cassé une fenêtre ; elle a dit que tu devais avoir plus de respect pour les ruines, qu'il faut tout préserver tel quel pour en apprendre le plus possible.

— Le but de la cité n'est pas qu'on la préserve, mais qu'on se serve d'elle. »

Une inquiétude nouvelle prit naissance en Thymara. « On aurait donc fait ce voyage pour ça ? Pour se servir de la cité ?

— Oui ; mais ça ne lui fait pas de mal – et je n'ai pas cassé de fenêtre ! Je l'ai déjà dit à Alise. Oui, je suis monté dans la tour, parce que j'ai visité pratiquement tous les grands bâtiments, mais je n'ai rien touché ; le panneau était abîmé avant que j'arrive. Si tu veux, je t'emmènerai voir ce qui l'a tellement horrifiée. C'est extraordinaire, là-haut ; la vue est pratiquement la même que du dos de Gringalette, et il y a une espèce de carte qui expose à quoi la cité ressemblait dans le passé. Mais ce n'est pas le plus important ; ce n'est pas ça que je veux te montrer en premier.

— Je le verrai plus tard. Je t'en prie, Kanaï, je n'aime pas ça. » Elle dut faire un effort pour prononcer les paroles suivantes. « Écoute, j'ai peur ; je veux rentrer.

— On a déjà fait plus de la moitié du chemin ; regarde autour de toi, Thymara : tu voles ! Quand tes ailes seront assez grandes et solides, tu pourras en faire autant toute seule ; il ne faut pas que tu en aies peur ! »

Elle prit soudain conscience qu'elle n'avait jamais cru être un jour capable de voler ; elle n'avait jamais imaginé ce qu'elle ressentirait, l'altitude qu'elle

265

atteindrait, le vent qui la fouetterait. Des larmes coulèrent du coin de ses yeux étrécis quand elle suivit le conseil de son camarade pour observer ce qui l'entourait ; le vide partout et les montagnes au loin. Elle inclina légèrement la tête : la cité était là, largement étendue devant eux. Thymara ne s'était jamais rendu compte qu'elle était aussi immense ! Elle s'étalait sur une zone plate entre le fleuve et la barrière montagneuse. Vus d'en haut, les dégâts qu'elle avait subis étaient beaucoup plus évidents ; des arbres et des buissons recouvraient le glissement de terrain qui en avait englouti une partie, et une grande fracture tranchait la cité à partir du fleuve, ravageant les bâtiments sur son passage. Thymara battit des paupières, tourna la tête vers l'amont du fleuve et resta le souffle court en apercevant le début d'une arche de pont ; la construction s'interrompait brutalement, et le courant se plissait sur les amas de pierres tombées au bord de l'eau. Comment imaginer que quelqu'un ait pu concevoir de franchir une telle distance avec un pont ? Comment même imaginer qu'un tel ouvrage ait pu exister ?

« Accroche-toi bien ; Gringalette trébuche encore parfois à l'atterrissage. »

La jeune fille ne se le fit pas dire deux fois : elle s'agrippa à Kanaï comme une moule à son rocher. Gringalette descendit de plus en plus bas, et le fleuve glacial et mortel s'élargit sous elle. La dragonne ralentit ses battements d'ailes, et Thymara eut l'impression qu'ils tombaient trop vite ; elle serra les dents en réprimant une envie de hurler. Soudain, les larges ave-

266

nues de la cité apparurent devant eux, fonçant vers eux, tandis que Gringalette se mettait à battre violemment des ailes ; le vent qu'elles soulevaient faillit décrocher Thymara qui se cramponnait éperdument à Kanaï. Puis la dragonne se posa, les pattes tendues et les griffes dérapant sur les dalles de pierre ; Thymara glissa brusquement sur le dos de la créature et se rattrapa frénétiquement à la chemise de son compagnon ; sa tête partit brutalement vers l'avant, heurta le dos de Kanaï, puis revint aussi vite en arrière. C'en était trop ; avant que le jeune gardien pût prononcer un mot, elle lâcha sa chemise, se laissa descendre le long du flanc de la dragonne et tomba à plat ventre sur la pierre dure et stable. Pendant quelques instants, elle demeura sans bouger, toute à l'exquise sensation d'immobilité. Elle était en sécurité, sur le plancher des vaches.

Kanaï la tira par le col. « Hé ! Ça va ? Lève-toi, Thymara ! Tu es blessée ? »

Elle prit une grande inspiration et s'essuya le visage sur l'épaule. C'était le vent qui la faisait pleurer, non la terreur, ni le soulagement de sentir la terre ferme sous elle ! Elle repoussa la main de Kanaï et se redressa ; son pantalon s'était déchiré un peu plus, et elle s'était écorché les genoux en sautant au sol. Mais elle répondit : « Ça va, Kanaï ; j'ai atterri un peu durement, c'est tout. » Elle redressa la tête pour jeter un coup d'œil à ce qui l'entourait, et resta le souffle coupé en voyant pour la première fois Kelsingra au grand jour.

267

*Une cité.* C'était donc cela que le mot décrivait. Cela ne ressemblait pas à la cité arboricole de Trehaug où elle était née ; c'était une ville bâtie sur la terre ferme, sans aucun arbre nulle part, sans prairie, quasiment sans végétation, tout en lignes droites et en surfaces dures brisées çà et là par une arche ou un dôme, mais toujours une forme géométrique précise. Tout autour d'elle se dressaient les œuvres de mains humaines.

« Va chasser, Gringalette, tu seras gentille. Va tuer une grosse proie et régale-toi ; mais ne dors pas trop longtemps après ! Reviens nous chercher, ma ravissante reine rouge ! On t'attendra près du fleuve, comme d'habitude. »

Thymara se rendit vaguement compte que la dragonne s'élançait dans la rue, puis elle entendit ses ailes battre, et enfin le bruit s'estompa, mais elle ne la regarda pas s'en aller : la cité la tenait sous son charme. Tout ce qu'elle voyait avait été fabriqué de main d'homme ; rien n'avait poussé naturellement, les immenses édifices, les énormes blocs parfaitement ajustés les uns sur les autres sans aucune variation de leurs lignes absolument droites, les dalles imbriquées des pavages, tout avait été créé par des mains humaines, sans aucun défaut. Mais qui pouvait tailler des pierres aussi grosses et surtout les déplacer ?

Elle tourna lentement la tête en s'efforçant de tout voir, les statues dans les fontaines, les bas-reliefs qui décoraient les façades, tous d'une précision totale ; même les statues étaient les représentations parfaites de créatures parfaites, saisies, figées dans la pierre.

268

*Je n'ai rien à faire ici*, se dit-elle. Elle n'avait pas la perfection de ces sculptures, elle n'avait pas la précision des dalles ajustées ni des encadrements de porte tirés au cordeau ; elle était inférieure, difforme, inadaptée. Cela n'avait rien de nouveau.

« Ne sois pas bête. Évidemment que tu as ta place ici ! » Kanaï s'exprimait d'un ton agacé.

Avait-elle parlé tout haut ?

« C'est une cité des Anciens, construite par des anciens pour des Anciens, tout comme Trehaug et Cassaric… enfin, les vraies parties, les parties anciennes, enfouies. C'est ce que j'ai découvert en me baladant ici, et je veux te le montrer parce que je pense que tu sauras l'expliquer à Alise, et aussi le faire comprendre aux autres. Il faut qu'on s'installe de ce côté-ci du fleuve, les gardiens et les dragons ; tout ce qu'il y a sur l'autre rive, les maisons et le reste, ça a été bâti pour les humains, ceux qui ne voulaient pas ou ne pouvaient pas changer. Cette rive-ci est tout entière pour nous ; il y a tout ce qu'il nous faut, et c'est pour ça qu'on doit tous s'établir ici et faire marcher la cité, parce qu'alors les dragons iront mieux eux aussi. »

Elle le regarda, les yeux écarquillés, puis se tourna vers la ville. Morte, sans vie ; rien à manger, pas de gibier, pas de légumes. « Je ne comprends pas, Kanaï ; pourquoi nous installer ici ? Il faudrait aller si loin chercher du bois ou de la viande qu'on serait épuisés rien que par les corvées ! Et les dragons ? Qu'y a-t-il ici pour eux ?

269

— Tout ! répondit-il, fébrile. Tout est là, tout ce qu'on a besoin de savoir sur les Anciens ; parce qu'être un Ancien, c'est assez comme être un dragon, et, une fois qu'on aura appris ce que c'est d'être des Anciens, je pense qu'on pourra aider les dragons. Il y avait un truc spécial... » Il plissa le front comme s'il s'efforçait de se remémorer un souvenir. « Peut-être. Bon, je n'ai encore rien trouvé qui puisse aider des dragons qui ne savent pas voler, mais il y a peut-être quelque chose, et ce serait beaucoup plus facile de mettre la main dessus si on n'était pas les seuls à chercher, et si Alise ne nous répétait pas qu'il ne faut pas déranger la cité et qu'il faut la laisser dormir. On commence seulement à se transformer en Anciens, et du coup on n'a pas les souvenirs nécessaires pour faire fonctionner toute la magie. Mais les souvenirs sont là, entreposés dans la cité, et ils nous attendent ; il suffit de venir les récupérer pour arriver à devenir des Anciens, et alors on peut refaire fonctionner la cité. À partir de là, tout ira mieux – une fois qu'on disposera de la magie, je veux dire. »

La bise glacée soufflait dans les rues silencieuses ; la jeune fille regarda longtemps Kanaï sans rien dire.

« Thymara ! s'exclama-t-il enfin, exaspéré. Arrête de faire cette tête ! Tu disais qu'on n'avait pas beau-coup de temps, que tu devais revenir avant la nuit pour donner à manger à Sintara, alors on ne va pas rester comme ça, les bras ballants ! »

Elle secoua la tête et s'efforça de trouver un sens à ses propos, de les appliquer à elle-même. Des Anciens... Oui, elle savait où menaient les changements qu'ils subissaient ; les dragons le leur avaient expliqué, et il n'y avait aucune raison de croire qu'ils mentaient – enfin, Sintara en était capable, mais tous les dragons ne mentaient sans doute pas à leurs gardiens, en particulier sur un tel sujet ; et elle savait aussi que certains de ses camarades commençaient à ressembler aux représentations qu'elle avait contemplées à Trehaug. Elle n'en avait pas vu beaucoup, à vrai dire : la plupart des tapisseries et des manuscrits qui avaient survécu étaient inestimables et avaient été vendus par Terrilville des générations avant sa naissance. Mais elle n'ignorait pas ce qu'on disait : que les Anciens étaient grands et minces, que leurs yeux avaient des couleurs inhabituelles, et que leurs portraits indiquaient apparemment que leur peau aussi avait une teinte étrange ; elle comprenait donc parfaitement qu'elle était en train de se transformer en Ancienne.

Mais en vraie Ancienne, douée de magie ? La même magie qui avait servi pour bâtir ces cités magnifiques et fabriquer ces objets merveilleux ? Cela aussi, les gardiens y avaient droit ?

Elle aussi ?

« Viens ! » lança Kanaï d'un ton impérieux ; il la prit par le bras, et elle se laissa guider en tâchant d'écouter ses commentaires décousus sur la cité ; elle avait du mal à se concentrer sur ses propos. Il s'était habitué à ce qui l'entourait, ou peut-être n'était-il jamais resté pantois comme elle devant l'étrangeté et la beauté de Kelsingra : Kanaï acceptait souvent les

271

choses comme elles venaient, les dragons, devenir un Ancien, une cité antique qui lui offrait sa magie…

« Et je pense que ce bâtiment-ci ne servait qu'à prendre des bains. Tu imagines ? Tout un bâtiment rien que pour se laver ? Et celui-là ? On y faisait pousser des plantes ; tu entres et tu te retrouves dans une salle immense pleine de pots, et d'images faites avec des petits morceaux de pierre… euh, des mosaïques, voilà, c'est comme ça que les appelle Alise ; des images avec de l'eau, des fleurs, des dragons dans l'eau, des gens dans l'eau, et des poissons. Tu passes ensuite dans une autre salle, et là il y a des cuves énormes, mais énormes, qui étaient remplies d'eau ; elles sont vides maintenant, mais j'ai appris grâce aux pierres qu'on y mettait de l'eau ; il y en avait une très chaude, une autre tiède, une troisième fraîche et une dernière aussi froide que l'eau du fleuve. Mais le truc, c'est qu'il y a des cuves pour les humains, et de l'autre côté du bâtiment, une entrée pour les dragons et des cuves avec le fond incliné pour qu'ils puissent s'immerger dans l'eau bouillante. Et, de l'autre côté, le toit est en pente et il est tout en verre. Tu imagines, toutes ces vitres ? Tu veux aller voir ? On peut y jeter un coup d'œil, si tu as envie.

— Je te crois », dit-elle d'une voix défaillante, et elle ne mentait pas : elle avait moins de mal à croire qu'un édifice aussi gigantesque avait un toit en verre incliné qu'à penser qu'elle pût posséder la magie des Anciens – elle ou n'importe qui d'autre. Les gardiens pouvaient-ils se l'approprier ? Elle se figura Jerd douée de la magie des Anciens et eut un frisson épouvanté.

272

Elle s'arrêta soudain, et Kanaï en fit autant avec un soupir agacé.

« Parle-moi de la magie, Kanaï. On va vraiment l'apprendre ? Il y a des textes, comme des sortilèges qu'on pourrait mémoriser, comme dans les vieux contes de Jamaillia ? C'est dans un livre ou un manuscrit ? Est-ce qu'il faut se procurer des produits magiques, comme un foie de crapaud ou… Kanaï, on ne se sert pas de prélèvements de dragons, n'est-ce pas ? On ne mange pas la langue d'un dragon pour pouvoir parler aux animaux, ni rien ?

— Mais non ! Ça n'existe pas, ces trucs, Thymara ; ce ne sont que des histoires pour les gosses. » Il n'en revenait pas qu'elle pût seulement poser la question.

« Je le sais, répondit-elle avec raideur. Mais c'est toi qui as dit qu'on serait doués de la magie des Anciens.

— Oui, mais je parlais de vraie magie. » Au ton qu'il avait employé, on eût cru qu'il avait tout expliqué. Il tendit la main vers celle de Thymara ; elle se laissa faire, et il voulut l'entraîner, mais la jeune fille ne bougea pas.

« C'est quoi, la vraie magie, alors, si ce n'est ni des sortilèges ni des potions ? »

Il secoua la tête, l'air désemparé. « C'est juste la magie qu'on saura faire parce qu'on est des Anciens, quand on se souviendra comment. Je ne sais pas encore comment ça marche ; je pense que ça fait partie de ce qu'on doit se rappeler. Je tâche de t'emmener voir ce que je voudrais que tu essaies, mais tu t'arrêtes tout le temps. Thymara, s'il me suffisait de te raconter

273

ce que j'ai vu pour que tu comprennes, je l'aurais déjà fait, tu ne crois pas ? Il faut que tu m'accompagnes ; c'est pour ça que je t'ai conduite ici. »

Elle le regarda dans les yeux, et il lui rendit son regard. Parfois, Kanaï avait l'air d'être resté le même adolescent un peu dérangé qu'elle avait connu le jour de leur départ de Trehaug, qui bavardait à tout va de tout et de rien et se passionnait apparemment pour les plus petites bizarreries de la vie ; et d'autres fois, elle le regardait et se rendait compte qu'il avait grandi et changé, pas seulement comme un enfant qui approche soudain de l'âge adulte, mais comme un humain qui a franchi une ligne et devient un Ancien ; il était rouge de la tête aux pieds à présent, comme sa dragonne, et il y avait désormais un éclat dans ses yeux, comme une lumière dansante, visible presque tout le temps. Elle baissa les yeux et vit que sa main aux écailles bleues se nichait parfaitement dans la main rouge de son compagnon. « Eh bien, montre-moi, alors », dit-elle à mi-voix, et, cette fois, quand il partit au petit trot en l'entraînant derrière elle, elle se mit à courir elle aussi.

Les mots hachés par sa course, il expliqua : « Il y a plein de souvenirs partout. Certaines statues ne contiennent que ceux d'un seul Ancien, et on a l'impression d'être cet Ancien pendant le temps où on les touche ; ce sont les mieux, je trouve. À d'autres endroits, il y a des souvenirs à propos de n'importe quoi, et certains qui ne concernent que les lois, ou bien qui habite dans telle maison, ou qui est le propriétaire de tel magasin. Il y a des poèmes et de la

274

musique, et, dans les avenues, les souvenirs de tout ce qui s'y est passé ; je pense qu'on pourrait s'y installer et voir jour après jour tous ceux qui y ont circulé, entendre ce qu'ils ont dit, sentir ce qu'ils ont mangé, et ainsi de suite. J'avoue que je n'en ai pas bien compris l'utilité. »

Il quitta le boulevard et ses hauts édifices pour entrer dans une rue plus modeste ; Thymara savait qu'elle était bordée de maisons d'habitation. Elle s'efforça d'imaginer une famille qui eût besoin de plus d'une porte d'entrée, et parfois d'un étage, voire de deux ; certains s'ornaient de balcons, d'autres de toits plats ceints de grilles. Thymara avait toujours vécu dans de petites constructions tout en haut des arbres ; si elle tendait les bras dans sa chambre, chez son père à Trehaug, elle touchait les deux murs, et le plafond. Comment pouvait-on avoir besoin d'autant d'espace, et que pouvait-on en faire ?

Kanaï tourna au coin de la rue, et la jeune fille accéléra le pas pour le suivre dans un boulevard en montée. La chaussée pavée était large ; Thymara n'avait jamais vu de voie aussi vaste. Les maisons disposées en gradins se surplombaient mutuellement, tournées vers le fleuve ; dans des pots gigantesques se dressaient les squelettes d'arbres morts depuis longtemps ; près des portes, des auges pleines de terre servaient jadis de jardins miniatures ; des fontaines coulaient autrefois dans des bassins désormais à sec.

Thymara savait tout cela comme si on lui avait soufflé à l'oreille les informations à l'instant même où elle s'interrogeait ; la pierre luisante, noire avec des

275

veines scintillantes, ou parfois blanche avec des filets d'argent, lui parlait ; elle l'interpellait par ses souvenirs. La jeune fille secoua la tête et se concentra sur ce que disait Kanaï.

« Mais quand j'ai trouvé ces deux-là, j'ai écouté l'homme un moment, et j'ai pensé : *Oui, c'est ça que je veux savoir, et c'est ça que je veux devenir.* La femme était à côté de lui ; il m'a tout raconté sur elle, et je me suis dit : *Ça ressemble assez à Thymara, et ça pourrait être elle.* Une fois qu'on aura digéré tout ça tous les deux, on en saura plus sur la façon de faire fonctionner la cité et peut-être d'aider les dragons. »

Elle perdait le souffle à force de trotter à ses côtés. « Je ne comprends toujours pas, Kanaï.

— On y est ; ils t'expliqueront beaucoup mieux que moi. Tu vois ? Qu'est-ce que tu en dis ? »

Elle suivit du regard la direction qu'indiquait son doigt tendu et ne remarqua rien de particulier. La rue s'achevait en cul-de-sac en haut de la colline ; l'entrée de la maison au sommet était encadrée par une série d'arches soutenues par des piliers de pierre noirs et argent, qui luisaient au soleil d'hiver et s'avançaient deux par deux vers la porte. À gauche, ils étaient frappés de soleils souriants, à droite, ils portaient un médaillon argenté représentant une pleine lune à visage de femme, souriante elle aussi.

« Je vais te montrer ; c'est beaucoup plus facile que d'en parler. » Kanaï l'entraîna, et s'arrêta devant la première arche.

Thymara parcourut les alentours du regard ; il y avait des pots pleins de terre au pied de chaque arche. « Des plantes grimpantes », dit-elle, et elle se les rappela soudain, revit leurs feuilles sombres et luisantes et leur multitude de grappes de minuscules fleurs blanches ; elles s'épanouissaient au plus fort de l'été, et leur parfum suave embaumait toutes les pièces de la maison. Des fruits suivaient la floraison, petits groupes de baies orange vif qui n'avaient pas de nom dans sa langue, des « gillaires » dans celle des Anciens, et, chaque automne, on en faisait un vin qui conservait la couleur orange des fruits, un vin capiteux et sucré.

Elle chancela légèrement et battit des paupières en se réintroduisant dans sa propre vie. Elle voulut reculer de quelques pas, mais Kanaï affermit sa prise sur sa main. « Pas comme ça, dit-il. Enfin, tu peux, mais alors c'est tout en désordre ; c'est comme si tu t'approchais d'un conteur au marché alors qu'il est en plein milieu d'une histoire : tu n'en entends qu'une partie. Ce n'est pas comme ça qu'ils ont rangé les souvenirs ; tout est là, en ordre, dans les piliers. Il faut commencer par les premiers. Ceux qui sont décorés d'une lune sont pour toi.

— Comment le sais-tu ? » Thymara se sentait toujours désorientée. Pendant un moment, bref ou long, elle l'ignorait, elle s'était retrouvée dans un autre temps – plus encore, elle avait été quelqu'un d'autre. Elle détacha sa main de celle de son camarade et fit deux pas en arrière. « Se noyer dans les souvenirs ! C'est ça que ça veut dire. C'est dangereux, Kanaï !

277

Mon père m'a mise en garde contre ces pierres : elles t'attirent, elles te remplissent la tête d'histoires, et tu oublies comment revenir et redevenir toi-même. Au bout d'un certain temps, tu es perdu, tu n'es ni dans cette vie ni dans l'autre. Tu es fou de songer à faire une chose pareille ! Tu es né dans le désert des Pluies, tu devrais le savoir ! Qu'est-ce qui t'arrive ? »

Elle était horrifiée ; elle trouvait déjà affreux qu'il se laissât aller à un tel passe-temps, mais qu'il voulût l'y entraîner était monstrueux.

« Non, dit-il ; ça ne se passe pas comme ça. »

Elle lui tourna le dos.

« Je t'en prie, Thymara, écoute-moi. Tout ce que tu sais sur les pierres de mémoire et les gens qui s'y noient, tout ça, c'est faux, parce que ceux qui te l'ont appris, ce n'était pas pour eux : c'est pour nous, les Anciens. Si tu parcours la ville, tu verras tous les souvenirs qu'elle abrite ; tu as entendu les murmures, j'en suis sûr. Est-ce qu'ils auraient mis cette pierre partout si elle était si dangereuse ? Non ; ils l'ont utilisée parce que, pour les Anciens, elle ne présente aucun risque. Elle est importante, et on en a besoin. Il faut qu'on s'en serve pour devenir ce qu'on doit devenir.

— Je n'ai pas besoin de ces pierres ! J'ai ma vie à moi, et je ne veux pas la perdre dans des souvenirs figés dans la pierre.

— Justement ! » Il avait l'air ravi de la protestation de son amie. « Tu ne la perds pas : tu la trouves. Pense aux dragons, Thymara ; ils ont des souvenirs qui remontent très loin, à leur mère et à leur arrière-arrière-grand-père, mais ils ne s'y perdent pas : ils y

278

puisent seulement ce qu'ils doivent savoir pour être des dragons. Les Anciens avaient besoin des mêmes connaissances, mais ils n'en disposaient pas dès la naissance, eux ; pour être les compagnons des dragons, ils devaient se rappeler bien plus qu'une seule existence, alors c'est comme ça qu'ils s'y sont pris : ils ont entreposé leurs vies pour que les autres Anciens puissent y avoir accès. » Il secoua la tête, les yeux agrandis et l'esprit au loin. « La pierre a une capacité limitée ; je ne comprends pas encore tout, mais j'en apprends beaucoup chaque fois que je viens ici. Il y a une chose que je sais : comme je suis un Ancien, je vivrai sans doute longtemps, et j'ai donc du temps pour étudier. La pierre explique très vite, comme un ménestrel qui chante toute la vie d'un héros en quelques heures. » Il ramena son regard clair sur la jeune fille ; il irradiait l'enthousiasme.

« Écoute-moi, Thymara : j'ai fait des choses dans ces pierres que je n'ai jamais faites dans ma vie ; j'ai voyagé très loin, là où leurs voiliers allaient, j'ai chassé de grands cerfs et j'en ai tué un moi-même ; j'ai franchi les montagnes, là-bas, pour commercer avec les peuples qui vivaient de l'autre côté ; j'ai été un guerrier, et le chef d'autres guerriers. Je vis dans leurs souvenirs, et ils vivent en moi. »

Les propos de Kanaï avaient capturé l'imagination de Thymara, et elle s'était sentie terriblement tentée jusqu'à ces derniers mots. « Ils vivent en toi, dit-elle lentement.

— Un peu, répondit-il d'un ton dégagé. Quelquefois, alors que je suis occupé, un de leurs souvenirs

279

remonte dans ma tête. Ça ne fait pas de mal ; c'est juste un petit renseignement en plus que je découvre, ou une chanson que je ne connaissais pas, ou un plat à cuisiner d'une certaine façon. Thymara, ajouta-t-il précipitamment, voyant qu'elle s'apprêtait à intervenir, on n'a pas beaucoup de temps. Essaie, c'est tout ; essaie rien qu'une fois, et, si ça ne te plaît pas, je ne te demanderai plus jamais de recommencer. Tu ne te noieras pas dans les souvenirs si tu ne le fais qu'une fois, tout le monde le sait ! Et, comme tu es une Ancienne, je pense que tu ne peux pas te noyer du tout, même si tu le fais mille fois : c'est notre nature ; c'est à ça que sert la pierre de mémoire de la cité. Essaie. » Il plongea les yeux dans ceux de la jeune fille. « S'il te plaît. »

Elle était prise au piège de son regard ; il était si ardent, si aimant ! Elle sentit le souffle lui manquer. « Que faut-il faire ? » Elle avait peine à croire qu'elle avait posé la question.

« Ce que tu as déjà fait, rien d'autre, mais cette fois consciemment. Tiens, attrape ma main », et il prit la main aux griffes noires entre ses doigts effilés et rouges ; ses écailles chuchotèrent contre la peau de Thymara. « Je t'accompagne ; je resterai à côté de toi. Donne-moi la main, et place l'autre sur ce pilier, là, parce que c'était celui de la femme ; moi, je mettrai la main sur ce pilier-ci, parce que c'était celui de l'homme. C'est par ces deux-là que commence la série. »

La main écailleuse de Kanaï était tiède et sèche ; le pilier était lisse et froid sous sa paume.

280

Sintara avait faim. C'était la faute de Thymara ; cette petite idiote ne lui avait apporté que quelques poissons aux premières heures du jour, en lui promettant qu'elle lui en procurerait davantage plus tard, qu'elle reviendrait avant la nuit lui fournir de la viande. Elle l'avait promis !

La dragonne battit de la queue, furieuse. Les promesses des humains ! Que valaient-elles ? Elle s'agitait, mécontente, avec la sensation que le vide de son estomac remontait dans sa gorge. Elle avait encore faim – non de nouveau, mais toujours. À quand remontait la dernière fois où elle s'était sentie rassasiée ? À plusieurs jours, lorsque Gringalette avait précipité le troupeau de bêtes à sabots par-dessus la falaise ; tous les dragons étaient descendus sur la rive du fleuve pour ce festin magnifique. La chair chaude, le sang frais... Ce souvenir lui était aujourd'hui un supplice. C'était cela qui lui fallait, non deux ou trois poissons glacés qui ne lui remplissaient pas la gueule, et encore moins le ventre !

Elle leva la tête puis se dressa sur ses pattes arrière en humant l'air ; sa langue pointa pour capter les odeurs, mais elle ne perçut que les autres dragons et leurs gardiens. La berge du fleuve, la prairie et la forêt de persistants à laquelle elles s'adossaient n'offraient pas un espace aussi réduit que la plage de Cassaric où les cocons avaient éclos, mais il était en train de devenir aussi piétiné et puant. Les dragons ne sont pas des créatures qu'on enferme dans des enclos comme du bétail et qu'on oblige à marcher dans leurs

281

propres déjections ; pourtant, même sans barrières ni forêt dense, ils étaient confinés.

Seule Gringalette jouissait d'une vraie liberté ; elle volait, elle chassait, elle se nourrissait, et elle ne revenait parmi les siens que par affection pour son demeuré de gardien. Sintara se remit à quatre pattes. Thymara était partie avec Gringalette et Kanaï ce matin ; était-ce ce que sa gardienne attendait d'elle ? Qu'elle apprît à voler pour fournir une monture à Thymara et à ses amis ?

Plutôt les dévorer !

Son estomac la tenailla de nouveau. Où était cette fille ?

À contrecœur, parce qu'il ne seyait pas à un dragon de chercher un humain et encore de reconnaître qu'il avait besoin de lui, elle tendit son esprit pour contacter celui de Thymara.

Et elle ne la trouva pas. Elle avait disparu.

Ce ne fut pas seulement la disparition de la gardienne qui la surprit, mais l'ampleur de son désarroi. *Disparue !* Thymara avait disparu ! C'est-à-dire, sans doute, qu'elle était morte, car il était peu vraisemblable qu'elle eût pu s'éloigner assez physiquement pour rendre difficile la communication, ou qu'elle eût appris assez vite à maîtriser ses pensées pour empêcher la dragonne de la toucher. Sa gardienne était donc morte ; celle qui fournissait viande et poisson n'était plus. Sintara franchit l'étape suivante : elle devait trouver un autre gardien. Mais ils étaient tous pris, hormis Alise, chasseuse lamentable – amusante

282

à taquiner et excellente à la flatterie, mais inutile quand on avait le ventre creux.

Débaucher le gardien d'un autre dragon entraînerait un combat, presque à coup sûr ; elle n'était pas la seule à être douloureusement dépendante de son humain, et, si la dragonne devait se dire la triste vérité, Thymara était la plus douée du lot. Non seulement elle savait chasser, mais elle était intelligente et avait un tempérament qui épiçait les heurts fréquents entre elles. Les seuls remplaçants possibles étaient Carson et Tatou ; le chasseur appartenait à Crache, et Sintara n'avait aucune envie de se mesurer au petit argenté agressif ; il disposait désormais de venin, et il avait une intelligence mauvaise. En outre, il ne servirait à rien de forcer la main à Carson : Crache avait passé la journée à récriminer parce que son gardien l'affamait dans l'espoir de l'obliger à voler. Sintara n'avait aucune intention de prendre un gardien doté d'une volonté aussi rigide.

Tatou appartenait à Dente, et, l'espace d'un instant, la dragonne se complut à s'imaginer mettant en pièces la petite reine verte et hargneuse ; l'ennui, c'est que, si elle s'en prenait à une femelle, tous les mâles interviendraient, Mercor le premier. Inférieurs en nombre, ils regardaient toute menace envers une femelle comme un risque pour leurs possibilités d'accouplements futurs – possibilités plutôt minces, d'ailleurs.

Sintara souffla, furieuse, et sentit ses sacs à venin s'enfler dans sa gorge. Cette situation était inacceptable ! Comment son écervelée de gardienne avait-elle réussi à se tuer d'une façon telle que Sintara ne s'en

283

fût pas aperçue ? Jusque-là, quand Thymara se trouvait en danger, la tête de la dragonne résonnait de ses cris et de ses glapissements stridents ; alors que lui était-il arrivé ?

La réponse jaillit dans son esprit : Gringalette ! C'était la faute de la dragonne rouge ! Elle avait sans doute laissé choir Thymara dans le fleuve, où elle avait coulé comme une pierre ; ou alors, avec sa cervelle de moineau, elle avait oublié que c'était la gardienne de Sintara, et elle l'avait dévorée. L'idée que cette gourde de dragonne eût osé manger sa gardienne emplit Sintara de fureur ; elle se dressa sur les pattes arrière puis se laissa retomber brutalement avec un bruit sourd en agitant la tête au bout de son cou serpentin pour gonfler encore ses sacs à venin. Où était ce fichu têtard rouge ? Elle projeta sa conscience, toucha la dragonne, et sa rage redoubla. Elle dormait ! Grasse, le ventre rond, elle dormait à côté de la carcasse de sa troisième proie de la journée ! Elle ne l'avait même pas finie ; Sintara percevait le plaisir avec lequel Gringalette humait dans son sommeil l'odeur de la viande sanglante.

C'en était trop ! Elle ajoutait l'insulte à l'injure. La petite reine rouge allait payer, et tant pis pour les protestations de Mercor ou de quiconque !

La queue battante, elle traversa la forêt clairsemée pour atteindre la prairie qui longeait la rive. Elle allait trouver Gringalette et la tuer ; elle sentit ses yeux devenir rouges de sang, leurs teintes tourbillonner, ses ailes rougir sous l'afflux de sang lorsqu'elle les déploya. Elles étaient solides, plus qu'à sa naissance, plus que

284

le jour où elle s'était lancée dans un long vol plané qui s'était achevé ignominieusement dans le fleuve. Elle pouvait voler ; tout ce qui la retenait, c'était une prudence malavisée, une répugnance à échouer devant les autres ou à risquer le tout pour le tout et à tenter de franchir le fleuve. Mais ces craintes et ces précautions avaient disparu, consumées par sa fureur. Gringalette avait tué sa gardienne, et Sintara n'accepterait pas une telle insulte. La reine rouge allait payer !

Elle parcourut du regard la grande prairie qui dévalait la pente devant elle, et le fleuve froid et tumultueux en contrebas. Qu'il en soit ainsi. Elle déploya les ailes et bondit en l'air, battit des ailes, toucha le sol, battit à nouveau des ailes, toucha encore le sol, mais plus légèrement, rebondit...

Et soudain une rafale de vent monta du fleuve ; Sintara la prit et s'en servit pour s'élever. Elle agita les ailes plus vigoureusement en repliant ses pattes avant contre son poitrail et en tendant ses pattes postérieures dans l'alignement de sa queue jusqu'à ne plus offrir qu'une forme lisse et sans résistance à l'air. Ses ailes la propulsaient en avant tandis que sa tête ouvrait le vent comme un coin. *Je vole.* Ses muscles cherchèrent dans ses souvenirs la façon de s'y prendre, et elle les laissa faire, refusant de laisser son esprit s'en mêler. Voler, c'était comme respirer : on ne réfléchit pas, on agit.

Elle capta un nouveau courant ascendant et grimpa davantage ; elle perçut aussi les coups de trompe des autres dragons, très loin en dessous d'elle. Elle battit des ailes plus énergiquement. Qu'ils la contemplent, qu'ils voient qu'elle, Sintara la reine bleue, était parvenue à voler avant aucun d'entre eux ! Elle inclina les ailes pour parcourir un cercle au-dessus d'eux, emplit ses poumons et lança un cri de triomphe dans le ciel. *Je vole ! Un dragon vole ! Regardez tous et admirez !*

Elle baissa les yeux – et ne vit qu'une étendue d'eau au courant rapide ; la terreur la saisit et la submergea de souvenirs où elle se voyait prise et culbutée dans le flot glacé. Pendant un instant de pur effroi, elle oublia comment voler, elle oublia tout sauf le danger du fleuve ; par réflexe, ses pattes antérieures entamèrent un brusque mouvement natatoire, et elle battit de la queue. *Chute*. Elle tombait au lieu de voler, puis, comme la panique l'engloutissait, elle se remit à battre frénétiquement des ailes et elle remonta dans le ciel ; mais c'en était fini du vol fluide et facile. Elle percevait trop clairement la musculature inégale de ses ailes, alourdies par une brusque fatigue. Voler, c'étaient des efforts, beaucoup d'efforts, or elle n'avait quasiment rien mangé de la journée, et guère davantage la veille.

Toute pensée de vengeance envers Gringalette, toute crainte envers le fleuve furent soudain chassées par une faim qui l'envahit tout entière ; elle avait besoin de manger, de se nourrir de viande fraîche et sanglante, et tout de suite, quel qu'en fût le prix. L'urgence de son appétit la calma. *Chasse et mange, ou bien meurs*, lui dit son organisme ; il ne s'intéressait ni à sa vanité ni à ses peurs. *Chasse et mange*. Jetant toute son énergie dans le battement de ses ailes, elle effectua un large

286

cercle qui lui fit survoler le pitoyable village des gardiens et l'emmena plus loin, au-dessus des collines et des vallées. Elle ouvrit tous ses sens à son besoin de nourriture.

Soudain, elle aperçut un petit groupe de créatures à cornes qui suivait une crête rocheuse ; les animaux étaient bien visibles, mais ils n'allaient pas tarder à disparaître sous les arbres…

Ils prirent conscience de sa présence quasiment à l'instant où elle les repéra ; deux d'entre eux s'écartèrent du troupeau et partirent au grand galop vers la forêt, mais les quatre autres tendirent le cou pour regarder stupidement la dragonne qui fondait sur eux.

L'aile la moins développée de Sintara se plia alors qu'elle allait toucher sa cible, et la reine vira brusquement ; mais ses serres grandes ouvertes déchiquetèrent une des créatures du garrot jusqu'à sa croupe laineuse, et Sintara tomba sur une autre. L'animal bêla tandis qu'ils culbutaient ensemble, atterrissage peu élégant et douloureux pour la dragonne ; puis Sintara serra la bête contre son poitrail, abattit la tête sur elle et la saisit entre ses mâchoires. Elle engloutit la tête osseuse dans sa gueule tandis qu'elle écrasait la cage thoracique entre ses pattes avant ; l'animal était mort avant même que la reine ne s'arrêtât en dérapant sur le versant raide et rocheux – et qu'aussitôt elle ne se mît à la dévorer frénétiquement, sans se soucier des os, des cornes ou des sabots, en arrachant des morceaux de chair qu'elle avalait tout rond.

Se nourrir ainsi était douloureux ; elle déglutissait convulsivement sans prendre le temps de savourer son

287

repas. Quand elle eut fini, elle s'assit, la tête baissée, et s'efforça de reprendre son souffle tandis que la masse de viande descendait dans son gosier. Elle avait une sensation non de satiété, mais d'inconfort.

Un bêlement retentit, et Sintara leva la tête. Une autre créature ! Celle qu'elle avait blessée au passage ! Elle était à terre et agitait les pattes avec des spasmes qui indiquaient une mort proche. Sintara remonta la pente en s'aidant de ses serres, sans se préoccuper des rochers qu'elle délogeait et qui dévalaient derrière elle en rebondissant ; elle atteignit la crête et tomba littéralement sur sa proie. Elle la plaqua contre elle, sentant la précieuse chaleur du sang frais, et, comme avec tendresse, referma les mâchoires sur elle et exprima tout l'air de ses poumons. Quelques instants plus tard, la bête fut parcourue d'un frisson et cessa de bouger ; Sintara ne la libéra qu'alors.

Elle dévora sa proie en prenant davantage son temps, ouvrit le ventre et mangea les entrailles tendres et fumantes avant d'arracher de grosses et satisfaisantes bouchées de viande avec ses rangées de crocs acérés. Une fois le dernier morceau englouti, elle se coucha lentement sur la roche ensanglantée, poussa un grand soupir, et sombra dans un sommeil abruti.

* * *

Elle l'aimait comme elle n'avait jamais aimé aucun des autres hommes de sa vie ; leur cour avait été lente et délicieuse, d'abord danse délicate faite de timidité et d'hésitation, puis stratégies guerrières que ne pou-

288

vaient qu'entraîner sa propre nature jalouse et les manières charmantes de son compagnon. Tous leurs amis les avaient avertis qu'ils ne devaient pas prendre leur relation trop au sérieux ; elle savait que les amis de son prétendant l'avaient mis en garde contre elle, qu'ils la croyaient jalouse et possessive. Eh bien, ils avaient raison, et elle était décidée à s'emparer de lui et à le garder pour elle toute seule, pour toujours. Elle n'avait jamais éprouvé cela pour les autres hommes qu'elle avait mis dans son lit.

Ses propres camarades l'avaient prévenue qu'elle ne pourrait pas le retenir ; Tellator était trop beau pour elle, trop intelligent et trop charmant. « Contente-toi de Ramose, lui disaient-ils. Retourne auprès de lui ; il te reprendra, et, avec lui, tu seras toujours à l'aise et en sécurité. Tellator est un guerrier, toujours à s'exposer au danger, prêt à s'en aller au saut du lit. Il fera toujours passer son devoir avant ses sentiments pour toi. Ramose est un artiste, comme toi, il comprendra ton humeur, il vieillira à tes côtés. Tellator est peut-être beau et fort, mais auras-tu toujours la certitude qu'il rentrera le soir à la maison ? »

Mais elle avait vécu trop longtemps dans le confort et la sécurité, et elle n'en voulait plus. En outre, elle ne pouvait faire semblant d'ignorer les infidélités de Ramose ; si elle ne lui suffisait pas, il n'aurait plus rien d'elle et devrait chercher ailleurs ce dont il avait besoin, tout comme elle, Amarinda, avait cherché et trouvé Tellator.

Elle l'attendait dans le jardin à l'arrière d'un élégant salon de jeu, lieu de réunion si discret et si fermé

289

qu'il n'arborait même pas une lanterne bleue pour attirer les clients. Elle avait laissé Tellator en train de jeter les osselets avec un petit marchand rondouillard nouvellement arrivé à Kelsingra, et elle avait franchi les portes ouvertes pour sortir dans le soir d'été. La musique de l'eau qui ruisselait dans une fontaine accompagnait les bonds des flammes d'une source-dragon au centre du jardin ; des jasmins à floraison vespérale tombaient de pots suspendus et embaumaient l'air. Amarinda trouva un banc dans un recoin caché et s'y assit ; une serveuse, jolie enfant aux pieds nus et vêtue des couleurs chatoyantes du salon de jeu, l'avait suivie, et elle lui demanda si elle souhaitait un rafraîchissement ; peu après, elle réapparut avec des biscuits aux abricots et un vin doux de printemps. Amarinda la congédia en l'assurant qu'elle n'avait pas besoin de revenir.

Elle but son vin à petites gorgées et attendit.

Elle savait le risque qu'elle prenait en l'obligeant à choisir. Il avait brièvement levé les yeux lorsqu'elle était sortie ; il pouvait rester où il était, dans la lumière et le scintillement du salon de jeu avec ses amis ; il y avait de la musique, des fumées suaves et un rare cru des îles du Sud, parfumé à la cannelle, et l'un des joueurs de la tablée était une ménestrelle ancienne, mince et élancée, tout juste arrivée à Kelsingra d'une des cités du Nord, les écailles or et bleu cobalt autour des yeux, accompagnée de rumeurs sur ses dons amoureux aussi exotiques et variés que les notes qu'elle tirait de sa harpe. Tellator avait souri en la voyant ; Amarinda avait souri elle aussi en quittant l'assemblée et en le laissant faire son choix, tout en sachant que c'était à elle-même, en réalité, qu'elle adressait un ultimatum. Si elle ne gagnait pas ce soir, s'il ne renonçait pas aux autres plaisirs pour la rejoindre, elle ne lui procurerait jamais d'autre occasion.

Parce que le danger pour son cœur était trop grand ; elle avait fini par s'attacher trop à lui, et, s'il ne lui rendait pas totalement la pareille, elle n'aurait plus qu'à se détourner de lui. Elle avait aimé ainsi une fois par le passé et juré qu'on ne l'y prendrait plus.

La soirée s'écoulait ; la nuit devenait froide, et son cœur aussi. Les pierres précieuses enchâssées dans les murs du jardin s'allumèrent, et leur doux éclat rendit à la nuit la lumière qu'elles avaient dérobée pendant le jour ; elles chantèrent quelque temps, puis se turent alors que l'obscurité s'approfondissait. Le cœur d'Amarinda se vidait peu à peu. Enfin, elle se leva ; elle se pencha sur une petite table et moucha la mèche d'une chandelle parfumée à la rose comme si elle ôtait la fleur morte d'une plante.

Elle se redressa, soupira, puis se détourna et se retrouva entre les bras de Tellator. Dans la pénombre du jardin, il eut l'audace de les refermer sur elle. « Te voici ! » Il parlait vite, la voix étouffée par ses cheveux. « Quelqu'un a dit que tu étais partie ; je suis allé jusque chez toi, où je me suis rendu parfaitement ridicule devant tes domestiques avant de m'éloigner. Je suis même passé à ta boutique, mais la porte était fermée et il n'y avait pas de lumière aux fenêtres. Finalement, je suis revenu ici en dernier ressort, mais on n'a pas voulu me laisser rentrer dans le salon : il est en train de fermer. »

Sous l'effet de la surprise, elle avait levé les deux mains devant elle, et elles reposaient désormais sur la dentelle amidonnée de la chemise de l'homme ; ses muscles durs étaient chauds sous ses paumes. Elle devait le repousser ; mais… Disait-il la vérité ou avait-il inventé un prétexte pour la retrouver après avoir trop traîné à sa table de jeu ? Indécise, elle demeurait figée entre ses bras, et elle respirait son odeur comme elle eût senti une fleur du jardin ; le vin à la cannelle épiçait son haleine, et sa peau avait un parfum de santal.

Et c'était tout, elle s'en rendit compte d'un coup. La rivale d'Amarinda puait le patchouli, comme si elle s'y était baignée, en avait bu et y avait trempé ses vêtements, mais non Tellator. Elle laissa ses mains se rejoindre dans son dos sans savoir quoi dire ; le doute s'était enraciné dans son cœur, nourri par le retard, lui-même provoqué par le plan stupide qu'elle avait ourdi pour mettre l'homme à l'épreuve. Avait-il remporté son défi ?

« Amarinda », fit-il d'une voix soudain rauque, et il l'attira brusquement contre lui, se plaqua contre elle pour qu'elle sentît la force de son désir pour elle. Elle leva le visage pour l'inciter à la retenue, mais il plaqua ses lèvres sur les siennes et l'embrassa. Elle voulut se détourner, mais il l'en empêcha, continua de l'embrasser, plus profondément, tout en l'obligeant à reculer, puis, à la grande stupeur de la jeune femme, il la souleva pour l'asseoir sur la table. « Ici », dit-il. Puis il ajouta, exigeant : « Maintenant. » Il écarta les pans de sa jupe et posa ses mains chaudes sur ses genoux pour lui ouvrir les jambes.

« Non, nous ne pouvons pas faire ça, Tellator ! Pas ici, pas comme ça ! » Elle était horrifiée à la fois qu'il prît pour acquis qu'elle accepterait, et par la réaction avide de ses propres sens.

« Mais si, nous pouvons, et je le dois. Je ne puis attendre un instant de plus, pas un souffle de plus. »

Quelque chose. Angoisse. Danger.

Thymara ouvrit les yeux avec un effort. Elle était assise, non sur une table au milieu d'un jardin par une chaude soirée d'été, mais sur des marches de pierre par une journée d'hiver en train de s'achever. Pourtant elle n'avait pas froid ; elle haletait encore sous l'effet de la passion qu'elle avait partagée, et le désir et la chaleur d'Amarinda la réchauffaient encore. Elle s'éclaircit la gorge, toussa, puis se rendit compte qu'elle tenait toujours la main de Tellator ; il la regardait par les yeux de Kanaï. « Ici, fit-il à mi-voix, et maintenant. Il n'y a pas de meilleur moment. »

Il posa sa main délicate aux fines écailles le long de sa mâchoire et approcha son visage de celui de la jeune fille. Il l'embrassa sans hésiter, ses lèvres bougeant doucement sur celles de sa compagne. Elle resta paralysée de désir et de stupeur. Où s'arrêtaient-ils, où commençaient-ils ? Tout était un. L'homme qui s'agenouillait devant elle sur les marches pour ouvrir son corsage à ses baisers avides n'était pas un adolescent maladroit mais un amant doué – son amant à elle, qui avait appris depuis longtemps ce qui la faisait vibrer, et il n'y avait rien de nouveau dans sa façon de la toucher ni dans ce qu'elle avait envie de lui faire. Elle eut un brusque frisson en sentant le contact de ses dents, et elle passa la main derrière la tête du jeune homme ; ses doigts se prirent dans ses cheveux noirs, et elle guida sa bouche contre elle ; elle prononça son nom dans un souffle, et il rit tout bas, les lèvres contre sa peau. « Kanaï, la reprit-il ; mais tu peux m'appeler Tellator, comme je peux t'appeler Amarinda. » Il leva le visage pour lui sourire au fond des yeux. « Tu vois maintenant, Thymara ? Tu comprends ? Tout ce qu'on doit savoir pour être de vrais Anciens, on peut l'apprendre ici – même ça. Et tu n'en auras pas peur, parce que tu l'auras déjà fait et que tu sauras que ce sera très agréable entre nous. »

Elle n'avait pas envie qu'il parlât ; elle n'avait pas envie qu'il s'arrêtât, elle ne voulait pas songer à ce qu'elle allait faire. Il avait raison : ce n'était pas nécessaire ; d'autres avaient pris toutes les décisions pour elle bien des années auparavant. Elle se laissa aller en arrière pour le laisser agir comme il savait qu'elle le souhaitait.

« Je n'en avais pas peur, dit-elle, le souffle court. C'était que... » Elle perdit le fil sous ses caresses. Pourquoi avait-elle tant répugné à ce moment ?

« Je ne le pensais pas, franchement. » Le plaisir rendait sa voix grave tandis qu'il s'efforçait de défaire les vêtements de Thymara. « Je savais que Jerd se trompait quand elle disait que tu avais peur, que tu n'accepterais jamais de faire mieux que regarder. »

294

Jerd ? Ce nom lui fit l'effet d'une douche froide. Elle s'écarta brusquement de Kanaï et referma son chemisier sur sa poitrine. « Jerd ? lança-t-elle, furieuse. Jerd ! Tu as discuté avec elle du fait que je fasse ou non l'amour ? Tu lui as demandé conseil sur la meilleure façon d'arriver à tes fins ? » La colère la submergeait et noyait son désir. Jerd ! Elle la voyait d'ici rire, se moquer, faire des suggestions salaces à Kanaï sur la manière de s'y prendre pour la persuader de coucher avec lui. Jerd !

Elle se dressa d'un bond, toute excitation disparue, et se reboutonna à gestes vifs. Elle ne trouvait pas de mots assez durs à lancer à la tête de Kanaï ; elle se détourna et contempla le mur ; elle avait le vertige et se sentait presque mal. Tout avait changé trop vite : elle avait été Amarinda, follement amoureuse de Tellator ; puis elle était entrée dans cet étrange état intermédiaire où elle avait l'impression d'avoir deux existences et aucun scrupule à se donner à lui ; et à présent elle ne voulait même plus le regarder.

*Il faudra que je me tienne à lui lors du retour avec Gringalette.* Cette pensée ne fit qu'amplifier sa colère. Elle n'avait qu'une envie pour le moment : le planter là et ne plus jamais lui adresser la parole. Jerd ! Il avait échangé des ragots sur elle avec Jerd ! Il avait cru que Jerd savait de quoi elle parlait !

« Thymara ! Ce n'est pas ce que tu crois ! » Kanaï se releva maladroitement, remonta son pantalon et renoua le cordon éraillé. « J'étais là, c'est tout, et Jerd discutait avec d'autres. Je ne lui ai pas demandé conseil ; on était quelques-uns à bavarder autour du

295

feu il y a quelques jours, et quelqu'un s'est mis à parler de Graffe, en disant qu'il lui manquait malgré tout ce qu'il avait fait ; elle a répondu qu'il lui manquait aussi, elle l'a un peu évoqué, et puis elle a raconté que tu les suivais parfois et que tu les regardais faire l'amour ensemble. C'est elle qui s'est moquée de toi en affirmant que c'est sans doute tout ce que tu oserais faire, que tu prenais prétexte de préserver ta virginité ou de ne pas vouloir tomber enceinte pour cacher ta peur. »

Thymara se retourna vers lui d'un bloc, horrifiée. « Elle a parlé comme ça de moi devant tout le monde ? Devant qui ? Qui était là ? Qui l'a entendue ?

— Je ne sais pas… on était quelques-uns. On se réunit souvent le soir autour d'un feu. Euh… J'étais là, mais Jerd ne s'adressait pas vraiment à moi ; elle parlait à Harrikine ; Kase et Boxteur étaient là aussi, je crois, et peut-être Lecter. Moi, je n'ai fait que prêter l'oreille, c'est tout ; je n'ai rien dit.

— Alors personne n'a pris ma défense ? Tout le monde est resté là à écouter ses horreurs sur moi ? »

Kanaï pencha la tête. « Donc, ce n'est pas vrai que tu les espionnais ?

— Non. Si ! Je les ai vus une fois, par accident. Sintara m'avait dit qu'ils chassaient et que je devais les rejoindre ; alors j'y suis allée et j'ai assisté à la scène. Rien de plus. » Enfin, pas tout à fait, mais elle refusait d'en reconnaître davantage devant Kanaï. Prise au piège d'une fascination horrifiée, elle ne s'était pas éclipsée et n'avait rien fait pour révéler sa présence. Ce n'était que justice, après tout : si Jerd

296

avait le droit de grossir exagérément ce qu'elle avait fait, elle-même avait le droit de retrancher certains éléments de son récit.

« Alors ce n'est pas parce que tu as peur ? Parce que tu es toujours vierge, je veux dire ? »

Elle comprit ce qu'il sous-entendait. « Non, je n'ai pas peur ; je n'ai pas peur de faire l'amour, mais de tomber enceinte, si. Tu as vu ce qui est arrivé à Jerd ? Elle a fait une fausse couche, mais imagine qu'elle soit allée à terme et qu'elle ait eu besoin de toutes sortes de choses que nous n'avons pas ! Ou bien qu'elle soit morte et qu'on ait dû tous s'occuper de son petit. Non, ce n'est pas le moment pour que je coure de tels risques, ni pour que Jerd couche avec tout le monde ; elle se conduit comme une égoïste, Kanaï, c'est tout ; regarde son attitude quand elle était enceinte : elle attendait que les autres prennent son dragon en charge, exécutent ses corvées à sa place et lui donnent plus que sa part de nourriture. Ça lui plaisait de voir tout le monde se démener pour lui faciliter la vie. » Thymara resserra son manteau sur elle ; elle se rendait compte qu'elle était transie. Combien de temps avaient-ils passé dans la cité, sans bouger dans le froid de la journée d'hiver ? Toute chaleur l'avait fuie, et ses oreilles ainsi que ses pommettes la piquaient. « Je veux rentrer », dit-elle d'un ton morne.

Kanaï répondit lentement : « On ne peut pas tout de suite ; Gringalette a chassé une proie et elle s'est gobergée ; elle dort encore. »

297

La jeune fille croisa les bras sur sa poitrine en frissonnant. « Je vais me mettre à l'abri du vent dans un des bâtiments ; préviens-moi quand on pourra partir.

— Attends, Thymara, s'il te plaît ; je dois te dire quelque chose d'important. »

Elle lui tourna le dos et s'éloigna. Elle ne voulait pas entrer dans la maison d'Amarinda : elle savait ce qu'elle y verrait. Certes, les beaux meubles en bois, les tapisseries brodées et les tapis de laine avaient dû disparaître depuis longtemps, mais les fresques qui ornaient la salle des Oiseaux et les profondes baignoires de marbre de la salle de bains devaient demeurer ; or elle n'avait nulle envie de les contempler de nouveau au risque d'être submergée d'autres souvenirs ; elle ne voulait pas se revoir faisant l'amour avec Tellator dans l'eau chaude du bain, les bras autour de son corps musclé de soldat.

Cette image l'arrêta et elle faillit se détourner de son chemin : elle avait soif d'y goûter encore, de vivre toutes leurs aventures amoureuses. Elle en avait assez d'avoir froid, et, maintenant qu'elle avait complètement réintégré son corps, elle avait faim aussi. Il serait si facile de rentrer dans cette maison et de redevenir Amarinda !

Être Thymara n'avait jamais été une partie de plaisir, et, apparemment, il n'était pas prévu que cela s'arrangeât tout de suite.

Brusquement, elle se sentit glacée, et elle suffoqua comme si elle ne pouvait plus respirer ; le froid était si intense qu'elle avait l'impression qu'on la frappait de coups de couteau ; elle trébucha, désorientée, puis toussa et reprit difficilement son souffle.

« Thymara ? » Il y avait de l'inquiétude dans le ton de Kanaï. « Ça va ?

— Sintara ! cria-t-elle d'une voix stridente en relevant la tête pour parcourir les alentours du regard comme pour voir ce qu'elle percevait de façon si palpable. « Elle se noie ! Elle est tombée dans le fleuve et elle est en train de se noyer ! »

# Table

Personnages ........................................................ 7
Prologue. Tintaglia et Glasfeu .......................... 11

1. Le duc et le prisonnier .................................. 25
2. Combat de dragons ...................................... 41
3. Chemins ........................................................ 83
4. Kelsingra ...................................................... 121
5. Un Marchand de Terrilville .......................... 157
6. La marque du désert des Pluies .................... 187
7. Rêves de dragons .......................................... 219
8. D'autres vies ................................................ 251

Achevé d'imprimer par GGP Media GmbH, Pößneck
en janvier 2013
pour le compte de France Loisirs,
Paris

N° d'éditeur : 71341
Dépôt légal : janvier 2013
Imprimé en Allemagne